三国封神榜

锦翼 著

上海文艺出版社

向历史复仇

为什么向历史复仇？因为历史可恨！

司马迁这样的历史大家，《史记》写到伯夷叔齐，连连发问："都说善恶有报，但伯夷叔齐这样的至善之人怎么就被饿死了呢？颜回乐天好学，为什么一生受穷还短命？盗跖滥杀无辜，吞食人肉，为什么颐养天年？投机钻营一生富贵的比比皆是，公正廉洁却横遭灾祸的数不胜数。这哪儿来的天道？"——完全是太史公的"天问"。

这就是历史的可恨之处，杀人放火金腰带，修桥铺路无尸骸。不断谋害我们心中的正义，必须向它复仇。

孔夫子的办法是吓唬坏人，把他们的丑行记录下来，传之后世，所谓"一字寓褒贬"，《春秋》一出"乱臣贼子惧"。

这话说起来慷慨有力,听起来也热血沸腾,但完全是书写者的自以为是,孔夫子之后乱臣贼子不是少了,而是更多了。出来个秦始皇这样的,不管春秋还是冬夏,一把火都烧了,你又能怎样?更别提历史都是胜利者书写,可以随便任他们打扮。

司马迁都怀疑孔夫子了,他在一连串发问之后,一声叹息:"伯夷叔齐、颜回这样的贤人能为我们所知,只因孔子为他们说过话,点过赞,否则只能被淹没在时间里。"

子贡当年为伯夷叔齐的事问孔子:"他们难道没有怨恨吗?"孔子说了一句:"求仁得仁,怨恨什么?"

司马迁偏偏在《史记》里记下了伯夷叔齐临死前的一首歌:"拦不住的小姬发,以暴制暴事太差,无奈上山啊,没有国也没有家,采薇来吃啊,想念那过去的好年华,啊,啊,啊……我们快要死啦。"(登彼西山兮,采其薇矣。以暴易暴兮,不知其非矣。神农、虞、夏忽焉没兮,吾安适归矣?吁嗟徂兮,命之衰矣!)

这歌里不是满满的怨恨吗?

显然孔夫子复仇方式是失败的,那面对如此冷酷的历史,难道就没有办法复仇了吗?

有!

有个叫司马仲相的人,跟司马迁一样,读历史读到刘邦诛杀功臣,不由恨得咬牙切齿，谴责天道无情。结果当晚自己被玉皇大帝请过去审判刘邦，主持正义，司马仲相就安排刘邦重生为汉献帝，韩信及其他功臣重生为曹操、孙权等等，让刘邦尝尝当傀儡的滋味，让韩信过过挟天子以令诸侯的日子，然后就开启了三国时代。

具体情节，作者最后写了一首诗加以总结："汉君懦弱曹吴霸，昭烈英雄蜀帝都。司马仲达平三国，刘渊兴汉巩皇图。"汉帝被曹操和孙权欺负，昭烈皇帝刘备在蜀重建大汉，虽然最终司马懿吞并三国，但匈奴人刘渊接过大汉的旗帜……

这书叫《三国志平话》，流传在宋元时期，一般对这本书的评价是文字粗糙，情节荒诞。这两点批判正是相对历史而言的，历史倒是文字精炼，情节丝丝相扣，但冰冷得让人沮丧。对付历史只能反其道而用之，编出来天马行空的情节来才能拨乱反正，这是底层人民向历史复仇的武器，这个武器就叫故事。

或许有人要说，这不就是阿Q的精神胜利法吗？

还真不是，精神胜利法是放弃奋斗，专注于"我家祖上也阔过"这种自我麻醉。用故事向历史复仇只是给自己一个解释，给自己一个奋斗的理由。

编故事就是创造平行宇宙，在这个平行宇宙里，好人可以开挂，一路胜利，坏人就要倒霉，处处碰壁。一切都按照我们想要的套路走，骏马要驮着英雄,宝剑要赠给烈士,有情人终成眷属,苦心人天不负,历经坎坷的穷书生一定会高中头名状元,负心薄幸的男子一定要被雷劈死,苦守寒窑的女人一定会穿上凤冠霞帔,积善之家必有余庆,天道无情,常与善人……

不要怪传统故事全是俗套的大团圆,历史有多残酷,大团圆就有多吸引人。故事是鱼肠剑,大团圆就是那条肚子里藏着剑的鱼。足够美味,才会有更多的人吃下去。故事才会不断演化——专家叫"层累式"创作,说白了就是故事由老百姓创作。三国、水浒、西游、封神、隋唐等等这些故事都是这么创作、演化出来的。

《三国志平话》就是一个演化的结果,之前已经有了各个故事的只言片语,东晋的时候干宝在《搜神记》里就已经说钟会是瘟神了,最晚到唐朝就有了死诸葛惊走活司马、刘备跃马檀溪的故事,杜牧诗里的"铜雀春深锁二乔",李商隐诗里的"益德冤魂终报主"都已经有满满的故事味了。

演化中,老百姓根据喜好对故事进行取舍,有人成为主角,有人就被遗忘了,钟会成为天上瘟神的时候,关羽还是玉泉山上一个恶鬼呢,但此后关二爷风云际会,成为无上大神,钟会这个瘟神却一直停留在宗教的层面,没有在故事里进化。

到了宋元时期,三国故事已经蔚为大观,《三国志平话》系统地串起了这些故事,而且定下尊刘贬曹立场。到了后来《三国演义》集其大成,精英阶层纷纷参与修订,文字精炼了,情节也合理了。

这时候,真正记录历史的《三国志》已少有人记得,几篇翻案文章,也不过是垂死挣扎,故事完美复仇。

这本《三国封神榜》就是专门还原历史被复仇的现场,例如关二爷怎么就从失败的将军一跃成为伏魔大帝?诸葛亮怎么就从一个"应变将略非其所长"的谨慎统领成为多智近妖的千古军师?曹操这样横槊赋诗的雄主怎么就成了白脸奸贼?还有羽扇纶巾的周公瑾怎么就成了心胸狭窄的小周郎……

溯源三国故事,看看故事是怎么一步步向历史成功复仇的,从明清小说到元杂剧到唐宋传奇再到到六朝志怪……一篇篇都是"爽文",比《汉书》都下酒,看一个个英雄人物在故事里复仇成功,怎么也值得浮一大白。

目录

正统之争：三国嘴炮演义 / 001

关羽的登龙之路 / 018

魏延：关羽的镜像 / 096

关索：一人打下蜀汉江山 / 104

刘备的武器 / 117

张飞：我比二哥差在哪里 / 142

赵云：三国完人 / 161

诸葛亮：一出发就成神 / 176

曹操：被故事拉下神坛的英雄 / 202

吕布：三国"暖男" / 224

孙权和他的神棍们 / 244

周瑜：从英雄到才子是一种沉沦 / 264

鲁肃：被污蔑的战略家 / 273

宓妃：女神的进化 / 280

"重生者"蔡邕：身后是非谁管得 / 299

三国天师演义 / 313

漫谈三神医 / 343

"木子""金刀"争雄记
——一条谶语的流传演义 / 352

正统之争：三国嘴炮演义

"正统"是个很麻烦的词，历史学家能写出一本书解释，从居天下之中到天命所归，从五德终始到星象变换，从儒家教义到正朔建元，从民心所向到文治武功……听完了之后，还让你一头雾水。

所以什么是正统，要我说，一言以蔽之，就是正确的统治。正确的统治就表示自己是天选者，能够笑到最后，活得最长。如果政权并存，每个帝王都会觉得我的统治才是正确的，其他统治都是错误的。在当时是得不出来标准答案的，只能在后世用客观标准来衡量。

客观标准就是：物竞天择，适者生存。学术一点说，这叫历史达尔文主义；用我们老百姓的话说，这就是成王败寇。

也就是说谁最后赢了，谁活的时间长，谁是正统。所以楚汉争霸，刘邦赢了，汉朝就是正统。但是到了三国，就出现了一个问题，**魏蜀吴**三个国家争来争去，最后都没了，晋朝一统天下，那么魏蜀吴谁是正统？这可是中国历史学界争吵了千年的话题，梁启超都说中国历史学家在这个问题上浪费了太多精力和时间。

那么就让我们回到题面上来，看看当时的情况。

一、坐下谈一谈

鉴于各方都在这方面编了太多谎言，一个一个介绍起来难免让人脸红，不妨把三方都请到一起来，各派出一个代表进行辩论。

魏国代表：曹丕；**蜀汉代表**：刘备；**东吴代表**：孙权。

三个人都是各国第一任皇帝（追认的不算），就让他们谈谈为什么自己是正统，是天选者。

曹丕第一个说："我是被大汉朝最后一任皇帝禅让的，我的皇位来得最正统。"

刘备"呸"了一下："大汉哪儿来的最后一任皇帝，那朕算什么？大汉的火种在巴蜀还保留着，你们都是乱臣贼子……"

孙权咳嗽一声，慢慢说："难道你们没有听说过'黄金车，班兰耳。阊阖门，出天子。'这个童谣吗？说的便是我姑苏城的阊门之内要走出一个天子,他骑着五彩斑斓的马,走出来对天下苍生说接受我的统治吧,我便是你们的主。那个人便是我……"

刘备和曹丕一起吼他:"滚!这种谣言我们都有一大车……"

刘备先说:"要说征兆,大舅哥啊(从孙尚香那论的),我小时候,我们家院子里有一棵桑树,亭亭如盖,仿佛是帝王的仪仗,不信,你可以去涿郡看看。"他摸摸自己的耳朵,"你们见过这么大的耳朵吗?这是帝王之相啊。"

他拿笔写下四个字:刘封刘禅。又说道:"刘封是我长子,收养的,刘禅是次子,亲生的。他们俩这名字合起来就是'封禅',你说巧不巧,我不称帝谁称帝?"

孙权和曹丕下巴差点没有惊掉:"这名字不是你自己取的吗?"

刘备有点尴尬,赶忙说:"跟你说,在四川,我还没有称帝的时候,就有一条黄龙出现在了赤水,在襄阳汉水之中还发现了玉玺,你们都知道的,高祖当年发迹于汉中,襄阳在汉水之末,这就表示我继承大汉正统,带领大汉走向繁荣富强……"

"好了好了!整得好像谁没有见过黄龙一样。"曹丕打断他,"你去看看历史,在汉灵帝的熹平五年(公元176年),在我老家就出现了一条黄龙啊,当时的太史令就说此地五十年内必有王者兴,就在我称帝那年啊(公元220年),你猜怎么的,果然又一次出现了黄龙,正好四十四年，不到五十年啊！同志们，难道这是巧合吗？你说说，我不正统谁正统？"

曹丕看一眼孙权，又说："有个童谣了不起啊，我这也有，'代汉者，当涂高'，没听说吗？这可是汉武帝当年作出的预言（这事记载在《汉武故事》上，这书成书年代存疑，有人就怀疑是曹魏当年编造出来的），什么是'当涂高'？'涂'就是路途，就是在路上突然就高起来，这是魏阙啊！

"当年袁术认为这个谶语是说自己，因为他字公路，结果呢，兵败身死！还有董卓手下的那个李榷也认为是说自己，他以为自己的榷就是那个阙，事实证明，他就是个傻缺。你看根据排除法，这个'当涂高'就应该是魏。"

曹丕看一眼刘备，继续说："提起来名字，封禅咋了？你把刘封杀了，只剩下了'禅'。你蜀汉有个叫谯周的，他说你的名字是备，备就是准备好了，禅呢，就是禅让，也就是说你们准备好禅让给我们了……"说着哈哈大笑起来。

刘备急了，喊了一声："曹！操！"

曹丕突然收住笑容，表情肃穆起来，说道："没错，操是我爸爸的名讳，曹是我们的姓氏。还是你们蜀国大臣杜琼说的，他说汉朝之前从来不把官职称作曹，只有汉代以来人们把官叫曹，这不是说天下属于曹了吗？"

司马懿在后面突然笑了，曹丕看他一眼，他赶忙绷住了，心里说道："难道你没听说过三马食槽吗？"这话曹丕当然听不见，他正得意地看着刘备。

刘备没想到自己蜀汉出了这么多叛徒，气得脸都红了，从牙缝里蹦出一个字："屁！"

曹丕听错了，他笑道："没错，丕是我的名字，还有一个童谣就说'不横一，圣明聪。四百之外，易姓而王。天下归功致天平'，这'不横一'就是个'丕'字啊，汉朝四百年后，就该我替他治理天下了。现在汉朝正好四百年了。"

孙权斜眼打量曹丕，不屑地说："别提你那名字了，你这皇帝当不了十年，我手下大臣阚泽早就说过了'丕'字拆开就是'不十'两个字，所以你肯定当不了十年，而且我活得比你久，我见了，你就当了七年皇帝，就这，还正统呢？"

曹丕气得一拍桌子："什么乱七八糟的，我寿命短咋了，我死之后，有子存焉；子又生孙，孙又生子；子又有子，子又有孙；子子孙孙无穷匮也，可以递万世而为君……"

刘备和孙权互看一眼，低声说："这是愚公和秦始皇合体了吗？"

曹丕也感觉到不对，转移话题："咱们不说征兆了，咱们说说地理，荀子说过，王者必居天下之中。自古据中原才是中国，神州才是帝宅，洛阳和长安，都在我手里，你们谈什么正统……"

这一下子，刘备和孙权都不吭声了。

孙权叹息一声："我在东吴，就没有进行过郊祀，就因为不是中原……"

刘备也无话可说了，诸葛亮突然站出来，喊了一嗓子："汉贼不两立，王业不偏安。所以我们要北伐，北伐！"

鲁肃也站出来说："我家大帝早晚威德加于四海，总括九州。"

曹丕一摊手，看向主持人，辩论失败，还是开打吧。

二、折冲樽俎间的唇枪舌剑

以上三人言语都是正史记载，当然在真实的历史上，他们只能谁在家里说谁的话，隔空过招，不会坐在一起这么和谐地辩论。

真实的辩论只能发生在外交场合。

最典型的是蜀汉和东吴建交，孙权称帝之后，虽然是二帝并尊，但谁也不想称呼对方为帝，于是在文书里经常以东西来区分两国，蜀汉称孙权为东主，自称则是西朝。搞得两国在外交中对东西两个字很是敏感。

例如公元 225 年,吴国派使者张温出使蜀国,诸葛亮安排秦宓接待。两个人就开展了辩论。

张温问:"天有头吗?"

秦宓说:"有啊。"

"在哪?"

"在西方!"

"何以见得?"

"《诗经》上说'(皇矣天帝)乃眷西顾',由此推论,应该在西边。"

张温又问:"那天有耳吗?"

秦宓接着抖机灵:"有啊,诗经上说:'鹤鸣于九皋,声闻于天。'如果没有耳朵,天怎么听?"

"天有脚吗?"

"有啊,《诗经》上说了'天步艰难',如果没有脚,怎么走?"

"那你说天有姓吗?"——张温这就是在挖坑了。

秦宓说:"有!"

"那姓啥?"

"姓刘!"

"你怎么知道?"

秦宓回答得理直气壮:"天子姓刘,所以天要姓刘啊。"

张温还不肯认输，接着说："但是日出东方。"

秦宓说："生于东方也要在西方落下。"

这场辩论，听起来玄而又玄，实际上每一句都在向对方宣示，我方才是天选的正统，你们都是化外蛮夷。这场辩论不但展现了秦宓的文化水平和临场应变能力，更维护了蜀汉正统的尊严。

这是蜀汉主场作战，赢了一局。但是当蜀汉的使者到了东吴，又是另一种情况了。

有个叫张奉的人奉命到吴国出使，酒席上东吴大臣薛综说："蜀者何也？有犬为独，无犬为蜀，横目苟身，虫入其腹。"

张奉没有秦宓的智商，不知道怎么回答，问道："那你吴国呢？"

薛综说："无口为天，有口为吴，君临万邦，天子之都。"

通过两个字的拆分，抬高了吴国地位，贬低了蜀国形象，在嘴上扳回一局。

孙权还曾经亲自下场打嘴炮，但是不幸遇见了高手。

该高手名叫张裔，他被蜀国叛徒裹挟到了东吴。面对这个俘虏，孙权很有优越感，上来说："听说你们那里的小寡妇卓文君，被司马相如用琴一勾引就跑了，看来你们蜀地的风俗不太好啊？"

张裔冷笑一声："卓文君虽然风流，但是也比你们这朱买臣的妻子好吧？"

朱买臣是吴地会稽人,年轻的时候贫穷,老婆看不起他,弃他而去,后来朱买臣成为汉武帝手下重臣。李白后来有一句诗"会稽愚妇轻买臣",说的便是此事。

张裔用这个故事羞辱了孙权,说明自己的祖国虽然风流,但卓文君能为了理想和穷小子司马相如私奔,目光远大,最终乘坐高车驷马,看尽长安风流。这看起来虽然是小事,但折冲樽俎之间都透露着正统的名分,不敢不慎啊。

三、请史学家表态

魏蜀吴三个国家争来争去,最后都没了,那个在辩论场上心里想着三马食槽的人统一了天下,国号晋。

魏蜀吴谁是正统,只能靠历史学家给出答案。

第一个交上答卷的是陈寿,他在《三国志》里以曹魏为正统。曹魏的皇帝记录叫"纪",孙武和蜀汉的帝王叫"传"。曹家帝王死都写作"崩",孙权和刘备死都写成"薨"。诸葛亮北伐在《三国志》里就叫"寇"(如诸葛亮寇天水)。春秋笔法,这就是正统的福利。

陈寿这么做按说也没有问题,毕竟他生活的晋朝就是被曹魏禅让的,所以他要奉魏为正统(曹魏是被汉献帝禅让的),这样晋朝的正统才有合理性。但是到了东晋，习凿齿不干了，他认为陈寿说得不对。他给皇帝写了一篇奏疏《晋承汉统论》，劝皇帝千万不要上陈寿的当。

理由就是曹魏是篡逆，晋朝怎么能跟在一个篡逆的朝廷后面呢，那我们岂不是也成了乱臣贼子（说得好像司马懿没在曹魏政府里工作过一样）。我们不要承认曹魏，就像汉朝既不承认是继楚，也不承认是继秦，而是继周之后一样。我们继承的应该是汉朝大一统的天下。根据这个理论，魏蜀吴三国，他认为正统的应该是蜀汉，虽然这个国家偏居一地，但是他是大汉王朝的余音，所以蜀汉才是正统。

按照这个观点，《三国志》的立场就有问题了，所以习凿齿重新撰写历史，写了一本《汉晋春秋》。在这本书里，蜀汉成了历史主角，刘备是正统，曹魏和孙吴都是贼寇。

《汉晋春秋》中对曹魏篡逆行径多加揭露，对于东吴更是不放在眼里。书里称周瑜和鲁肃是小人。别人问他："这两人败曹兵于赤壁，兴孙氏于东吴，威震天下，名驰四海，怎么能是小人呢？再说了，他二人与孔明、关、张辅佐刘备也没什么区别啊，你怎么能厚此薄彼呢？"

习凿齿义正词严回答："君子行事，应该尽忠义于帝王，传王化于四海，如果时势不允许，应该像孔明那样，躬耕南亩，自比管乐。一旦风云际会，追随帝王后裔，使汉室亡而复立。怎么能像他们两人效忠孙家，南辕北辙，成就越高，谋逆罪过就越大，怎么不是小人？"

习凿齿这一番言语，完全是开了后世"红与专"的先河，现代职场上这叫"能力和人品"。

这么说来诸葛亮就是"又红又专"，而习凿齿正是诸葛亮的忠实"粉丝"，他到武侯祠拜访过，在书中对诸葛武侯大加颂扬，七擒孟获、死诸葛惊走活司马的故事最初就是他记下来的。

四、请宋朝人表态

习凿齿这种说法并没有形成主流，一直到北宋，曹魏在史书里都是正统。

北宋的时候，为了三国魏蜀吴谁是正统的问题，王钦若、欧阳修、司马光和苏东坡都专门写文章讨论过，虽然他们的论据不一样，但结论一致：曹魏就是正统。

先是王钦若（他就是后来杨家将故事里的那个奸臣王钦），他主编过《册府元龟》，在序言里他用五德运转（就是金木水火土相生相克）的理论，从庖牺氏王天下一路梳理到赵家天下，结论就是赵家天下乃是正统。中间涉及魏蜀吴，他就以曹魏为正统。针对曹魏没有统一天下这个漏洞，他说，虽然没有统一，但是曹魏占居中原，占据中原就是居天下之中，也可以算是正统。

欧阳修反对五德理论，认为这是歪理邪说。但是他同意居天下之中这个说法，他的标准就是：居天下之正，合天下于一。

但是按照他的标准，曹魏并没有统一天下，怎么能算是正统呢？欧阳修说虽然没有统一，但是它的国土面积是最大的，也是最强的，所以正统是它，无可厚非。

有趣的是，欧阳修对陈寿也提出了批评，他说陈寿虽然表面上以魏为正统，但是他骨子里有点骑墙，例如他还保留着蜀国和吴国的年号。后来欧阳修的门人苏颂（也是北宋丞相，历史书上的科学家）说陈寿的《三国志》这名字就没有取对，蜀国和吴国就不应该承认，应该直接取名为《魏书》。

司马光完全赞同欧阳修的观点，他在《资治通鉴》里就是以曹魏纪年来统领吴国和蜀国。（只不过司马光也骑墙，他虽然这么做，但同时专门强调了一下，只是为了叙事方便，对蜀国和吴国没有什么偏见。他这么做应该有他的苦衷，下文揭晓。）

但是他们这个理论里有个漏洞，就是曹魏没有大一统，当时有人（章望之）反驳他们："好比有个人叫曹三，他的爷爷活了一百岁，他的儿子也活了一百岁，只有他活到五十岁就死了。你能因为曹三承上启下就说他是个老寿星吗？不能！同理可证，汉朝一统天下是正统，晋朝一统天下是正统，但中间这个曹魏就不能是正统！"

针对这个问题，我们的大文豪苏东坡出马了，他写《正统论》来阐述，还说这个曹三，如果他哥哥曹二活到四十岁就死了，他活到五十岁当然是长寿了。同理可证，魏蜀吴三国，他是最强大的，瘸子里挑将军，魏国当然是正统。

针对曹魏篡权的这点，苏东坡的观点很犀利：篡来的天下只要能守得住，就是正统——苏大天才已经完全是唯结果论了。从逻辑上讲，这些人说得乱七八糟。其实这些文人都聪明得很，他们知道"食肉不食马肝，不为不知味"的道理。

当年辕固生和黄生在汉景帝面前谈论，黄生认为君王再不对也是君王，臣下不能造反。所以周武王起兵造纣王的反就是不对的。辕固生反唇相讥："那高祖刘邦当年就不该起兵了……"急得汉景帝当头棒喝："食肉不食马肝，不为不知味。"因为马肝有毒，天命理论里也含着有毒的一部分。

毕竟赵家的天下乃是趁着后周皇帝年幼，发动陈桥兵变得来的。这吃相比起曹丕逼迫汉献帝禅让，司马炎逼迫曹奂让位好不到哪儿去。

所以苏东坡才会拿曹魏来说事，什么篡来的天下也是天下，这不就是劝赵官家放下心理负担，咱们是正统。什么据中原才是正统，这不就是相对兄弟之邦辽国来说的吗？咱们占据中原，咱们才正统。什么只要强大就是正统，这不就是隔空向赵家皇帝喊加油吗？只要你打败了契丹，一统天下，你必然是正统。

一切历史都是当代史，诚不我欺。

这个时候曹丕、刘备和孙权三位皇帝如果在天有知，曹丕应该露出得意地说："承让，承让，我才是正统，我要坐到中间来。"

刘备毕竟是仁义之君，他拍拍习凿齿说："虽然我败了，但是谢谢你。"

习凿齿微微一笑："谁说你败了，看下去。"

孙权赶忙点头："对对，还没有人替我说话呢！"

镜头一转，宋朝和金国搞海上之盟，结果玩火自焚，靖康之变，被人家赶到了长江南边。

习凿齿一声长叹："历史果然重演了。"

孙权这个时候就该笑了："来到我的地盘上，该有人替我说话了吧。"

习凿齿呵呵一笑："当年东晋也是在你地盘上……"

于是刘备笑了……

五、宋朝人：我要改答案

靖康之后，到了长江以南，曹魏正统论的观点也就破产了。因为按照原来的理论，占据中原和国力强大才是正统。那天选者只能是金国了，南宋顶多是苟延残喘。

大宋打仗没本事，这方面却是高手辈出。所以宋朝要还想自认正统，必须要有新的理论。这时候他们有两个选择：一是以东吴为正统，毕竟从地理位置上，他们更接近。二是以蜀汉为正统，他们偏安江南，和当年大汉在巴蜀是一样的。

最终他们选择了蜀汉，除了因为习凿齿的理论，他们还对北宋尊魏派的理论进行了消解。

首先针对王者必居中原这件事。朱熹老夫子发明了一个词叫：正统之余。意思就是正统的延续，作为正统的延续，就没有必要在意地理位置这些肤浅的东西，只要衣冠和文化在，就是正统。蜀汉是正统的延续，所以蜀汉是正统；南宋是宋朝的延续，所以南宋也是正统。

其次尊蜀派还提出了新的标准：仁义和道德。刘备为人仁义道德，曹家不仁不义不道德，自然不能是正统。（同样，仁义道德都在宋而不在金）。

针对谁强大谁就是正统这样的观点，朱熹老夫子指出这是典型的功利主义。怎么能有奶就是娘呢？（这句话是我加的，老夫子不会说这种粗话。）没有仁义作为基础，强大了只能带来更大的危害——这又回到了习凿齿"红和专"的问题上了。

基于这样的论点，他们对尊曹派进行各种清算，不惜搞人身攻击。例如批判陈寿之所以选择曹魏作正统，是因为他爸爸在蜀汉做官时被诸葛亮惩罚过，他本人道德也有问题，作《三国志》的时候向丁仪、丁廙的孩子们要一千斛米才给他们爸爸作传，这样品德败坏的人，他写的史书怎么能信呢？（实际上丁仪兄弟追随曹植，曹丕继位后找个理由就把他们家灭族了，哪儿来的后人呢？）

相反，有人读出来了另一种味道，说陈寿只是在表面上奉曹魏为正统，这也是没有办法的事，毕竟他人在西晋，晋是靠魏禅让得来的天下，只能奉魏为正统。但他骨子里还是视蜀汉为正统的，因为他是蜀汉遗民，对蜀国很有感情，例如他称刘备为先主而不直呼其名，这明显就是避讳啊。

陈寿成了一个任人打扮的小姑娘。

这是欺负别人不读原著啊，翻看《三国志》中吴国部分，提起来刘备，就直呼其名。

对于司马光，尊蜀派就没那么客气了，对于他在《资治通鉴》奉曹魏为正统的事，尽管他作了解释，有人就说这明显因为你是司马家的后人（据说他是司马懿弟弟司马孚的后人），所以他这么做的目的就是司马昭之心了。

为了肃清尊魏派的余毒，尊蜀派开始对历史进行重述，朱熹就编写了《通鉴纲目》，在《资治通鉴》的基础上，用《春秋》笔法，《左传》体例，"辨名分，正纲常"。自然这里面涉及三国历史，绝不是曹魏年号，一律改为蜀汉正朔。其他人也都纷纷重新写史，陈亮写了《三国纪年》，李杞《修改三国志》，还有好几个人写《续后汉书》，还有人写《蜀汉书》……

这些书的价值当然不高，所以留下来的不多，但自此以后，随着通俗文学的崛起，蜀汉正统的地位是再也动摇不了了。

天上的孙权看到这里应该哭了，为什么就没有人替我说话呢？

其实也是有的，毕竟南宋隔江面对强敌，多少人梦想他们的统治者能有孙权这样的气魄和本领。翻看宋词，孙权和他手下这个时候在诗词中频频出现，而且形象都还不错。"年少万兜鍪，坐断东南战未休，天下英雄谁敌手？曹刘。生子当如孙仲谋。"——这是辛弃疾笔下的孙权，何其英雄！

只可惜，最终"千古江山，英雄无觅孙仲谋处"。大宋的舞榭歌台，数百年风流都在金戈铁马中被雨打风吹去。

关羽的登龙之路

一、关羽死后的英勇之名

擒杀关羽成为东吴永远值得一吹的大事，东吴皇帝孙休让人作了十二首曲子歌颂东吴祖上的各项丰功伟绩，其中有两首和这件事有关，一是《关背德》，一是《通荆门》。其中《关背德》专门用来谴责关羽的，说"关背德，作鸱张。割我邑城，图不祥"，责备关羽忘恩负义，如鸱鸟张翼，贪得无厌。后面又说他们伟光正的领导孙权锐眼识人，任命吕蒙，"虏羽授首"。《通荆门》则说他们完全控制荆州，并顺带谴责关羽是"逸夫乱其间"——小人逸言离间孙刘联盟。

这时候距离关羽阵亡已经快四十年了，皇帝都换了三茬，他们还是念兹在兹，倒是可见关羽当年在荆州给东吴上下造成多大的心理阴影。毕竟当年关羽水淹七军、斩庞德、降于禁，吓得曹操差点迁都，《三国志》就说他威震华夏，东吴上下肯定也大为吃惊。但没想到形势比人强，最终竟然败于吕蒙之手，东吴方面肯定要吹一辈子。

不光写歌吹，还编各种故事吹。古代编故事的套路就是：我打败你，不是我侥幸打败你，而是你注定要败在我手上。谁注定的呢？天命！怎样证明有天命？就是编各种征兆。

例如《蜀记》上说关羽出兵围攻樊城的时候，就梦见一头猪来咬他的脚，关羽叹息说此行回不来了——都说虎落平阳被犬欺，关二爷这是被猪欺——要是这么理解的话，这算不得对关羽的污蔑，而是对吕蒙的辱骂，这大概是蜀国人编出来的传说。

《晋书》上有个叫戴洋的灵异之士说当年吕蒙去讨伐关羽的时候，"天雷在前，周瑜拜贺"——顾炎武在《日知录》里指出，这个时候周瑜已经死了十几年了，不可能出来拜贺。他也未免太较真，戴洋本身就是个神神道道的家伙，他的意思是天雷滚滚，那是周瑜在天之灵前来拜贺。

周瑜道贺的声音竟然是滚滚雷声，莫非他已经成了雷公？这倒是可以和前面猪咬关羽脚的故事连起来，因为在传说里，雷神的形象之一就像头猪，《酉阳杂俎》里就说雷神"猪首，手足各两指，执一赤蛇啮之"——长得像头猪,还爱咬点东西,这是周瑜气不过关羽这么欺负东吴,来咬他了。

《水经注》里也记了一个东吴方面头顶主角光环的故事,说益阳城附近资江水北有关羽濑,南对甘宁故垒,传说甘宁与关羽当年在此对峙,甘宁对鲁肃说:"关羽听到我的咳嗽声,就不敢进攻。"果然半夜关羽听见咳嗽,就说:"这是甘兴霸的声音。"不再发动进攻。

不得不说这个牛吹得有点大,尽管孙权说过"孟德有张辽,孤有甘兴霸",将甘宁与张辽并举,但张辽和关羽是惺惺相惜的朋友,在武力值上,甘宁和关羽最多半斤八两,怎么也不至于堂堂蜀汉的前将军听到一声咳嗽就吓得噤若寒蝉吧,显然这是东吴胜了关羽之后为自己脸上贴的金。

对于这些污蔑,套用一句韩愈的诗说"蚍蜉撼大树,可笑不自量",且不说后来登上神坛的关羽。单单作为一名武将,在整个魏晋南北朝时代关羽也是英勇的代名词,史书形容一员猛将有多厉害,常常以关羽张飞为参照人物,清朝人赵翼在《廿二史札记》就说"汉以后称勇者,必推关、张"。他还搜集了大量史料佐证,例如,光《晋书》上就提到不下四次:

东晋的刘遐作战勇敢,中原一带就传说他是关羽张飞在世。

前秦的时候,阎负、梁殊去劝降敌人,二人炫耀国力,就说他们国家有王飞、邓羌这样的武将，都堪比关羽张飞，万人之敌。

南凉的秃发傉檀寻求人才，手下人给他推荐时也说"梁崧、赵昌，武同飞、羽"。

赵廞夸自己手下李庠也说他"一时之关、张也"。

后来的北魏大将杨大眼、薛安都、崔延伯，南陈的萧摩诃也曾经被比作关羽张飞。

这哥俩在后世军队之中的影响力可见一斑。已经成了英勇的代名词。

当年马超投靠刘备，关羽就给诸葛亮写信询问马超的水平跟谁能比？诸葛亮写信恭维："马超文武双全，雄烈过人，可以和张飞并驾齐驱，但是和您美髯公相比，不如您潇洒飘逸。"关羽像个孩子一样，高兴得拿着这封信到处给人看。

倘若关羽在天有灵，看着自己在军队中如此被崇拜，估计也要拿着史书给同为鬼的诸葛亮等人看。但诸葛亮此时想必不会再惯着他了，因为蜀汉是三国中第一个灭亡的，看着自己"鞠躬尽瘁，死而后已"效忠的朝廷，被雨打风吹而去，他估计会不耐烦地说："壮缪侯，别显摆了。"

二、关羽死后的"雇佣兵生活"

壮缪是关羽的谥号。差不多就在东吴写歌的时候，蜀汉这边也给他颁发一个终极职称：壮缪。这是对他一生的盖棺论定，所谓壮是武而不遂，所谓缪就是名与实爽，连起来看，就是你虽然英勇威武，但是壮志不遂，有些名不副实。

关羽虽然在武将中勇冠三军，但是在文人士大夫集团里，他并不受待见。这跟他脾气有关系，关羽为人"刚而自矜""善待卒伍而骄于士大夫"，他看不起士大夫。而定谥号这个工作恰恰是文官集团的工作，士大夫们在一起研究名分的时候，想起他的骄横，自然就要给他个小鞋穿。

张飞跟关羽相反，他是"爱敬君子而不恤小人"，文官集团对他印象不错，所以他的谥号是"桓侯"，桓是一个好词：辟土服远曰桓。说他能开疆拓土、威震敌国。但即便张飞尽力靠近士大夫，还是被士人看不起，他在蜀汉权势显赫的时候去找刘巴，刘巴都不跟他说话，诸葛亮让刘巴"稍降意"——给点面子。刘巴说："大丈夫处世，当交四海英雄，如何与兵子共语乎？"——张飞在他眼里就是一丘八，算不得英雄。

张飞讨好尚且如此，关羽落这么一个谥号也就不难理解了。

后来两晋南北朝，中国进入门阀世族时代，像关羽这样没有出身的武将，更是被人看不起，所以刘义庆的《世说新语》、习凿齿的《汉晋春秋》、裴启的《语林》都几乎不提及关羽。

关羽后来成为那么大的神仙，爱给神仙作传的葛洪，《神仙传》没有记录关羽一丝神迹，在陶弘景的《真灵位业图》里，刘备被列在第七等神仙酆都北阴大帝的左边，任仙官河北侯，关羽没有任何地位，而被他杀掉的庞德反倒身在其中。

这是关羽最不得志的时代，未能了却君王天下事，坐拥生前身后名，却是如此凄凉，连个神仙的供奉都混不上，这可真是名与实爽。

这时候，恐怕连祭祀都断掉了，倘若蜀汉不灭，昭烈帝的太庙里估计会让他陪享，这是个有编制的鬼，每年国家祭祀，有着吃不完的冷猪肉。而且他的儿子关兴继承爵位，又深受诸葛亮器重，加以栽培，自己家的祭祀也少不了的。但就在他被封为壮缪侯三年后，刘禅投降，蜀汉就灭亡了，庞德的儿子庞会到成都，将关家满门屠杀。关羽的家祭这时候就断了，他的魂魄彻底失去了有保障的饭碗，成为孤魂野鬼。

没了组织，关羽的魂魄流落在荆州一带，成为一名"雇佣鬼兵"——因为他威名过于显赫，他的鬼魂经常被人叫出来帮忙打架。

最著名的一次跟随陆法和参与平定侯景之乱。《北齐书》上说陆法和带了八百兵马在江陵迎击侯景的部将任约，他站在船上却说"无量兵马"，人们传言他带了无数鬼兵过去，证据就是江陵这一带向来多神祠，人们祈请什么也经常得偿所愿，但是自从陆法和带兵出发，就再也没有灵验过，就因为陆法和把他们都带走了。

江陵这一带的鬼兵自然包括关羽，但是史书上没有明确提到他的名字，想必他不过是"神鬼大军"中的一员。但是到了唐朝，就说陆法和借助关羽的英灵灭掉了任约——只有关羽，别的神仙都被忽略了。另外还提到了西梁的宣帝也向关羽的魂魄咨询退敌的计策，这件事正史压根就没有任何记载，显然来自民间传说。

出现这样的传说也不足为奇，因为西梁的地盘就在荆州一带。这里的人从春秋楚国时起就爱巫风（可见屈原的《九歌》），关羽作为一个横死的英雄，按照当地人的理解，他的鬼魂怨气重，搞不好就会出来祸害老百姓，侍奉得好了，没准还会帮助自己实现个愿望啥的。所以或是出于尊敬，或是出于害怕，总会有人立庙祭祀。只是这种祭祀是非法的祭祀，属于淫祀。

淫祀多了，自然就会出现各种牵强附会、以讹传讹的故事。在各种传言里，关羽的魂魄这时候除了日常帮助凡人们实现愿望，主要业务就是做个"雇佣鬼兵"帮人打架（注意他的这项工作，在后世不断再现，成为他登龙之路上的一个重要技能），反正在那个乱糟糟的年代里，老百姓过着颠沛流离的生活，他们的愿望也很简单，就是活下来。权贵阶层们城头变幻大王旗，有着打不完的架，所以关羽在这一带的香火非常旺盛。

这里关羽的庙宇应该有许多，唐朝诗人郎士元在郢州（今天的钟祥一带）做官，他送一个朋友回荆州，他写了《关羽祠送高员外还荆州》，在关羽庙外送朋友，这里的关羽祠就是民间祭祀关羽留下的，虽然诗写于唐朝，这祠的始建日期可能更早。郎士元的朋友回荆州，如果路过当阳玉泉山，就会见到一个更大的关羽庙。

因为这是关羽身死之处，怨气理应最重，当地人祭祀就隆重。晚唐的时候荆州节度使重修玉泉山关羽庙，写了一篇《重修玉泉关庙记》，就说在玉泉山的玉泉寺西北三百步，有关羽庙的遗迹，至于这庙原来建在何时，作者没有提及，根据他记述的故事，这庙至少在隋朝初年就有了，因为在故事里，玉泉山上的玉泉寺就是关羽赞助修建的。

天台宗的智者大师到玉泉山宣扬佛法，坐在一棵树下休息，半夜就见关羽显身出来，说愿意把这块地送给你作禅房用，当天晚上，飞沙走石，劈山填沟，完成了"三通一平"工作，于是智者大师就在此修建了玉泉寺，并让关羽负责玉泉寺的安保工作。

其实这个故事背后应该别有实情，智者大师到此传教，佛法和当地民众的关羽信仰产生了冲突，智者大师这名号本就是杨广所尊奉，活着的帝王他都能打成一片，死了的将军用起来更是随心所欲。所以他编出了这个故事来消解民众的敌意——看看吧，你们的神都投靠了我。

这倒不是关羽第一次被佛教利用，协助平侯景之乱那位陆法和，

《北齐书》上说他"衣食居处，一与苦行沙门同"，大概也是佛门弟子。佛教在荆楚一带传播，巧妙地和当地好巫风的信仰相结合，也是一大特色。

智者大师之后，禅宗六祖神秀也来到玉泉山，身为少林寺高僧，他看不了当地人这么崇拜关羽，《历代神仙通鉴》上神秀就毁掉了关羽庙，结果立刻阴云密布，关羽骑马提刀而来，告诉神秀这玉泉寺就是我建造的，你凭什么赶我走？神秀赶忙道歉，依旧让他负责安保工作——担任伽蓝神。看来他对这个职位还挺上心。

《历代神仙通鉴》是一本明末清初的书，光看这个书名就知道是编故事的，神秀的这件事在佛教典籍里没有任何记载，这应该只是荆州无数关羽故事中的一个，依靠吓唬人来赢取供奉，这说明关羽的魂魄还只是一个恶鬼，即便成了佛教的伽蓝保护神，其影响也只是在荆州一带。

《酉阳杂俎》里有一个关将军的故事可证。说唐朝会昌元年，戎州（现在的宜宾）发大水，江上的木头堵住了江流，刺史就让人把木头给打捞了上来，用这些木料修了开元寺。后来，来了一个穿青衣长得像猴一样的人，他说关将军派我来采木头，结果都被你们截走了，我明年一定收回去。结果第二年七月，戎州突然发大水，水高一百多丈，把什么东西都冲走了，关将军果然把木料都收走了。

显然这个关将军就是关羽，他既然担任伽蓝神，就是佛教寺庙的开发商，掌管工程，就要大兴土木，所以他才要运木料。不过这时候，他只负责荆州这一片，你们戎州的人拿我的木料修建寺庙，我是不会同意的。

而且关羽作为伽蓝神，他的职责不光是开发，还管着寺庙的安保工作，《云溪友议》上说，在玉泉寺内，晚上睡觉不用关门，把钱财露在外面都不会有人要，因为关羽紧紧盯着，即便在食堂里偷吃点东西，脸上也会露出掌印，而且越来越明显。

有趣的是，《云溪友议》前面介绍了半天关羽死前的灵异事件，转头又把关羽叫做关三郎，后世鼎鼎有名的关二爷这会成了关三郎，为什么会有这么一个称呼？目前还不得而知，唐朝的许多神仙都叫三郎神，如华山三郎、泰山三郎、盘古三郎，估计带上三郎两个字更能增加威风。（也有人认为这个三郎并非关羽，而是他的第三个儿子，这个我们下面再说。）

关三郎这个神仙脾气可不太好，《云溪友议》里还说了，谁要对关三郎有半点不敬，就会有蛇蝎之物跟着。但就算你对他很尊敬，似乎也难逃厄运，《北梦琐言》上说唐朝咸通年间，坊间传言关三郎的鬼兵要进城了，一旦遭遇，就会时冷时热，浑身战栗，有人逃离京师，走到秦岭。回头望去，感叹道："这里大概就没有关三郎跟着了吧。"结果话音刚落，身体战栗起来——从这一点来看，我倒觉得这关三郎就是关羽，因为这一招明显是跟曹操学的：说曹操曹操就到嘛。姓关，还跟曹操关系这么好的，舍关二爷其谁？

这都说明关羽的魂魄在当时还只是一个恶鬼，对他的祭祀还属于淫祀范畴，即便跟佛教发生往来，他伽蓝神的神格在当时也没有形成，那些作为开发商的神迹要么是荆州一带人民编造出来的故事，要么是佛门利用当地民众的信仰来传教而附会出来的传说。

这是作为恶鬼的关羽，但同时作为一个武将，他在唐朝上层社会的印象还是"万人敌"，郎士元在《关羽祠送高员外还荆州》，他不提关羽的神迹，只说关羽的英勇："将军禀天姿，义勇冠今昔。走马百战场，一剑万人敌。"正是基于这一形象，关羽在唐朝再次进入体制内，捧起了铁饭碗。

这次他追随的不是自己的老大，而是一个比他大了一千二百多岁的人：姜子牙。

三、关羽成了姜子牙的手下

关羽的英勇虽然在史书上为人称道，但是还够不上神的资格。

唐朝人心目中的神是姜子牙。

这个人身上充满了皇帝的理想符号，他七十多岁的时候还在寻求明主，代表着良臣择主而事的追求。当他在渭水垂钓等待召见的时候，西伯侯又占卜遇见了一个"非龙非螭，非虎非罴"的四不像之物，君臣如此心有灵犀，象征着君臣相得的理想状态。关键是姜子牙个人武力值非常高，《诗经》里都说他"维师尚父，时维鹰扬"，七十多岁的老人，站在战车上，左持黄钺，右握白旄，竟然如同苍鹰展翅。隋朝专门将骠骑将军府改为鹰扬府，就是向姜太公致敬。

隋唐人眼里的姜子牙就跟明清时的关羽一样，姜子牙是兵家鼻祖，传说他写下了三本书：《太公金匮》记录他的言行，《太公阴符》专讲谋略，《太公兵法》（又叫《六韬》）专讲排兵布阵，这三本书合称《太公》，堪比《射雕英雄传》里的《武穆遗书》。读了三本书中的任意一本便是得了太公真传，天下罕有匹敌。苏秦当年读了《太公阴符》，所以才能纵横六国，而张良当年在桥上给陌生老头捡鞋，黄石公传他的绝世秘籍就是《六韬》，张良正是靠着这本书才得以辅佐刘邦，登上人生巅峰。

这些故事的真假现在已经无从验证了，但光是一本书就这么厉害，充分说明了当时人们对姜子牙的崇拜。

李世民当了皇帝后，就在磻溪建立一座祠堂，用来纪念姜子牙，但更主要的原因是李世民也想做那个"四非"之梦，将天下贤才招入彀中。

李世民开了这么一个头，后来李隆基当皇帝的时候，在长安和洛阳各设立一座尚父庙，姜子牙从钓鱼的地方来到了京城，待遇也上去了，每年春秋祭祀。生怕姜子牙一个人吃饭寂寞，又让张良作陪——配飨。当然姜太公这饭也不能白吃，武举考试完毕，中举的士子们都要来拜谒，姜子牙要接见他们，还要顺便负责给他们作作榜样，让他们如同自己一样"时维鹰扬"，而且每次出兵打仗之前，将领们都要来拜见，姜子牙在天之灵要保佑旗开得胜。

只是姜子牙职责履行得不太好，否则，后来就不该发生安史之乱。即便有人作乱，也不应该势如破竹，打破潼关天险，闯入京师，导致李隆基仓皇辞庙，连最爱的女人都保护不了。但是等到肃宗李亨回到长安，痛定思痛，并不认为姜子牙保佑不力，反而觉得自己亏待了这位太公。因为在文治的一面，作为代表的孔子被封为文宣王，姜太公作为武功的象征，却没有地位，难怪被人家追着打。亡羊补牢的方法就是抬高姜太公的地位，所以在肃宗的上元元年（公元760年）追封姜子牙为武成王，与文宣王相对，从此姜太公也面南而坐。

既然是王，不能只有张良一个手下，孔庙是十哲，武庙也要有，孔庙的十哲是孔子弟子，姜子牙没有弟子，但是没有关系，《太公兵法》教育了多少人，于是他们从历代武将中挑出十个人，分列两旁。左边：白起、韩信、诸葛亮、李靖、李勣；右边：张良、田穰苴、孙武、吴起、乐毅。

张良虽然和大家并列，但张良是姜太公的副手，地位高于他们。

这里面没有关羽，说明唐朝人心目中的武将标准，谋略是第一位的，光自己能打还不行。

二十年后，到了唐德宗的时候，武庙中的神灵进行了一次"扩招"。颜真卿认为文庙有七十二贤，武庙也要有，在他建议下，从历代武将中选拔了六十四人，这一次关羽入选了。

虽然入选了，他也不过是左边第十五个，周瑜、陆逊和他相邻，吕蒙在他对面。唐朝人不知道怎么想的，他们也不怕这些人大半夜再打起来？

而且在武庙里，只有姜子牙和十哲面前摆设祭品，六十四个武将只能在一旁干看，这些英灵们也真够憋屈的。这个情况一直到唐朝灭亡，后唐的时候，才在他们的画像前摆上一盘祭品，一只酒杯。

这说明终唐一代，关羽在民间的基本形象还是个厉鬼，虽然获得了佛教的青睐，成为伽蓝神，但这只是局限在荆州一带。虽然得蒙颜真卿推荐，进入武庙，却连吃冷猪肉的资格都没有。

但这也是一个进步，进入武庙就表示进入了体制内，有机会接触帝王，他在民间的祭祀就不会再被看成淫祀，不会被清除，而成为伽蓝神就表示获得了佛教加持，有可能搭上佛教的顺风车，获得更广泛的祭祀。

关羽的鬼魂这时候就如同被人赶得到处乱跑的刘备一样，投陶谦、投曹操、投袁绍，投刘表……都说你是英雄，却没有立锥之地，但"金鳞岂是池中物，一遇风云便化龙"。

关羽的风云很快就来了。

四、草根出身为蜀汉赢得粉丝

这个风云就是平民世俗社会的崛起。

宋朝之前的历史，就是一部中国贵族社会不断瓦解的历史。秦朝之前，社会的主流是那些诸侯们；秦朝之后，士族崛起；历经两汉，成为门阀士族；隋唐时期，门阀士族先后崩溃；到了宋朝，中国彻底进入了平民社会。

宋朝的时候，城坊没有了，宵禁没有了，城市成了市民的城市，商业生活成了城市的主题，一幅《清明上河图》就说明了一切。那熙熙攘攘的商旅、行色匆匆的脚夫，还有酒楼酣饮的客人，他们喜欢的文化可不是诗词歌赋，阳春白雪，而是下里巴人，是更简单易懂的娱乐：说话。

这个"说"，是讲，是叙述；这个"话"也不是我们现在的话，是故事。

说话就类似现在的评书，这种娱乐方式很早就有，但只局限在贵族阶层，在宋朝，这种艺术形式大兴，从东京的勾栏瓦舍到江南的乡下都有说书人的身影。

他们讲的内容形形色色，有讲宗教的，讲唐僧取经的故事，故事里玄奘西天取经的时候，保护他的是个"白衣秀才"——他却自称是"花果山紫云洞八万四千铜头铁额猕猴王。"——这就是后来的孙悟空了，当然这个版本那时候还叫《大唐三藏取经诗话》，这本书经过无数说书人的演绎，最终经过集大成者（现在都说是吴承恩）汇编，就是《西游记》。

也有讲历史故事的，这个领域更是形形色色，秦并六国、隋唐英雄、武王伐纣，甚至当朝贼寇宋江的故事都开始在茶馆里流传，这武王伐纣就是后世《封神演义》的前身，而宋江的故事自然就是《水浒传》的前身了。

《三国演义》的故事也从这里开始发端，甚至更早。据《大业拾遗记》记载，隋炀帝杨广就曾经和大臣们一起在水边观看"水饰"——利用水力驱动的木偶戏。

他们看的剧目就有"曹瞒浴谯水击水蛟""魏文帝兴师，临河不济""吴大帝临钓台望葛玄""杜预造河桥成""刘备乘马渡檀溪"等三国故事。唐朝李商隐的《骄儿诗》就说他孩子"或谑张飞胡，或笑邓艾吃"，这个孩子得来的人物信息，显然也是来自戏曲或者小说。而且在他诗里，张飞的角色已然定型，张飞的个性"胡"，跟咱们现在读到的

《三国演义》已经差不多了。

不光是张飞的形象,连对魏、蜀、吴的好恶在宋朝也定型了。

苏东坡《孔北海赞》上来就写"而曹操阴贼险狠,特鬼蜮之雄者耳"。还说曹操"平生奸伪,死见真性"。贬损曹操,夸奖孔融。随后他又开脑洞说"操平生畏刘备,而备以公知天下有己为喜(指的是早年孔融被黄巾军围困,派太史慈向籍籍无名的刘备求救,刘备为自己被孔融所知而大为兴奋),天若祚汉,公使备,备诛操无难也"。曹操这一生就害怕刘备,如果孔融投靠刘备,刘备杀曹操不是什么难事——宋代第一大才子对三国群雄的好恶跟我们一样。

这不光是苏东坡一个人眼里的三国,市井小儿眼里的三国更是如此。他在《东坡志林》里说:"涂巷中有小儿薄劣,其家所厌苦,辄与钱令聚坐听说古语,至说三国事,闻刘玄德败,颦蹙眉,有出涕者;闻曹操败,即喜,唱快。"有小孩顽皮的,家里给他们钱,让他们去听书,这些小孩听三国故事,听到刘备败,就皱眉不乐,甚至有哭的,听到曹操败了,就非常高兴。孩子们在听故事的时候是把自己代入到了刘备一方。苏东坡还由此得出一个结论:"君子小人之泽,百世不斩。"他的潜台词就是刘备是君子,曹操是小人了。

为什么宋朝人这么喜欢蜀国呢?

许多人都爱说正统论,宋朝北对契丹,西临党项,也是鼎立之势,宋朝把蜀汉当正统，所以才有这么强的代入感。事实上，只有到了南宋，蜀汉正统论才完全确立。在北宋，虽然有争论，但精英阶层的主流观点是奉曹魏为正统的。

正统论是上层玩的把戏，和底层人民没有太大关系。北宋的民众之所以喜欢蜀汉的英雄，我以为对于当时的市井小民来说，蜀汉的英雄有强大的代入感，因为刘、关、张不同于四世三公的袁绍，不同于世代做官的孙家，更不同于宦官后人的曹操，他们三个都是市井出身。

刘备虽然号称自己是中山靖王之后，但史学家都以为那不过是自我吹嘘，企图"借壳上市"，织鞋贩履的出身就跟孙悟空的弼马温经历一样，动不动就被人揭伤疤。《三国志》中也没有提及张飞、关羽原来的社会地位，他们显然也是社会的草根阶层，没有什么好说的。

正因为如此，《三国演义》里才给张飞安了一个卖肉的身份，给关羽的设定则是一个卖枣子的。作者罗贯中虽然是元明之际的人，但这些故事肯定在宋朝就开始流传了。这可都是当时主流听众喜闻乐见的职业，一个编席子的，一个卖枣的，一个卖肉的，三个人金兰结义，要挽大厦于将倾，满满的"组团打怪"的感觉，这种"开局一个碗，装备全靠捡"的故事套路最受民众喜欢，因为有代入感超强，由此导致了大家对蜀汉的追捧。而曹操则代表着幕后黑手，是终极 BOSS，孙吴两头够不着，所以在三国故事里的存在感就不强。

其实最初这些故事的细节里,就有着满满的小市民味道。

五、小市民关羽

最初的三国故事,很多情节为了满足听众的喜好,就跟我们现在网络爽文一样。

《三国志平话》里,三国故事本质上是一个重生神话,说是一个名叫司马仲相的愤青,读书发牢骚,结果被玉皇大帝听见了,就让他做半日阎罗王,司马仲相遇见三个冤魂韩信、彭越、英布在告刘邦的状,这三人功高震主,被刘邦冤杀,他们请阎罗王为他们主持正义。

司马仲相当即把刘邦叫过来,刘邦说我当时出去云梦山旅游了,这都是我媳妇吕后的锅。吕后说这都是刘邦出去旅游之前交代给我的……乱哄哄一番,最终作出判决,刘邦转生为汉献帝,吕后转生为伏皇后,韩信重生为曹操,这样"韩信"就可以杀掉"吕后",囚禁"刘邦",彭越重生为刘备,英布重生为孙权,这样二人就可以瓜分汉家天下。故事里,蒯通转生为诸葛亮——这个安排有点不合理,因为蒯通当年是劝韩信自立为王的,这么说来诸葛亮应该投靠曹操才对啊。看来愤青司马仲相并没有考虑周详,不过他倒是为自己安排了一个好去处:重生为司马懿,收拾三国,独霸天下。

从这个安排上来看，创作者明显是当时的落魄书生——当时许多故事创作者都是不得志的书生，沦落市井——他把自己想象成最后的赢家，意淫了整个三国。

关羽和张飞也没有交代是汉初哪位猛将转世，创作者在当时对二人并不是很看重。

但是随着关羽地位的上升，后面的故事创作者就不得不增加关羽的戏份了，这个故事在后来的版本里就明确交代关羽和张飞的来历，冯梦龙在《闹阴司司马貌断狱》里就说张飞是樊哙转生，关羽则是项羽转世，关羽和楚霸王挂了钩，这个说法固然体现了关羽的英勇，但是楚霸王桀骜不臣的姿态和关羽后来的忠义形象不搭，所以这个设定在关羽成神之后就被砍掉了。

而关羽最初在三国故事里的形象也不如我们现在看到的这样高大上。而是如同小商小贩一样，精于算计，例如他跟刘备结拜，就是因为看上了他将来必成大事。

杂剧《刘关张桃园三结义》中，关羽看见刘备睡着的时候，有一条蛇从他七窍钻出钻进，于是关羽就对张飞说："兄弟也，你不知道，蛇钻七窍，此人有福，将来必贵。等他睡醒，不管他年纪大小，我们就拜他为兄。"——把结拜整得跟我们现在炒股跟庄一样。

《三国志》关羽不屑于和黄忠为伍，《走凤雏庞掠四郡》的作者"脑补"了一下关羽和黄忠的恩怨,故事里张飞和赵云去攻打黄忠,黄忠说我不跟你们打,找你们二哥来,我跟他有仇。张飞问什么仇,黄忠说:"他当初和我一起去参加科举考试,他去官府诬告了我一状,然后他跑了,导致我被打了二十军棍,发配在这里。"——堂堂关壮缪成了一个诬告的小人。

关羽还胆小怕事。

《三国志平话》里,张飞抢了吕布买马的钱,刘备吓得要死,他和关羽竟然想要把张飞捆了送给吕布,只是念及桃园结义,才没有这么做。关羽还埋怨张飞:"安喜时鞭督邮,军去大半,为贼三载。前者失了徐州,皆尔之过。今又夺吕布钱物,又是尔之过"——这胆小怕事推诿扯皮的劲,哪有半点义薄云天的样子。

《古城记》牢骚发起来也是溜得很,关羽千里走单骑来到古城下,蔡阳追赶,张飞信不过他,不给他开门,关羽无奈斩杀蔡阳,这才取信张飞,进了城来。他说张飞:"比如你受了他的(指曹操的恩惠),还肯想大哥和我,辞曹来寻否?"——这自卖自夸的劲。然后又开始埋怨:"教你助我些人马,你说半个也没有,只在城上助我三通鼓,十面小旗。大哥,还是鼓杀得人?还是旗杀得人?三弟,莫说你我结义兄弟,就是一面之交,见蔡阳兵来,也有恻隐之心,开门与我进来。幸喜昨日蔡阳被吾所害,若是失手于他人,三弟,你今日还跪哪一个?"

整个一话痨,牢骚发了一通,最后得出结论:"大哥,我想当初桃园结义,日子不利,时落空亡,以致兄弟如此。"——当初咱们拜错了把子,差点就分行李散伙了。

最不能忍的在《关云长千里独行》杂剧里,关羽得知刘备下落,却不告诉二位嫂子,假装喝醉酒到嫂子那儿去,二位夫人责备他忘掉兄弟结义情,关羽竟然大发脾气,吓得二位嫂嫂赔礼道歉,他才说出实情——这是要唱《武家坡》啊。

列举的这些故事文本虽然都是元朝的,但最初故事形态肯定是在宋朝就已经形成。之所以出现这样的细节,正是因为这些故事的受众是市井小民,这是在迎合听众(观众)的趣味。这些小缺点削弱了他作为厉鬼凶恶的一面,拉低了关羽作为"万人敌"武将的姿态,拥有了世俗的气息,大家也就更喜欢,更愿意往他身上编故事了。而且这些市侩的细节并不影响大家对他的崇拜,反而更能"圈粉"。

《明道杂志》就记载了一个"粉丝"因太迷恋关羽结果被人欺骗的事,该粉丝是一名富家子弟,喜欢看皮影戏里的三国故事,每次看到斩关羽都为之泪下,嘱咐皮影戏操弄者慢点斩,一群无赖就对他说:"关羽这样的英雄,你何不祭祀一番。"富家子弟深以为然,当即出银器、买酒肉,待这日演罢斩关羽,就祭祀一番,关羽英魂吃不吃不知道,这群无赖得以大快朵颐。吃完饭,无赖们连银器也一卷而空。这富家子也堪称关羽的"死忠粉"了。

《明道杂志》作者是苏门四学士之一的张耒，他在文后说，过去听说这个事不信，等到后来自己也见到类似的事情这才记录下来。这说明如此为关羽不惜钱财的事情不是孤例。不过作者是以看笑话的态度记录的，作为苏东坡门下弟子，他自然和市井百姓欣赏不到一路去。

这倒没有关系，只要关羽的故事足够多，就会影响到他们。

很快，另一个关羽的故事出现了。

六、一战成名

这个故事发生在关羽的老家。

刘、关、张三人，刘备和张飞是老乡，都是涿州人，关羽则是"河东解人"——山西解县人（现在的山西运城）。

在传说里，黄帝在涿鹿（这个涿鹿被张家口涿鹿县抢了风头，实际上涿鹿到底在哪儿一直有争议，有人说是涿州，有人说是解州）打败蚩尤，然后在另一个地方将蚩尤肢解，肢解蚩尤的地方就取名为解。蚩尤是一个巨人，他头被砍断，鲜血流出汇聚成池，在这里形成巨大的红色水池，因为血是咸的，所以这里的水饱含盐分，成了盐池。

解县盐池从春秋战国的时候就闻名天下。这个盐池有一个专门的名字：鹽（gǔ）。《说文解字》上说："鹽，河东盐池也。袤五十一里，广七里，周百十六里。"这个盐池不但大，而且这里的盐不用炼制，随风结晶，晋朝的王廙在《洛都赋》里说："河东盐池，玉洁冰鲜，不劳煮沃，成之自然。"供应量大，采捞成本低，解县盐池供应了整个中原地区的食盐。

有盐就有盐商，春秋时的富商猗顿就是贩卖这里的盐而发家的，猗顿住在临猗县，在盐池北面。关羽的家乡解县就在盐池附近。《三国志》上说他"亡命奔涿郡"，逃命逃到这里的。至于为什么逃命，却没有提。各种演义里编的故事都是行侠仗义，得罪官府，无奈背井离乡，这太俗套了，一看就是"鲁提辖拳打镇关西"的翻版。

其实从他家乡的特产来看，关羽亡命的合理理由应该和私盐有关，就像隋唐演义故事里程咬金。说私盐可能不太恰当，东汉时由于地方豪强势力大，盐铁专卖只实行过一阵。但盐业也是被豪强大族垄断，小门小户经营，必然要和大族起冲突。

私盐贩子可是个英雄辈出的行业，历史上多少枭雄都是从这里起家，程咬金只是演义故事里的，正史里唐朝的黄巢、宋朝的钱镠、明朝的张士诚都贩卖过私盐。

古代卖私盐利润大、风险高，私盐贩子都要有武器、有武装，以便随时跟官军战斗，私盐贩子的领导那一定是有勇有谋，所以如果给了关羽这个设定，也就很好地解释了为什么他的武力值这么高，打起仗来智勇双全。我们也就很好理解他为什么会到涿州，因为涿州靠近边关，这是盐商与匈奴人贸易的必经之路。

所以如果要写个关羽的故事，关羽作为一个盐商，在地盘争夺和利益瓜分之中，打打杀杀，练就一身本领，后来和东汉的官吏起了冲突，关羽杀了官吏，准备逃亡国外。走到涿州遇见了刘备和张飞，两个人帮助了他，从此以后他对刘备忠心耿耿。

如果关羽这样的经历被记录在史书里，估计他就进不了武庙了，因为贩私盐是朝廷大忌讳。朝廷又怎么可能公开尊奉一个私盐贩子呢？特别是宋朝，司马光在《涑水纪闻》里说"旧制河南、河北、曹濮以西、秦凤以东，皆食解盐"。解州盐池是当时国家财政收入的重要来源，如果谁敢贩私盐，那就是和赵官家过不去，哪怕是神也要赶出去。

他们最喜欢的是神在这里保佑这个金饭碗，盐池出盐量特别容易受天气影响，旱了不行，涝了也不行，甚至没风也不行。据说舜帝那首歌"南风之薰兮，可以解吾民之愠兮；南风之时兮，可以阜吾民之财兮"便是在这里抚五弦琴而唱，就为祈祷风来。《新唐书》上说唐代宗的时候，这里发生了洪涝灾害，经过一番祈祷，天空放晴，皇帝高兴得题词"宝应灵庆"，池神也被封为灵庆公。

宋朝四周强敌环伺，国家财政吃紧，对解县池盐的依赖度更高，就更加重视这里的神灵，为了能保佑得更好，便要增加"神手"，东边和西边各设立一个神，东边一个神，封为资宝公，西边一个神，称为惠康公。后来还提高等级，将爵位从公改为王。

从宋哲宗的元符元年（1098年）到宋徽宗的崇宁四年（1105年），盐池发生了长达八年的洪灾，严重影响了国家财政。治理完毕之后，宋徽宗开了个庆功会。作为诚恳的道教徒，他自然要感谢神灵，他为盐池神庙题写"显庆"二字，还对盐池四周的所有的神庙进行了一次加封，其中就包括关羽。大概就在这一次，赐封关羽崇宁真君的称号——一听就是个道教的名号。

在宋徽宗的心里，各路神灵是这次救灾最大的功臣，而在老百姓心里，各路神灵中功劳最大的是关羽，《宣和遗事》里记载了这个故事。

这一次洪涝灾害，不是别的原因，乃是一条蛟龙作祟，宋徽宗诏令张天师去除掉这条蛟龙，这位张天师乃是张继先，张鲁后人，关羽怎么也想不到自己死后会给张鲁这个家伙打工。

张天师做法，很快就平定了蛟龙。宋徽宗忙问怎么回事，张天师说这蛟龙是蚩尤怨灵所化，我已经派人除掉他了。宋徽宗忙问你用的哪位神灵，让我见一见。张天师就请神灵出来一见，只见两个神仙降到殿内，一位神仙身着金甲，头裹青巾，颌下美须髯，另一位戴着头盔。张天师指着美须髯的神仙说："这位是蜀将关羽。"指着另一个说：

"这个是自鸣山神石氏。"说完神仙就不见了。

这个故事宋朝以后流传特别广，许多笔记故事都有记载，细节上有出入，有的说是洪涝灾害，有的说是旱灾，还有的直接说是蚩尤的鬼魂在作祟，都是张天师奉命除害，他召唤出关羽的魂魄（有的直接抹去了另一位神仙的功劳）斩杀蚩尤。

《蒲州府志》上也有一个类似的故事，但发生在唐朝，也不是张天师召唤出来的，而是关羽奉天帝之命而来。中唐名将李晟在河东带兵的时候，梦见一个身材高大的人对他说："我是汉朝将军关羽，蚩尤作乱，我奉命剿灭，需要你的帮助。"李晟忙问怎么帮助，关羽说你明天带人为我助威就是。于是第二天，李晟就带兵严阵以待，果然到了午时，阴云四起，飞沙走石，李晟就让士兵张弓擂鼓，如战斗状。过了好长时间，阴云散去，士兵中还有受伤的，到了夜里，又梦见关羽来了说："已经胜了。"

这说明关羽战蚩尤的故事早在张天师出马之前已经有了，毕竟盐池对皇帝重要，对当地老百姓更重要，这是吃饭的事情。而关羽又是解州走出来的名人，名扬天下，位配武庙，不管是出于淫祀还是出于敬重，当地老百姓肯定会建庙（现在的解州关帝庙据说就修建于隋朝）。既然有庙，肯定要求他保佑一下盐池的风调雨顺，就会流传出来各种故事，关羽能随着陆法和去打仗，能给智者大师做保护神，自然也能帮助老百姓打一下蚩尤。

只不过街头巷尾的议论难入大雅之堂，传播也不远，但这一次，经过张天师的添油加醋，经过皇帝的认可，加上这个故事一出来就仿佛带着浓厚的可信度，解州盐池在传说里是蚩尤被肢解之处，也是关羽的出生之地，两个人跨时空打斗，太有故事性了，非常容易带来"爆款"。

所以这个故事一出来，就在说书人嘴里竞相演说，后来又被搬上舞台，成为元杂剧内容。三人尚且成虎，这么广泛地被传播，这事就越来越有人相信是真的了。

虽然关羽的魂魄出来帮人打架已经不是第一次了，但这一次不同以往。这一仗为他赢得三方面的人心：

第一，他成为盐池的保护神，盐池就是皇帝的钱袋子，不光赵官家喜欢，历朝历代皇帝都喜欢。从这以后，关羽的官职一路飙升。光在宋朝就先被封忠惠公，后封武安王——也就是说，他在武庙里虽然仍陪着姜子牙吃饭，但地位已经并不比他低。

第二，盐商们自然也喜欢关羽，在专卖制度下，盐商经营全靠官家许可和配额，作为商人他们地位低下，忽然发现自己这个老乡关羽可能是自己和官府所能寻求的共同话题之一，自然也要大力推荐，这为关羽成为后来的财神打下了基础，毕竟山西的盐商后来发展成大名鼎鼎的晋商集团。

第三，关羽成了道教的宣传工具。道教看到民心可用，自然要将这个故事纳入自己的神话系统里来，大加宣扬，从此关羽就在佛道两界挂名了。

总之这一战，他有了财团的支撑，有了帝王的推荐，有了宗教的背书。

特别是金兵铁骑南下，大宋江山丢了一半，只能偏安江南，苟延残喘，这时候他们眼里的三国，蜀汉被奉为正统。

《睽车志》上说关羽竟然预言了靖康之祸。

话说李若水在大名府元城县任县尉，有村民为他送来一封信，信封上写着"书上元城县尉李尚书，汉前将军关云长押"。李若水惊问这信从何而来，这人说是我昨天晚上梦见金甲将军告诉我的，他说明天你到某处，遇见一个铁冠道士，他给你关大王的一封信，你把信送给县尉。我醒来就按照他说的做了，果然遇见一个道士，道士果然给了一封信，我就给您送过来了。李若水打开信，上面预言了靖康之变。李若水认为这事过于怪异，就烧了这封信，后来李若水官至尚书，遭遇靖康大变，出使金营，铁骨铮铮，慷慨就义的时候才明白原来关羽的信是在警告自己。

这事记载得没头没尾，关羽莫名其妙给李若水写了一封信，做出风险警告，说他同情宋朝吧，可是却没有任何实际行动，说他喜欢李若水吧，也没有显灵在危难时候帮他一把啊。

很显然这是南宋时候的传说，这个时候蜀汉已经被树为正统，关羽的神位也越来越高，已经从武安王变成了壮缪义勇武安英济王，关羽的庙宇已经到处都是了，这个所谓关大王下书的故事大概是以讹传讹编出来的。

但是士大夫一看关羽都作出过警告，这说明正义在我们这一边，而且关羽不对别人提出警告，独独对李若水作出警告，这说明忠义之心惺惺相惜。另一本书《独醒杂志》也记录了这个故事，作者就说"后来李若水在金营大骂金人而死，看来这天生忠义，神仙预先都知道了"。用关羽为李若水的忠义背书。

关羽这个时候不仅是个英勇的武将了，他已经成了忠义的化身，从宋到元，尤其得益于元杂剧的兴起，故事的受众更加广泛，关羽成了文艺舞台上的大IP，他的故事越来越多。

有两种人在为关羽编故事，一种属于民间，一种是精英阶层。

我们就从民间的说起。

七、有故事的关羽

宋元是故事的野蛮生长期，根据听众的喜好，关羽的故事不断被创造出来。我们现在看到《三国演义》里的关羽故事，都是这个时候被创造出来的。

既然关羽最早引起人们注意就是因为他的英勇，关羽最初的故事肯定是拿他生前英勇事迹演义一番，使其变得更英勇，例如斩颜良、刮骨疗毒、水淹七军、斩庞德等等，如果真实材料的英勇不够表达，还不惜把别人的故事也拿过来用，比如斩华雄是孙坚所为，但是为了塑造关羽的英勇，就让关二爷杀了他，而且还加了一个细节：温酒，从此，这成了关羽威猛神话中的一个标志性事件。

还有单刀会，所谓单刀会本是孙刘双方谈判，关羽和鲁肃作为代表都是单刀赴会，但是为了衬托关羽的威风，单刀会成了鸿门宴，关羽独身赴会，秀了一把智慧和胆量。至于孙坚和鲁肃……历史学家会记着你们，我们这些讲故事的就不管了。

实在没有别的英雄故事可借，还可以再创造。如《关云长单刀劈四寇》说的是在董卓被杀之后，李傕、郭汜、樊稠、张济替董卓报仇，逼死王允，又企图挟汉献帝远走西凉，结果半路上被关羽劈死的故事。

到了宋朝，关羽被贴上忠义的标签，这就必须要解决一个问题：他曾经投降过曹操。虽然后来他又回来了，但是投降就是投降，按照后来的价值观，大丈夫宁死不屈，死也不投降这才是好汉。也就是因为这个缺点，宋朝建国初期，关羽被赵匡胤从武庙赶了出来。

怎么解释投降这个事呢？最先努力找理由的是读书人，例如北宋的张商英写《咏辞曹事》："月缺不改光，剑折不改铓，月缺白易满，剑折尚带霜。趋利寻常事，难屈志士肠，男儿有死节，可杀不可量。"把投降这种事说得如同月缺，如同剑折，不改光亮，不减光芒。言外之意，投降是个缺点，但这不重要，因为瑕不掩瑜，投降是不对，但无法掩盖关羽身上的英武之气啊。

这话说得有点强词夺理，瑕不掩瑜那也是个"瑕"啊，这个解释不被大家接受，后来的故事给出了更合理的解释，那就是他必须要活下来，有比死更难的事情要处理：保护刘备的两个夫人。于是就有了降汉不降曹的大义凛然，随后自然就有了千里走单骑的故事，当然路上要足够凶险才能衬托英雄的不易，所以就有了过五关斩六将的细节，就有了古城会。

解释了为什么投降，也顺便证明了一下关羽的不好色——这一点也很重要。

因为裴松之注解《三国志》的时候讲了一个小故事，说关羽跟随曹操在下邳攻打吕布的时候，不止一次跟曹操说，拿下吕布，请把吕布手下秦宜禄的妻子赏赐给我，曹操一开始答应了，但因关羽说的次数太多了，曹操不禁动了心：这个女子有多好看啊，我倒要见识一下。结果一看，我见犹怜，作为领导，近水楼台，他就自己留下了。

本来这个事对于武将来说不算什么,只能说明关羽有基本的审美和生理需求,但对于宋朝有道德洁癖的人来说,这是一个大污点,必须要洗白。

所以他们专门为关羽设计了一个情节,曹操阴险,把关羽和二位嫂嫂关在一间屋子里,好乱了他们君臣之礼。关羽识破他的奸计,通宵秉烛读《春秋》,证明了自己的毅力和恒心。

这还不算,还要增加戏份。他们把三国传说里最美的女人貂蝉和关羽放在一起,说的是曹操看关羽在二位嫂嫂面前严守礼节,于是就把貂蝉赐给了关羽,结果关羽挥刀杀了貂蝉——这就是著名的关羽月下斩貂蝉的故事——关羽连曹操送到面前最美的女人都要杀了,他怎么会和曹操去抢别的女人?

民间故事里甚至把观音菩萨都拉过来,白莲教里《护国佑民伏魔宝卷》里说观音菩萨想要点化关羽,就变化成一个美女。在一个大雨滂沱的晚上,她和关羽相逢在一处古庙里。菩萨说自己心口痛,求关羽给按摩按摩。关羽厉声呵斥:"你是女人,我是男人,不行。"但是人命还得救,关羽拿出自己的刀柄去按。结果就见一道灵光闪过,美女变成了观音,显身半空说:"通过考验,助你成神。"

不得不说这个故事太俗套了,还不如月下斩貂蝉有意境,这都属于"低端粉","高端粉"如清初毛宗岗才不会信,所以他修订的《三国演义》这些情节都没有。

说起来《三国演义》，这书是三国故事的集大成者，但是毕竟说的是三国，对关羽的许多事情都交代得不清楚，例如他的出身，这么厉害的一员武将，怎么可能不是天星转世？他为什么来到涿州？他的脸为什么这么红？他的胡子为什么这么长？他的青龙偃月刀什么来历？这么高的武功谁教的？他是否娶妻？他老婆是谁？他有几个孩子？……你罗贯中可以搞不明白，关羽的"粉丝"可必须要说清楚，这就要编故事。

冯梦龙说关羽是项羽转世，依据大概就是他俩都是"万人敌"。但项羽生前虽然是霸王，死后的名声可没法跟关羽比，关羽比他厉害多了，这个说法不足信服。

明朝的瞿九思在《关将军幽赞录》里说关羽乃是南方的火帝，他的依据是南方属火，其神物为朱雀，朱雀有羽毛，这不就是关羽的"羽"吗？同时南方有南天门，这是一个重要的关口，正应了关羽之"关"——这么多证据都表明关羽就是南方的火帝，正因为是火帝，所以他一张大红脸，骑着赤兔马，这都是火苗的红啊，这么一说这推论还真是"严密"。

只不过这个说法有点玄乎，不容易被大众接受。明清的时候有本传播民间信仰的小册子《桃园明圣经》，用第一人称叙述关羽的一生，这上面就说得通俗多了。

上面说关羽原本是天上的朱衣神，文昌、武曲两位星君都归他管，送子那位张仙也归他临时管理——从孩子出生到成才都在他管辖范围了。这么一个有实权的神仙，却在春秋时被玉皇大帝派下人间主持正义，托生为伍子胥，但不知为什么死后不上天，却到钱塘江推潮，东汉末年，看天下大乱，再度下凡成为关羽。（"鉴知战国侵凌乱，命我临凡救万民。玉皇赐我名和姓，子胥五转作忠臣……汉室多奸党，改姓下凡尘。春秋丈夫志，生长解梁城。指关为我姓，下界又称臣。"）

说清了出身，又开始说他为什么会离家出走到涿州？前面我们说过他是行侠仗义，就像鲁提辖拳打镇关西一样，吃下人命官司，无奈离家出走。这是明清时候的故事，元朝时《刘关张桃园三结义》里，说他看透州尹藏一贵想要造反，于是代表忠义之心，杀了他。不管怎样，关羽无奈离家出走。对了，在故事里，这个时候关羽还不是红脸庞，之所以变成红脸庞，就是为了躲避官府追捕。

《坚瓠集》里有个《关西故事》，就说关羽一路逃亡，走到潼关（这里有点绕，从运城到涿州，过潼关，那是绕路到河南，所以有的故事里说是大庆关——古代蒲州境内，有的故事里说是紫荆关——在易县附近，这俩地点还相对靠谱点），在关口他看见自己被画影图形通缉，在河边掬水洗脸，洗完之后，脸色已然变红。

洗一把脸就变红，有点不符合科学常理，难道那河里如同《单刀会》所唱，"不是水，是二十年流不尽的英雄血"？莆仙戏《三国》里就说一个老和尚指点关羽，一拳打破鼻子，用鼻血擦脸，变成一张大红脸，这样就有点合理了。

《关西故事》里还说他本来不姓关，关令问他你是谁，他抬头看见关口，就随口说自己姓关，那么他姓什么呢？这个没提，有的故事里说他姓冯，但是为什么他后来发达了不改回本姓呢？这个也没提，或者有，只是我没看到吧。

关羽就这么出了关，来到了涿州，莆仙戏《三国》里就说关羽来到这里并不是直接见到了刘备，他在这里借宿在一个老人家。这个老人告诉关羽，此处有三个妖怪作祟，这三个妖怪分别是白鹤精、青龙精、白蛇精，关羽有心降妖，但不是妖怪对手，这个时候，一只白猿出现了，传授了关羽一套刀法。这个显然是改编自《吴越春秋》里那个白猿教越女剑的故事，如此说来，关羽这套刀法应该是越女刀了。

依靠这套刀法，关羽"三进杀其形、三退杀其影"，降服了这三只妖怪，将他们变化成一块铁，后来桃园结义，关羽就用这块铁打造了三人的兵器，自然那青龙精便是青龙偃月刀，那白蛇精是丈八蛇矛，白鹤精显然就是刘备的双股剑。

据关羽在故事里所讲，他的绝招拖刀法也是这只白猿所教，他用这招先杀华雄，后杀蔡阳。民间故事里的蔡阳可不像《三国演义》里的蔡阳那么怂，张飞一通鼓没有擂完，就被关羽砍在马下。苏州评话《三国》里说蔡阳是刀祖宗，莆仙戏里的蔡阳刀法也是了得，但关羽说蔡阳这刀是一把雌刀，关羽这刀乃是雄刀，雌刀见了雄刀，不是对手，被关羽一刀斩了。

故事里没有说这白猿从哪儿来的，刀分公母，让人想起《西游记》调侃金角大王葫芦分公母的事，这白猿看来是孙悟空了。仔细想想，从东汉末年到李世民时，差不多就是五百年，所以孙悟空大闹天宫的时候正是东汉末年，传授给关羽一套刀法想来不成问题。

山西有一出锣鼓杂戏叫《白猿开路》，说得便是目连前往西天救母，一只白猿一路保护他，这不就是孙悟空的角色吗？目连在途中还收了一个新徒弟，叫沙僧——完全是《西游记》故事了。与《西游记》不同的是，这只白猿战斗力不强，遇见一条鱼精，白猿就不是对手，只能去搬救兵，他不找观音菩萨，他找的是张天师，张天师召唤出来温、马、赵、关四大元帅，这"关"便是关羽，前面我们说过关羽是火帝，他在这里化身火德星君，平掉了这条鱼精。看来关羽死后成神，本领已经超过师父了。

有趣的是，关羽这刀在余象斗所写的《北游记》竟然下凡成妖。故事里说关羽死后在天为神,有一次他到西天如来佛祖那里去听经,这刀就私自来到凡间作妖,号称金烈将军,虽然是个妖怪,却是遍体金光,真武大帝不是他的对手,和他打斗竟然被砍死,太上老君派人把他救活,又指点他去找关羽,把关羽从如来课堂上叫回去,这才把这把刀收回。

刀有故事,马当然也有。

在各种故事里,这匹马的来历这方面大框架不变,都是曹操将马赠送给关羽,《三国演义》里形容这匹马是"火龙飞下九天来",将这匹马比成火龙,《三国志平话》里就说这匹马不吃草料,专吃鱼鳖,这匹马简直就是两栖动物,遇江河,如登平地,说到底,就是为了暗示它是一条龙。

在这匹马身上衍生出一个"姚斌盗马"的故事。姚斌(有的故事里写成姚彬)本是黄巾军,长得和关羽很像,他母亲生病了,医生说吃良马肉方好,姚斌听说关羽的赤兔马天下无双,就投到关羽麾下,打算偷了赤兔马回去让母亲吃,被人发现,关羽得知实情后,为他孝心所感动,就放了姚斌。这个故事流传特别广,清代震钧《天咫偶闻》上说北京原本有一座姚斌关帝庙,里面有姚斌盗马的雕塑。后来庚子之乱的时候,这庙毁于兵火。这个姚斌在戏曲里戏份还挺多,京剧有一出戏《破羌兵》,说得就是关羽让姚斌假扮自己去迎战羌兵,上演了一出"真假关公"。

介绍了关羽的来历、武功和兵器,就该了解关羽的家庭了。《三国志》提到了关平和关兴两个人,至于关羽的老婆则没有提及。

这难不倒编故事的人,《寿亭侯怒斩关平》里关羽的夫人是王氏,关平是她的儿子。《花关索传》里他的夫人变成了胡金定,有名有姓,跟真的一样。这个胡氏给关羽生了两个儿子,长子关兴,次子关索。《三国志玉玺传》里说关平是义子(《收关平》讲的是关羽将关平收为义子的故事),关索才是亲儿子,但是他妈妈不姓胡,姓花。后来花氏早故,关羽五十岁续弦胡氏,宝刀不老,又生下一个儿子关兴,还有一个女儿……把关羽的幸福生活安排得妥妥当当。

这些细节都补充完了,讲故事的人还会凭空捏造新的故事,既然你有儿子,那为啥不上演一个"大义灭亲"的故事呢?于是就衍生出了一个《寿亭侯怒斩关平》的故事,说的是关平纵马踏伤了集贤庄王荣的独生子,肇事逃逸,造成被害人死亡。王荣鸣冤,荆州的官员一听告的是关羽,谁也不敢受理。王荣心灰意冷,要上吊自杀,碰巧遇见了关羽手下人关西,关西告知关羽,关羽审案,当即决定处死关平。张飞、刘备来劝都不管用,最后当然是大团圆的结局,王荣自愿撤诉,关平战场上立功,将功折罪,两全其美。

关羽这下除了忠义英勇,又多了一个清官的形象,更加受欢迎了。

但当时关羽的故事可不止于此，还有许多故事压根没有流传下来，例如我们现在所知的《关大王三捉红衣怪》《关岳交代》两则，《关大王三捉红衣怪》光听名字就知道是个关羽捉鬼的故事，《关岳交代》显然是关羽和岳飞两代忠良的故事，关羽能给李若水写信，自然也可以为岳飞做点什么，说的大概是岳飞死后和关羽职责交接的故事。

然而，如果只靠民间故事的创作，关羽的形象就会太过世俗，要么斤斤计较，要么不顾一切地盲目拔高，无法最终登上神坛。所以这就需要精英阶层来——

八、一本正经地胡说八道

这一套故事不同于市井创造的稗官野史，这种故事的作者也不同于那些落魄文人，他们甚至常常是一个时代的大学者，大学问家。他们不认为自己是在编故事，而是以非常严谨的态度立足正史围绕关羽进行了一系列考证。这方面出现了许多"学术著作"，著名成果如下：

元朝胡琦的《关王事迹》，明朝的赵钦汤、焦竑的《汉前将军关公祠志》，明朝吕柟的《义勇武安王集》，明清之际钱谦益的《重编义勇武安王集》，清朝张镇的《关帝志》，清朝彭绍升的《关圣帝君全书》，还有无名氏的《关帝宝训像注》等等。

这些著作对关羽的身世、籍贯乃至生平著作等都进行了详细考证，都说得有鼻子有眼，跟真的一样。

例如考证关羽的籍贯，《三国志》上说关羽是"河东解人"，本来说得很清楚了，但关羽的"粉丝"还是觉得太笼统了，应该具体到村，所以他们考证出，关羽的籍贯是山西解州宝池里下冯村（见钱谦益的《关圣帝君传》）。

精确了地理位置，就要精确时间线。

首先是关羽的生日，他们考证出关羽出生在汉桓帝延熹三年（公元160年）庚子年六月二十四日（见王朱旦《关侯祖墓碑记》）。不过这一点没有形成统一的观点，除了六月二十四日，还有六月二十二日、五月十三日的说法（见梁章钜《三国志旁证》）。

除了关羽的生日，清朝康熙年间解州太守王朱旦在《关侯祖墓碑记》里接着考证了关羽孩子的生日，关羽第一任妻子是胡氏，于汉灵帝光和九年戊午月生儿子关平。除了儿子，许多家谱传记里都记载了关羽后世子孙，尽管《三国志》里说蜀国灭亡的时候，庞德的儿子庞会到成都，将关家满门屠杀，但"做研究"的这些人仿佛没有看见一样，依然考证出北魏的关朗、南朝宋的关康之、唐朝的关播都是关羽的后人，而且关羽的后代一路捋下来，都能找到一群后人。

往下捋到头，往上也要追到头。他们考证出关羽是的祖先是前有夏朝的关龙逄（这个说法最早见于《新唐书》），后有东周的关令尹喜（见胡琦的《关王事迹》）。

关龙逄是夏朝最后一位帝王夏桀的丞相，他多次进谏，夏桀最后烦了，就把他给杀了。关羽是他的后代，也算是忠良传家，但关龙逄是豢龙族的后人，"关龙"应该是"豢龙"，就算写作"关龙"，人家的姓氏也是"关龙"，而不是"关"——当然这一点没有关系，编故事的人自然有自己解释的套路：后人省略了呗。

那关令尹喜就有点说不过去了，这位最著名的事迹就是在函谷关拦住老子，让他讲《道德经》，然后在传说里他跟着老子一起出关，最后成为神仙，这位固然厉害，但关令尹喜这个"关"明显是函谷关，而不是人家的姓，令尹是官职，关令尹喜的正确解释应该是函谷关的令尹名叫喜，后来以讹传讹，有的称呼他为关尹子，有的称呼他为尹喜，他不但成了道教的神灵，没想到还给关羽做了远祖。更绝的是，他们还考证出关羽的爷爷叫关审，关羽的爸爸叫关毅。

王朱旦是怎么考证出关羽的爸爸和爷爷名讳的呢？因为两个梦。

《汉前将军壮缪侯关圣帝君祖墓碑记》里说，有个叫于昌的人梦见关二爷大喊"易碑"，醒来之后就听说有人淘井得到两块残砖，上面有字，合起来读，左侧有五个字，写着"生于永元二"，右侧有三个字写着"永寿三"，中间有十七字，写着"先考石磐易麟隐士关公，讳审，字问之灵位",旁边还有三个字,写着"男毅供",背面写着"道远"二字。

结合自己的梦,于昌感觉这块砖头了不起,急忙告诉解州太守。解州太守名叫王朱旦,大吃一惊,因为他之前在涿州时也做过一个梦,梦见关二爷请他喝酒说:"烦请你用如椽之笔为我叙述生平。"又回头叮嘱周仓:"保护好他,别受伤了。"结果第二天王朱旦到朋友家喝酒,大醉,从马上摔到石头上竟安然无恙,这才明白是关二爷在保护自己。

今天看到这块砖,他恍然大悟,原来是关二爷所说的叙述生平就在这里应验了。他们两个解读了这块砖上的文字,这块砖乃是关羽父亲为关羽爷爷立下的灵位,所以关羽的爷爷名叫关审,这碑是关毅所立,则关羽的爸爸是关毅,字道远。显然这个名字来自论语"士不可以不弘毅,任重而道远。"——这一点充分证明了关家诗书继世。

王朱旦还做了一番发挥,说关审饱读诗书,熟知《春秋》,见东汉朝政腐败,不忍同流合污,于是回到老家独善其身——这是演义小说里常用的人设啊,然后剧情就是家里出来一个不安分的孩子,这个人自然就是主角关羽。关羽在祖父的教诲下长大,所以深谙忠义之理,爱读《春秋》。关审死后,关毅守孝三年,本来耕读传家,奈何关羽看不惯吕熊欺负良善,路见不平一声吼,杀人后流浪。衙门找关毅要人,关毅投井自杀——这就是在井里捞出汉砖的缘故。

这件出土文物可是填补了关羽历史上的空白,但也就是在民间引起了骚动,当时严谨的学者都不认可,雍正的时候因为要封赏,礼部还讨论过关羽的爷爷和爸爸的名讳问题,结论就是不可信。

其实王朱旦这种造假行为已经不新鲜了,早在宋朝,关羽刚火起来的时候就有人用过了。

洪迈《夷坚志》上说南宋绍兴年间,洞庭湖就有渔夫打捞出一枚"寿亭侯印",这可是关羽当年的印章,当即供奉在玉泉山关庙内。这还不算,后来又有人砍树时挖出一枚寿亭侯印,这印章上还写着刻制时间"汉建安二十年"。洪迈作为精英阶层,对此表示怀疑,他说关羽是汉寿亭侯,汉寿是地名,印章上不应该少一个"汉"字,再说关羽是建安四年就被封为此侯,怎么可能到建安二十年再刻印?

这么一分析,显然这是故事听多的好事者故意造假,因为当时许多故事都把关羽叫做寿亭侯,有意忽略了"汉"字。明朝嘉靖版本的《三国演义》里由这个细节演化出了一个情节,当初曹操封关羽为寿亭侯,关羽不干,说我降汉不降曹,前面必须加上一个"汉"字,这样才配得上我的风骨——这关二爷真够阿Q的。

按照这个故事所说,关羽还应该有一枚"汉寿亭侯印"的印章,未见出土,却见使用过,在潮州、丰顺关帝庙内有关羽的墨宝:风雨二竹。说是关羽所作,证据之一就是上面钤着"汉寿亭侯印"的关羽印

（见潮州关帝庙），这幅画据说就是当年被困曹营时所作，关羽还题写两首诗以明心境，《风竹图》写着："不谢东君意，丹青独立名。莫嫌孤叶淡，终久不凋零。"——这东君显然是曹操，竹子则是自己。

《雨竹图》上提着"大业修不然，鼎足势如许，英雄泪难襟，点点枝头雨。"——这一首感觉不像在曹营里所作，倒像是走麦城的时候所作，这"英雄泪难襟"显然是从杜甫诗里借用的，反正关二爷死后成神，杜甫也归他管，用他的句子是给少陵野老面子。

除了诗词，关羽还流传下来两则名言警句，一则是"读好书、说好话、行好事、做好人"，另一则是"愿天常生好人，愿人常行好事"。总之就是劝人行善积德，听起来就像是一个老太太在絮絮叨叨，丝毫不像一个领兵一方的将帅所说。

名言警句还只是编造一两句话，最厉害的还属编造书信，元朝人胡琦在《关王事迹》里就提到一封《辞曹书》，据说是关羽挂印封金的时候给曹操留下的书信，胡琦就说"考其文义，不似汉时文字"，就没有收录，但到了明清时期，关羽成神成圣，关于他的传说已经不辨是非了，这一时期出现了许多关羽的书信。

有《与张桓侯书》，关羽在曹营期间给张飞写的信，叙述自己的清白，他在信里称呼张飞为"翼德"，一下露馅，张飞在正史的字是"益德"，演义小说里才写张翼德，显然这位作者是小说看多的主儿。

还有《官渡与曹书》，关羽在官渡之战的时候写给曹操，劝曹操忠心辅佐汉室——好吧，如果他忠心辅佐汉室，那你为啥还要找你大哥，跟着曹操辅佐不就行了吗？

还有《与张辽书》，关羽在曹营的时候，张辽多次劝他留下，二人有过谈话，这封信是关羽对他表明心迹。

《拜汉寿亭侯复操书》则主要是领汉寿亭侯之封时，对曹操的一种礼貌性感谢。后来他知道了刘备下落，又给曹操写了《归先帝谢曹操书》，写了一封好像不尽兴，又写了一封《又致操书》，内容都是大谈忠义，同时感谢知遇。

以上编的这些信都出现在同一个时期，足以说明一点，这些人都很在乎关羽这个时候的心情怎样，所以帮他给张飞写信自述清白，帮他给张辽写信说自己义不帝秦，帮他给曹操接连写信，他们就是要证明关羽的清白。

除上述书信之外，还有《答陆逊书》，劝陆逊同心抗曹。《慰先帝书》，劝刘备失败的时候不要气馁。还真是处处抢戏。

通过努力，这些文人们成功地将关羽的故事和历史搞混淆了，不光老百姓会把《三国演义》里的故事当成史实，许多文人也分不清了。

例如明末的著名将领卢象升，本也是饱读诗书的进士出身，他带兵路过河南的"恨这关"，据说是关羽当年过五关的其中一关，过去之后"立马回头恨这关",卢象升怀古,写下了一首《过恨这关诗》,"千古英雄恨这关,疆分豫楚几重山……遐思忠义当年事,历尽江山识岁寒。"

大学者李贽《过桃园谒三义祠》,感叹桃园三结义,"世人结交须黄金,黄金不多交不深。谁识桃园三结义,黄金不解结同心"。

袁枚在《随园诗话》里专门批评这种现象,举了好几个例子,有感叹华容道放走曹操的,有赞叹关羽有定力不受美色诱惑秉烛夜读的……但关羽信仰如惊涛巨浪滚滚而来,他的声音立刻就被淹没了。不过幸好袁枚这本书没有引起关二爷的注意,否则他老人家分分钟下凡来警告你。

这个时候,关羽已经在各方面成为大神了。

九、最有实权的神仙

其实要想赢得老百姓的信任和尊重,故事的传播和官方的推崇只是一个开始,例如孙悟空,他的形象流传更广,但大众不会对孙悟空形成敬仰,再例如孔老夫子,"独尊儒术"以来,为历代官方所推崇,但他的受众范围只在官方,民间影响远不如关羽。

关羽信仰流传得这么广,那是因为信仰他"有用",能带来实际的好处。

正如军队供奉他是希望他保佑自己旗开得胜一样，民众供奉关羽也是希望得到回报的，这就是为什么庙门上写着"有求必应"，老百姓常说"这个神仙灵"，所谓的"灵"就是灵验。换句话说，要能为群众做点事。

考察关羽的各种灵迹，发现关羽对许多"公共领域"都有所涉及。

雨神

在宋代人们就相信关羽负责风调雨顺了，宋朝人写的《武安王赞》里说"严庙貌，爵封王。祚我宋，司雨旸。祷而应，弭灾荒"，便强调了关羽有主管气象的职责，南宋的孝宗皇帝加封关羽为英济王的时候，就专门强调了这个功能："凡有祷于水旱雨旸之际，若或见于槜篱凄怆之间，英烈言言，可畏可仰……"

宋朝人之所以相信关羽在气象方面灵验，还可能和斩蚩尤一战有关，那一战是因为蚩尤魂魄化作蛟龙作祟，有的故事说是作祟引起洪涝，有的故事则说是引发旱灾，不管是涝还是旱，都是自然灾害，关羽杀了蛟龙，抗了天灾，所以自然也就具备这方面的功能。

后来的民间传说里，关羽和龙的形象挂钩，管下雨就管得更理所应当了。

《历代神仙通鉴》上就说关羽是一条龙转世。这条龙跟《西游记》

里的泾河龙王一样,违背玉帝圣旨,自行下雨。他跟泾河龙王目的不一样,他是为了救黎民百姓。故事说的是汉桓帝的时候,玉帝不让河东降雨,这条龙看不过去,就吸取黄河水,为河东人民降下一场甘霖——这简直是中国的普罗米修斯。不过关羽的下场比普罗米修斯好,不用被恶鸟啄肉,玉帝给他来了个痛快,一刀斩下龙头。《三国演义》里出场过的那位普净和尚捡到龙头,他把龙头放在缸里,念经超生,九天之后,听得缸内一声巨响,开盖看去,空无一物。而另一边,关家的一个婴儿出生了,这就是关羽。

故事说得虽然悲壮,但一条龙配不上"关圣帝君"的名头,《异识资谐》里说龙只是关羽的守护者,《三国志》里诸葛亮不是夸奖过关羽的胡子吗,故事就拿这个说事。说关羽胡子中有一根最长,漆黑漆黑,特别有劲,每有大战,必然震动。襄阳一战的时候,关羽梦见一个青衣神仙说:"我是乌龙,久附君身,以壮威武。今日你的大限已到,我先告辞了。"说完化成一条黑龙不见了踪影。

次日,关羽捋须,不见最长那根,明白所谓黑龙便是那根胡子。后来在麦城,关羽临终之际方才明白,命数早已注定。故事到此并没有结束,到了晋朝太初年间,樊城大旱,当地有司梦见黑衣神说:"我是须龙,你们为我立庙,我立刻下雨。"有司答应,果然天降大雨,雨住天晴之际,天空中一条乌龙显身。有司随后建庙,在挖地基时,挖出一条胡须,看来这就是关羽胡子上那条龙了。

民间理解关羽主管下雨还从谐音上理解,小时候在村里就听老人讲,"关羽"谐音就是"管雨"啊,再加上他字云长,云雨云雨,云乃雨之先兆,而且云一长(zhǎng),不就该下雨了吗——这逻辑还真是严丝合缝。

民间传说里管下雨的神仙有许多,有龙、有雨师、有雷神、有李靖……但他们谁也不如关羽,下雨都下出了个人品牌:磨刀雨。

农历有谚语"大旱不过五月十三",说得便是农历五月十三多半天降大雨,从科学角度上说这是冷暖气流交汇的结果。古人哪里知道这个,他们把这一天和关羽联系起来,用讲故事的方式解释这一切,有的地方说关羽这一天生日,有的地方说关羽这一天成神,至于生日或者成神为什么要下雨,没有明确解释。最流行的说法是关羽这一天磨刀,磨刀要蘸水,所以下雨。

但磨刀霍霍为哪般?

最流行的故事是说要赴单刀会,单刀赴会是鸿门宴,关羽持刀前去,自然要把刀磨得锋利,关羽死后成神,这一天便成了固定的磨刀日,青龙偃月刀在磨刀石上哗哗作响,水花四溅,降到人间化为甘霖。有的地方故事里还把这个故事进行了细化,《关公借雨》里说,关羽赴单刀会之前,想要磨刀,但却赶上荆州大旱,无水可磨。关羽大怒,冲天喊道："你不给我磨刀水，我就不让你晒龙衣。"六月六日是龙王爷晒龙袍的日子，这可把他吓坏了，赶忙降大雨。

就这样，关羽不但管雨，还管出了一个节日，管出了品牌。

财神

中国的财神有很多，多得必须要分类。文财神有比干和范蠡，武财神有赵公明和关羽，此外还有各种偏门财神，如五通神之类，什么能带来钱，就供什么。这几个正牌财神倒有得一说。

比干做财神是因为其无心，无心就无私，所以可做财神。范蠡做财神是因为他生意做得好。赵公明做财神是因为《封神演义》的影响，被姜子牙封了神。关羽做财神似乎最不可理解。

关羽的特征是仗义疏财，曹操上马金下马银都无法阻止他挂印封金，做财神似乎最不合适，但偏偏财神的位置中他有重要的一席，而且近年来，许多商贾都喜欢供奉关羽，他这财神的运势已经超过了比干和赵公明。

关羽成为财神可能和晋商的推崇有关，晋商最初贩盐为业，依靠盐业积攒了原始资本，逐渐涉足其他行业，明清时期全面壮大。

还有一个有趣的说法，明末清初，反清势力转入地下，说顾炎武和傅青主（这两位都是武侠小说里常见的人物）为了筹集钱财，笼络人才,在山西搞起了押运兼物流公司——镖局,另外还创办票号,利用票号归集资金,镖局笼络人才,但是最终没有实现反清复明的大业,却促进了晋商金融业的崛起。

这事如果是真的,晋商和秘密结社还有关系。这么说来他们供关羽就是为了团结众兄弟,但是这一点肯定不能明说,于是就把关羽当成财神。

顾炎武和傅青主的故事属于捕风捉影,事实上,晋商们作为山西老乡,看着关羽越来越受重视,他们自然更加推崇,同时也借关羽的形象来标榜自己,特别是在重农轻商的社会环境下,晋商们发现关羽是自己与官僚阶层对话的一个共同点,他们就借助关羽来削弱自己过于好利的一面,同时关羽也成为商人们联合的一面旗帜,他们把关羽作为共同信仰,强调行规,把"义"置于"利"前,全面抬高自己的社会地位。

这么说来,关羽作为财神并不是为了聚财,他的主要作用是团结商人,强调行业规则,用道德秩序约束商人的唯利是图。

不得不说,当年的晋商看得真长远。

科举神

《三国志》上说关羽爱读《春秋》,这一点后来被无限放大,这本微言大义的书成为关羽形象的一部分,深夜读《春秋》成为他经典雕塑形象,文徵明说:"有文无武不威如,有武无文不丈夫。谁似将军文而武,战袍不脱夜观书。"这看的便是《春秋》,还有人说他"偏向孤城轻一死,不虚平日看春秋"。将他的人格魅力和《春秋》联系在一起。

关羽如此学问高深,而且刚正不阿,像蒲松龄这样屡考不中的考生,就梦想遇见这么一位独具慧眼的考官,所以他在《聊斋志异》里就写过两次关羽担任考官的事情。

开篇第一个故事《考城隍》,蒲松龄姐夫的爷爷,大半夜被叫到阴曹地府参加河南某城隍的选拔考试,主考官之一就是关羽。结果这位考上了,说自己老母无人管,不能前去上任,关羽通融了一下,让他待母亲寿终后再来上任。

还有个《公孙夏》的故事,某监生,临死之际,通过阴间行贿当上了真定太守,耀武扬威上任,走到半路上,遇见关羽,关羽觉得他有问题,就对他重新进行了考试,一考之下发现是个草包,当即打了五十大板,让人遣送会阳间。

关羽之所以能为阴间选拔人才,就因为他的职务之一是"五文昌"之一,所谓五文昌就是五个主管文运的神仙:"文昌帝君""魁星星君""朱衣神君""纯阳帝君""文衡帝君"。

关羽是便是文衡帝君,但是《桃园明圣经》里说他朱衣神,文昌、武曲都是他的手下。这么说来,五文昌里,关羽一人独占两席,还是这个部门的领导。所以科举士子都盼着能得到关圣帝君的垂青。

最初,关羽在考场上也就提供一下安全防护,例如明代宗的时候,有一年考场着火,有个叫任佐的人就被关羽救出。后来这个人官至巡按。大家对这件事的关注点并不是关羽像消防员一样舍身救人,而是吃惊于任佐后来官做得这么大。这说明关羽为你出手就表明后半生非富即贵啊。

后来关羽在考场中就屡屡出现了,不光是救人,还担任导师,通过托梦、扶乩等方式为考生讲解《春秋》,甚至对还对考生进行即将犯下的小错进行提醒。例如《熙朝新语》上记载,有个人叫秦润泉的考生科考前去关帝庙抽签,卦签显示:"静来常把此心扪。"他以为关老爷提醒自己有亏心之事,但思来想去没觉得自己做过问心有愧的事情。等到殿试的时候,皇帝让以"松柏有心"为韵做赋,结果他第四段忘了押韵,阅卷大臣居然没发现。卷子呈上去,皇帝看出来了,说:"状元有无心之赋,主司无有眼之人。"这个时候,秦润泉才恍然大悟:关羽之前是在提醒自己呢。

这还只是一个提醒,有时候他老人家还直接押题。有个叫沈坤的书生考前在关帝像前祈祷,希望关羽托梦告诉他今年考试题目,他朋友笑他迂腐,就随便给他写了七个题目,偷偷放到神像前,沈坤是个书呆子，一时竟然信以为真，当即按照题目写文，写完熟记于心。一进考场，那位朋友立刻傻眼，自己作弄沈坤的题目，竟然真成了本科考题。沈坤得中，他那朋友却名落孙山。押题押得峰回路转，关二爷才是补习班亘古一人。

当然对于那些心术不正的人，关羽不但不会帮助，还要加以惩戒。例如某人文章写得好，自以为必然高中，就得意洋洋，眼高于顶。和别人谈论说"某某家的姑娘不错，可以做妾""某某家姑娘好，将来讨来做老婆"，一副阿Q的嘴脸。当晚他梦见关羽降临，说："本来你要高中，但看你如此骄傲，我已经让文昌帝君收回你的名额，本要罚你三年不中，后来又遇见岳武穆，他建议让你终身不第，所以你这一生都是秀才了。"可怜这个考生，以后就只比孔乙己强上一点了。

行业神

关羽武能斩鬼辟邪，文管升官发财，各行各业都争相供奉，但是只凭招财这一层关系还不足以和关老爷套上近乎，如果能和这位帝君扯上点更近的关系，可以抬高自己的地位，也可以让关老爷再多照顾自己一点。

票号把关羽奉为祖师爷，除了借力关羽财神这一形象，大家都是玩钱的，还因为票号是飞钱，资金融通，银钱往来，关羽当年千里走单骑安然无恙，护送得了嫂子，也能保佑得了自己的银子，所以他成了票号行业的保护神。

剃头行业供奉关羽为祖师爷，大概因为大家都是玩刀的。只不过关二爷的刀剃过去是一次性的，剃头匠剃过去则会"春风吹又生"的，当然剃头匠不管那么多了，供奉上关二爷，自己的刀握在手里有一种青龙偃月的感觉，身份地位的自我感觉立刻就飙升了呢。

最有趣的是卖蜡烛香烟的，他们奉关二爷为祖师爷，是因为他老人家桃园结拜的时候要用香烛供奉，这一点有好多图画可证。他老人家后来还成了结拜兄弟的代表人物，哪里结拜敢不拜关二爷？哪里结拜敢不用香烛？如此，关二爷和香烛联系在一起，怎么能不是这一行的祖师爷？

最不可理解的是皮箱行业、描金行业，他们也供奉关二爷为祖师爷，关二爷跟这俩行业实在想不起什么关系，大概他当年千里走单骑就如同旅行，需要皮箱随身吧。但是描金行业，实在不沾边，大概因为关二爷本身就是财神，供奉他就为招财进宝吧。

最让人不能忍的是古代青楼行业也供奉关二爷为祖师爷。《万历野获编》上就说："近来狭邪家，多供关壮缪像，余窃以为亵渎正神，后乃知其不然，是名白眉神，长髯伟貌，骑马持刀，与关像略肖。"作者看见妓女多供奉关羽神像，以为这是对关羽的亵渎，但是细看却又不一样,这个神仙的眉毛是白色的,所以叫白眉神。

我觉得这就是打了个擦边球,妓女行业供奉了关二爷,却又怕惹起非议,所以在其他细节上略加改动,改成了白眉毛、红眼睛。白眉神这个神仙值得一说。

白眉神

这个白眉神不但跟关羽长得像,连叫起来都是谐音:管老爷。如果不写下来,你还真以为他在尊称关老爷。

那这个管老爷是谁?

管二爷!

这简直就是赤裸裸的谐音侵权啊,不过别着急,人家这管二爷的"二爷",乃是伯仲叔季的"仲",乃是大名鼎鼎的管仲——管仲才是青楼行业的祖师爷。管仲当年治理齐国,据说他首创共享经济,设立共享女朋友——女闾,就是官营妓院。

《战国策》说齐桓公宫中女闾七百,《韩非子》说三百,古代五家为比,五比为闾,则一闾为二十五家。女闾七百就是一万七千五百家。这规模之庞大,比得上一座城市了。

作为对管仲开创此模式的纪念,青楼行业把他奉为祖师爷。

管仲长得像关二爷吗?

一个老鸨根据她的想象力对此作出了解释，管仲当年近水楼台，纵欲过度，身体被"掏空"，导致了眉毛变白，眼睛变红——不知道这从医学角度是否能解释得通。

但这个说法就更有问题，如果管仲是因为开办了共享经济服务之后自己体验过多导致眉白眼红，那么在此之前，管仲就长得跟关羽一模一样？

对此这些青楼女子们才不考虑那么多，我说他是管仲他就是管仲。她们还在门口贴对联：管仲爷一令情千古，白眉神再定意万般。她们要的就是掏空嫖客的身体，掏空嫖客的钱包。所以管仲有时候也被称为"空王"——还被封王了。

其实为什么管仲长得像关二爷？还不是因为关羽太"火"了。妓女们哪里知道管仲是谁，反正关老爷和管老爷叫起来差不多，既然各家都供奉关羽，我们也供奉。但是毕竟社会地位低下，为了避免被指责对关老爷不敬，她们就在细节上做了变化。《万历野获编》上还说了，当时京城里互相辱骂对方，就说对方是"白眉赤眼儿"——一骂这话，对方就会大怒。

除了说白眉神是管仲，还有人说他是盗跖，又名柳下跖。

最早提出这个说法的是抗倭名将戚继光，戚继光将军不光会打仗，有时候还讲讲鬼故事，在他的《愚愚稿》里，他就说白眉神是柳下跖。

这就更有意思了,《庄子》上说柳下跖是柳下惠的弟弟,柳下惠的经典事迹就是坐怀不乱。可他的弟弟不光烧杀掳掠,还成了妓院的保护神。

明朝的赵南星在《笑赞》上说盗跖死后,在阴间他的小弟们都散了,他自己一个人饥饿难耐,就做了没人愿意做的妓女保护神,毕竟妓院背后都有黑恶势力撑腰。就有判官向阎王爷告状,说干脆把他收上天吧,省得在人间丢神仙的脸。阎王爷说:"这是天帝的意思,天帝就是要他在人间干这个,让大家都看看恶人的样子。"

赵南星编写的故事反映了读书人之见,康熙年间的讽刺小说《斩鬼传》却让这白眉神自己出来解释了一番。

故事的主角是钟馗,他四处捉鬼,不料碰见一个黑眼鬼,这鬼最擅长的就是钻人眼睛,钟馗都无法胜他,最后得知白眉神可以降服他,四处打听,终于在青楼找到了。

柳下跖生性豁达,拒绝前去,被激将后才去,将黑眼鬼灭了。钟馗十分感激,就问:"您在春秋的时候连孔子都撑,多么英雄,现在怎么成了这般模样,被娼妇供奉,不是玷污您的美名吗?"

白眉神很不屑:"你知道和尚无儿孝子多么?俺今日与忘人做了祖师,那龟子就如俺的儿子,粉头就是俺的女儿,每日享他些供奉,也就受用无比,何必爬爬挣挣与儿孙作马牛乎?"言下之意,就是我绝对不像你这样，为了一点供奉，就四处为他人奔波，我在青楼保护他们，受用无比。

钟馗很不喜欢他这非主流的样子，说："你这是男盗女娼了。"白眉神不高兴了："你说的这是什么话？"起身就走了。柳下跖还是当年撑孔老夫子的风采。

关于这白眉神，还有人说二郎神，这就更有意思了。管仲是老二，柳下跖是老二，又来一个老二。

不过不管是谁，这个白眉神都长了关羽的样子，这充分说明，关羽这时候已经成了民间信奉的万能神了。

十、和"粉丝"互动

光靠故事和虚假的考证还不足以让关羽崇拜这么风靡，故事里受众只是单方面的听和看，要印象更深刻就必须让受众参与其中，与关羽形成互动，才能深入人心。

怎么互动？开发游戏！

第一款游戏是扶乩，扶乩本来就是俩人扶着一根棍子，被神明附体，通过在细沙上写字以实现人与神沟通的占卜方式。但简直就像互联网聊天，你不知道最后降临的神仙是谁，光看见乩笔在细沙上笔走龙蛇，你问他答，妙趣横生。本来各类神仙都有，但明清以来，关羽下凡次数最多。他下凡或是断人间是非，或是解答祸福姻缘，甚至还帮人解答《春秋》疑惑。作为忠义的化身，他出场自然也是教人忠君爱民。

其中最著名的一个故事是明朝末年，关羽降临乩坛，某官问自己阳寿，关羽回答你阳寿六十岁。此人后来活过明朝末年的战乱，一直活到清朝，活到了八十岁。他自以为必有阴德，有一次遇见关羽降坛，就得意地问："您这么大的神，也算不出我的年龄吗？"关羽回答："我一生忠义，崇祯帝殉难之日，你不去死，我有什么办法？"原来甲申之变，崇祯吊死煤山的时候，该官员正好六十岁。这个故事《阅微草堂笔记》和《子不语》都收录了，可见当时流传之广。借关羽的忠义之名，嘲讽这些贰臣。

当然对于老百姓来说，他们更希望神明能赐给自己富贵。《关帝历代显圣志》上说王悦年轻时候看人扶乩，请来的神仙正是关羽。关羽和人交流，上来就考大家一把，为大家出对联：两手拿来五香酒，一吸三杯。众人不知怎么对，王悦回答："九天降下一元帅，千变万化。"

关二爷立刻注意到他，问他姓名，又道："我给你改个名字，保你富贵，改名王越，字世昌。"后来王越果然屡立军功，被追赠太子太傅，谥号襄敏——看来都拜关二爷当年赐名。

这事自然是假的，但架不住发生得多，关二爷下凡，不但保平安，还能指点前程，保富贵，怎能不让人信服？

第二个游戏是占卜。占卜之中看手相、摸骨什么的互动性太强，不利于普及，但抽签就不一样了，这种占卜方式把命运套路化、标准化，说起来是神灵在当面给你指示，但最关键的还是要靠占卜者脑补，非常便于推广。明清时期关帝庙林立，就有一套专门的卦牌：关帝灵签。虽然各个神庙里都有自己的卦签，例如观音灵签、吕祖灵签等，但最"火"的还是关帝灵签，纪晓岚在《阅微草堂笔记》就说"神祠率有签，而莫灵于关帝。"

有多灵呢？

小到家人生病、夫妻团聚，大到士子科考、将士打仗，凡是占卜，据说都很灵验。

纪晓岚有个爱妾郭彩符，纪晓岚被贬到新疆的时候，侍妾生病，到关帝庙求签，签上写着是："喜鹊檐前报好音，知君千里有归心。绣帏重结鸳鸯带，叶落霜雕寒色侵。"侍妾大喜，这表示纪晓岚快要回来了，两人还会见上一面。但有人说，这最后一句不吉利啊。后来果然纪晓岚归来，这爱妾的病也好得差不多了，但是没过几个月就一病不起。纪晓岚伤心之余，也暗暗感叹这签真准。

当然如果想干坏事，关二爷可是不会为你指路的，《关帝历代显圣志》里说当年张居正企图暗害高拱（看来在民间张居正形象不太好），到关帝庙前抽签，抽到的卦签上写着："才发君心天已知，何须问我决狐疑。"张居正内心大惊，后来打消了这个念头。

　　第三个游戏是托梦。梦是神鬼与人类沟通的重要渠道，关二爷就爱通过这个渠道与人类互动。当然互动的主要方式是为他人指点迷津。《神武传》上有个书生梦见自己被关二爷大刀割开胸膛，做了个外科手术，随后就中举了——这是可以救的；有人梦见关二爷劝他放弃文举改行学武，后来果然中举——看来这位是不可救药的；有人梦见关二爷送他吉祥，后来生了个儿子——他老人家把送子观音的活给干了；有人遭遇兵乱寻找亲人尸骸，关二爷托梦告诉他埋骨之处；有人母亲生病，梦见关二爷开药方，醒后照方拿药果然痊愈——关二爷成了杏林高手。

　　有趣的是，关二爷在梦里可不光是帮助别人，他有时候还寻求帮助。我们前面说王朱旦梦见关二爷让他帮忙写下传记就是如此。明朝有个叫张春的读书人就梦见关二爷求他帮忙，关二爷说："我耳朵有点毛病，你给我看看。"张春醒来后到庙里，看见关二爷耳朵里结了个蜂巢，他清理干净后，梦见关二爷前来感谢，让他参加考试，帮助他中举——不知道这算不算舞弊。

　　关二爷甚至还在梦里收徒，明朝抗倭名将刘铤的家传刀法据说就是他父亲在梦里得关二爷亲授。

第四个游戏就是显灵。这可是终极大招了，以上三种游戏里，关二爷都是神龙见首不见尾，犹抱琵琶半遮面地和人交流。显灵不同，显灵就是关二爷亲自出场扶危济困。

这方面《三国演义》开启先河，关羽死后索吕蒙命、杀潘璋都是其显灵所为，拜他武将的威名所赐，一开始显灵多半是在战场上，需要借助其武力。宋朝以后，他显灵的范围就越来越广。例如帮助断案，《御虚阶》上有家的媳妇丢了金钗，诬陷是小姑所偷，殴打小姑，小姑跑进关帝庙，媳妇追进来，被关二爷一刀砍死。《金陵琐事》上有人在关帝庙里杀死卖烧饼童子，路人在庙前休息，听见庙里有人说话，探头看去，却见是关羽和周仓在谈论命案，一个说："收了他。"一个说："应该。"路人吓了一跳，赶忙跑了。走没几步，就见一个人原地打转自说自话："就为了几个烧饼就把人家给杀了。"反反复复就这么一句话，显然这位就是凶手了，于是路人们立即拉着他送到了官府，一桩命案就这么破了。但我觉得关二爷这断案有点轻重不分，诬陷小姑偷盗就要杀头，在你庙里杀人，你却毫不作为，只是帮忙报个警了事。

如果有人对关二爷不敬，关二爷也毫不客气，会显身出来维护自己的权威。例如新乡有人砍关帝庙前的大槐树做房梁，结果关二爷显灵，房屋塌掉，压死砍树的人（见《新乡县志》）。《关圣全书》上说万历年间，有个姓陈的小伙喝醉酒指着关羽的雕塑学曹操的话"天下英雄唯汝与吾"，结果这位"英雄"回家后就开始吐血，给关二爷认错后才好——关二爷连黄忠都不屑齐名，怎么能和你一个浮浪子弟并称英雄？

这四款游戏，让关二爷和信徒之间形成非常良好的互动，对信仰的推广有着非常重要的作用。但是互动多了，有些人也有疑问，全天下这么多扶乩、算卦、显灵，但你关二爷作为神灵只有一个，怎么能顾得过来？

关于这一点，袁枚在《子不语》里作了大胆的猜想：关羽做了代理机制。

《子不语》中说溧阳有个马孝廉，因为在关帝庙算卦不灵，就痛骂关羽盛名之下其实难副，结果关羽通过扶乩对他作了解释，并说自己只是"关羽分店"的店长。《续子不语》里也有一次扶乩，关羽驾临，和大家就《春秋》谈笑风生，某书生就觉得这关圣帝君有点太平易近人了，必然是冒名的。关羽显灵作了解释，说自己不过是个孤魂野鬼，被关羽收留，负责这个区域。该书生问，那真正的关羽什么时候显灵？这个代理商回答："只有在皇帝祭祀的时候，他才出来……"

看来关二爷生前虽然傲上恤下，但死后对自己的信徒还是要分个三六九等，对于普通人，让代理商应付就行，帝王级别，则必须自己出马接洽。

这也许是因为,他虽然是被平民阶层的故事推上神坛的,但是官家的认证和宣传,对他登上神坛也是必不可少的。

十一、征服皇帝

宋朝刚建国的时候,赵匡胤专门要求对武庙的这些武将重新考察,人品上有污点的不能在这里吃冷猪肉,关羽因为投降过,就被从武庙清理出来了。没想到在民间忽然声望暴涨,不在武庙的关羽宛如一个离开体制创业大获成功的人。当宋朝统治者再次注意到他的时候,关羽已经不再是当年的"吴下阿蒙"——关二爷原谅我用仇人吕蒙形容你啊,这只是一个成语。

关羽在哲宗绍圣二年(公元1095年)被赐"显烈"之名。

徽宗崇宁元年(公元1102年)被封"忠惠公"。

大观二年(公元1108年)被封为"武安王"。

宣和五年(公元1123年)加封为"义勇武安王"。也就在这一年他被请回了武神庙,接着跟姜子牙一起吃冷猪肉。但是他的职务跟姜子牙已经不相上下了,姜子牙是武成王,关羽是义勇武安王,两者只有一字之差,但关羽的名头却比他要长出两个字来,姜子牙心里估计酸酸的。

不过姜子牙更酸的还在后面，六年以后，跑到江南的赵构又封关羽为"壮缪义勇"。南宋孝宗淳熙十四年（公元1187年），又封为英济王，这个时候关羽的名号已经成了"壮缪义勇武安英济王"，虽然同样是王，名号字数是姜子牙的四倍。

到了元朝，借助元杂剧的推波助澜，关羽的故事传播得更加广泛，依靠武力征服四方的蒙古人对这种万人敌的武将也大感兴趣，元文宗加封关羽为"显灵义勇武安英济王"。

正当关羽的神位平步青云的时候，忽然"霹雳一声震天响，皇帝换成了朱元璋"。这个草根出身的帝王，将一切重新洗牌，连神仙都不例外。

洪武二十年（公元1387年），有人奏请开武举制度，朱元璋没有同意，理由是做臣子应该文武双全，就像姜子牙武如鹰扬，文能著书，又如仲山甫能致宣王中兴，还如召虎能护幼主、平贼寇。他认为开武举制度就是鼓励学子偏科。

非但不同意开武举科，朱元璋还引申开来，认为武圣庙也不应该立，所以朱元璋就免掉了姜子牙武成王的名号，让他回到周王的庙里当配祀。而且朱元璋对之前皇朝封赏的制度都不承认，一切谥号都恢复到最初状态，其中自然包括关羽，宋元给的那么长的谥号也不再承认了，直接就称为汉寿亭侯。

关羽的信仰似乎遭到了重创，其实不然，这是关羽的一个重要机会。因为朱元璋虽能去掉官方的封号，但他去不掉民间的封号。而关羽就是靠着民间的信奉登上神位的，所以这次朱元璋去掉谥号，对民间来说意义不大。特别是这个时候，罗贯中的《三国演义》已经成书，开始流传，关羽忠义的形象早就深入人心，不是一纸命令就能取消的。

例如当年潘季驯在邳州治水，这里是三国时关羽镇守过的下邳（在此投降曹操），当地人建议潘季驯向关羽祈祷，潘季驯作为水利专家自然不信这一套，痛斥这种说法。但是他发现，上智下愚难移，自己不祭祀，就鼓励不起百姓的信心。潘季驯顺势而为，祭祀关羽，关羽立刻显灵附身在一个孩子身上，对潘季驯说请放心，我会保佑你的。然后他的水利工程才得以顺利进行，治水成功后，潘季驯还修建关羽庙宇，以示恭敬。

朱元璋作为政治家，他也要思考这个问题，关羽是否灵验自己可以不信，但民心在那里，不能不顾。果然七年以后，朱元璋在南京的鸡鸣山南建立了汉寿亭侯庙，由官方在四个孟月（每季度第一个月）及岁暮进行祭祀，同时采信五月十三为关羽生辰的说法，在这一天使用太牢进行祭祀，国家有征战大事时也要入庙告知，以求保佑。

虽然关羽的庙有很多了，但是这个庙不同以往，因为这个是官方承认并进行祭祀的庙，标志着关羽从民间走向了皇权。特别是国家有大事都要先告知的做法，这可是当年姜子牙在武庙受到的待遇。

中央政府如此崇拜，各地自然纷纷效仿，毕竟关羽已经有了深厚的群众基础，所以在各地官方，关羽庙宇迅速建立起来，当然也包括军队里。关羽作为军人，"万人敌"的威名由来已久，而且他素来爱"显灵"，经常危难之刻显身手，官军最是喜欢。

例如北宋时，李汉杰为沁州关羽庙所撰写的《汉寿亭侯庙记》里提到，皇祐年间有一支叛军盘踞在广西荔浦，贼首侬智高前往关羽庙内卜卦，希望关羽保佑自己，结果关羽没有答应，侬智高一气之下，拆毁关帝庙。后来果然狄青大败侬智高，还为关羽重修庙宇。后来有个叫任真的山西籍将领也来平叛，他以老乡的关系祈求保佑，并答应回到山西后重修关羽庙。结果当晚飞沙走石，有阴兵出场助阵，大败叛军。作为一个忠义的武神，关羽永远这么爱憎分明，站在皇权这一边，怎么能不受官军喜欢？

这样的故事还有很多，后来南宋和金兵作战的时候也曾发生过。在笔记故事里，朱元璋甚至也受到过关羽阴兵助阵。《金陵琐事》说朱元璋在鄱阳湖大战陈友谅的时候，关羽带着十万阴兵助阵，所以明朝建国后，朱元璋才要在鸡鸣山为关羽建庙。

传说朱棣在靖难之役中也受到过关羽显灵帮助。明朝征讨北元的时候，关羽驾着一匹白马在前引路（见《帝京景物略》）。所有这些自然都是捕风捉影的事，帝王乐见其成，这些故事说明自己得到神授，不予澄清，官兵们自然也相信关羽能保自己旗开得胜，所以关羽庙在各地军队纷纷建立起来，关羽成为名副其实的战神。

官方、军队和民间三方推行，关羽信仰的影响就更广了，各种显灵传说不绝于耳。

后来的皇帝们估计也分不清真假了，朱元璋曾夺走关羽的名号，他的子孙以最实惠的方式还给了他。

《茶香室丛钞》上说明朝万历十年（公元1582年）封关羽为"协天大帝"，万历十八年（公元1590年）又封为"协天护国忠义帝"。刘侗《帝京景物略》上说万历四十二年（公元1614年）又封关羽为"三界伏魔大帝神威远震天尊关圣帝君"——这个名号听起来很厉害，但是一股民间智慧的味道，并不见于官方祀典。官方祭祀中，关羽还是按照壮缪侯的规格祭祀。

不过关羽也不用着急，就在万历皇帝承认关羽是帝王的第二年，努尔哈赤创建了八旗制度。他和他的手下都喜欢三国故事，也非常崇拜关羽。

努尔哈赤才是真正的关羽"粉丝"，他的子孙们将要把关羽的帝王之位写入史册。

十二、"登基称帝"

《三国演义》虽然在顺治七年（公元1650年）才被翻译成满文，但三国故事应该早就在白山黑水间流传了。

许多笔记故事里都宣称清朝的将领们从三国故事里得到了智慧，例如和蒙古族约为兄弟就是学的桃园结义，甚至连崇祯皇帝杀袁崇焕都是因为中了皇太极效法蒋干盗书的反间计（见《小说小话》。）

其中虽然有夸大的成分，但《三国演义》被八旗将领奉若兵书却是真的。他们把《三国演义》翻译完毕后，多尔衮专门要求："此书可以忠臣、义贤、孝子、节妇之懿行为鉴，又可以奸臣误国、恶政乱朝为戒。文虽粗糙，然甚有益处，应使国人知此兴衰安乱之理也。"这是把《三国演义》当成《资治通鉴》了。

三国人物里，他们早早把关羽奉为保护神。他们尊关羽为"关玛法"，"玛法"是满语，汉语是爷爷的意思，关玛法就是汉语里的关老爷。出征、班师都要在关庙内祭祀旗纛，甚至载关羽像出征。自然，关羽的神灵也没辜负他们的请托，帮助他们攻城略地，反观明朝这边，虽然也祭祀关羽，却在节节败退。

关羽成了后来清军宣传天命的一个依据。

《埋忧集》上说崇祯皇帝当时内临李自成、张献忠一干反贼，外有后金虎视眈眈，无奈之下，在宫内扶乩算命，往常召请各路神仙都是一呼即到，但这次却迟迟不见有神仙降临，等了半天真武大帝才到。崇祯忙问："为何天下大乱？我还无法平定。"真武大帝说："天上神将都降临人间了。"言下之意，这些乱军如同《水浒传》里被放走的三十六天罡、七十二地煞，都是上天派来作乱的。崇祯皇帝又问："有没有没来作乱的？"

真武大帝沉默了一下回答："汉寿亭侯受明祭拜甚多，不肯前来。"崇祯再问，真武大帝不再回答了。故事的潜台词就是，关羽念旧情，不来人间添乱，但是想要保佑你却是不能了。

另一个故事说得更直白，《丹午笔记》上说崇祯皇帝扶乩时，关羽直接出来，在乩坛上批了八个字"妖怪甚多，不可为矣"。直接告诉这个可怜的帝王，天下事已不可为，算了吧。

而清朝的传说里，关羽却是另一种姿态。

《清太宗实录》里，公元1636年，皇太极登基，正式改国号为大清，当时就有关公显圣，有人给多尔衮上书，说朱家气数已尽，大清皇帝应定鼎北京，掌握乾坤。这虽然是拍马屁的话，但他们拿关羽说事，把关羽当成天命的风向标，可见关羽信仰在当时清朝贵族心中的分量。

很快他们就在盛京修建了一座规模宏大的关帝庙，顺治元年（公元1644年），朝廷制定了祭祀关羽的礼节，关羽的祭祀规格和释迦牟尼并列，佛祖倘若知道身边这位在自己系统内只是个伽蓝菩萨，不知道会作何感想。

当然关羽不是依靠这个佛教身份和他并列，他的身份是"大帝"，如果说明朝之前大帝身份没有官方文件认可，多少有点山寨的话，清朝的大帝身份可是经过官方体系全面认可，并载诸史册的，而且清朝的皇帝仿佛比赛一样，一个一个往关羽身上加名号，从各方面维持关羽的威名。

顺治元年（1644年）敕封关羽"忠义神武关圣大帝"。

康熙的时候为了表现对关羽的尊敬，禁演有关关羽的戏曲，因为伶人扮演关羽是对这位大帝的不尊敬。

他的儿子雍正继续严格执行禁演政策，还对关羽的先人进行了封赏，追赠谥号。康熙年间不是有人考证出关羽的祖父、父亲名讳了吗？雍正时的礼部官员经过讨论，认为王朱旦的说法过于荒诞，不予采用，直接追封关羽曾祖为"光昭公"，爷爷为"裕昌公"，父亲为"成忠公"。对洛阳和解州的关羽后代（自然是以家谱为证）授五经博士，世袭罔替——堪比孔子后人衍圣公。

乾隆皇帝不输乃父，直接称关羽为"山西夫子"——把关羽抬到和孔子同等的高度了。为了表示尊重，规定关羽庙使用皇家规格：黄瓦黄门。在谥号上，他先给关羽加"灵佑"二字，后来还将矛头指向了《三国志》的作者陈寿，说陈寿撰史的时候"夹带私货"，用谥号侮辱关羽，要求在《四库全书》里把关羽的谥号改成忠义，要求以后都这么写（关羽壮缪这个谥号，现代有人认为是美谥，"缪"通"穆"，所以应该是"壮穆"，看来清朝皇帝都不认同这种说法）。这位皇帝为了自己的偶像，都要抹杀历史了。

乾隆以后，清朝的国运开始走下坡路，内忧外患不断，各种平叛的战争中，经常有关羽显灵的故事，每次平叛成功，皇帝都要回报关羽以新的名号。

嘉庆十九年（公元1814年）平天理教起义，加封仁勇二字。道光八年（公元1828年）平定新疆张格尔，给关羽加封"威显"名号。咸丰时候，太平天国起义爆发，咸丰皇帝一连给关羽加封了四个名号，先是"护国"，次又"保民"，然后是"精诚"，最后是"绥靖"。当慈禧太后主政的时候，又先后加封"翊赞"和"宣德"。到了清朝末年，关羽的名号已经长达二十六个字：忠义神武灵佑仁勇威显护国保民精诚绥靖翊赞宣德关圣大帝。在历史上能和他比肩的只有努尔哈赤了，他的名号是"承天广运圣德神功肇纪立极仁孝睿武端毅钦安弘文定业高皇帝"，长达二十七个字，在历史名号字数中位居第一，关羽只能位居第二——看来清朝帝王在封赏过程中还是留有私心的，不能让这位神仙超过自己王朝的开创者。

十三、无上大神

第一个把关羽吸收到自己队伍的是佛教，给了他一个伽蓝神的职务。伽蓝神全称应该是护伽蓝神，伽蓝是寺庙，那么伽蓝神的真正含义应该是护卫寺庙之神，大概相当于咱们现在单位里的保安队长。当时的庙里，关羽的塑像要么是当户而立，要么拱手侍立一旁，就是个传达室的关师傅。

佛教看上他的安保功能，道教用关羽降服蚩尤，也是看上他常做"雇佣兵"的特征，道教给关羽的待遇也不怎么好。《道法会元》记载关羽盐池立功的故事，前面说得跟其他传说都一样，只是这一次宋徽宗要求见一见关羽，天师说恐怕惊着陛下，宋徽宗坚持要见。于是天师就让关羽显身出来，只见关羽一手提刀，一手拿着血淋淋的龙头。宋徽宗果然吓了一跳，可是关羽就站在那儿不退下，徽宗于是拿了一枚钱扔下来说："封你为崇宁真君。"关羽这才退下。张天师大怒，说关羽无礼，随意要官。罚他到酆都五百年，和鬼相伴。这简直就是大人训斥小孩子，随意要别人的东西，罚你今天不能出去玩。

在酆都，关羽属于雷部，他叫作"雷部斩邪使、兴风拨云上将、馘魔大将、护国都统军、平章政事、崇宁真君关元帅"，又叫"朗灵神"，叫得好听，其实就是随时被人叫出来帮忙打架的。道士的咒语里还有恐吓："天心天心，莫负我心，雷霆迅速。关羽即今酆都大帝，令下排兵，急抵患家，搜捉邪精。若有违戾，黑律匪轻。"简单说就是赶快出来，否则我要揍你……

明清之际，随着关羽地位的飙升，民间信仰越来越多，许多"粉丝"看不下去了。纷纷表示不满。

明朝朗瑛（《七修类稿》）朱国帧（《涌幢小品》）张邦济（《伽蓝考辨》）都对这个现象进行了强烈的谴责，他们的观点还都特别符合我们现在的唯物主义历史观，说不管是佛教把关羽作为伽蓝神，还是道教让张天师把他呼来喝去的，都是编出来的虚妄之语，不过是想借着关圣人的名头来光大自己的门庭。

《伽蓝考辨》就有人针对佛教故事提出：关羽这样的大众偶像，儒家武圣人，怎么能站在门口迎宾呢？作者建议把关羽的神像挪到殿内，并且应该坐着，不应该立着。现在寺庙里关羽的神像多供奉在专门的伽蓝殿内，这种安排大概就是从这个时候开始的。

道教也迅速做出纠正，《芜史》上说"三界伏魔大帝神威远震天尊关圣帝君"这个称号就是现在道教提出来，由太监报送给万历皇帝，这位神宗皇帝就差人送了一顶九旒珍珠冠，一条玉带，一件龙袍，算是皇帝个人随了个份子默许了。由于没有经过有关部门正式通知，礼部对关羽的祭祀还是称"汉寿亭侯"。一直到后来朱由校当了皇帝，天启四年才意识到这个问题，经太常寺奏请后，礼部才正式按照皇帝的规格祭祀关羽。这件事也没有官方记载，但官方不官方已经不重要了。

民间给了关羽很多厉害的神职。《桃园明圣经》上说关羽死后掌管三天门，具体负责善恶报应。（"万神启奏我先闻。善者纪录加官爵，恶者遭殃绝子孙。报应迟速时未到，昭彰早晚祸福临。"）

元朝的时候，《武安王封号石刻》一些石碑上，关羽的封号长得吓人："敕封齐天护国大将军、检校尚书、守管淮南节度使、兼山东河北四门关镇招讨使、兼提调遍天下诸宫神刹天地分巡案、管中书门下平章政事、开府仪同三司、金紫光禄大夫、驾前都统军、无倭侯、壮缪义勇武安英济王、崇宁护国真君"——这一口气真的读不上来，这位"粉丝"看来是把自己听来的、看来的，所有自以为厉害的名号都贴在了关羽身上。

但再厉害也是在元朝，没有想到关羽后来还能当皇帝。到了明清时期，关羽的封号官位就更上一层楼了，《三界伏魔关圣帝君忠孝忠义真经》上说他"掌儒释道之权，管天地人才之柄。上司三十六天星辰云汉,下辖七十二地土垒幽丰。秉注生功德延寿丹书,执定死罪过夺命里籍。考察诸神、诸佛,监制群仙群职"——这职务听起来已经在玉皇大帝、如来佛祖、太上老君之上了。

《陔余丛考》上说关羽的夫人也被封为"九灵懿德武肃英皇后",儿子关平被封为"竭忠王",关兴被封为"显忠王",周仓也被封为"威灵惠勇公"。

这可真是封妻荫子了。

魏延：关羽的镜像

魏延身上有个耻辱的标签：反骨。好像他生下来就注定要造反一样，这成了他的宿命。

历史上，魏延的造反是一场罗生门。

《三国志》上说诸葛亮在临死之前安排杨仪等人带兵后退，让魏延断后，同时诸葛亮嘱咐，如果魏延不听从命令就随他去吧。杨仪就令费祎侧面试试魏延的态度，结果魏延说："丞相死了还有我呢，怎么能因一人生死，废国家大事。再说我是什么人，怎么能听杨仪指挥。"

于是杨仪决定执行诸葛亮的遗命，不再理会魏延，自行后退。魏延得知后大怒，日夜兼程赶在杨仪前面，烧毁栈道，阻拦大军后撤。杨仪派王平迎战，王平很会做思想工作，说："丞相尸骨未寒，你安敢如此?"魏延的军队都弃他而去,魏延只能逃到汉中,马岱追上并杀了他。

在最初双方迎战的时候,魏延和杨仪分别上书后主刘禅,各自指责对方造反,刘禅也莫衷一是,但是身边群臣都指责魏延,后主也就采信了杨仪的说法,待杨仪成了胜利者,魏延自然也就坐实了造反的事,被夷灭三族。后世一直有人替魏延鸣不平,毕竟关于魏延谋反的事,都是杨仪的一面之词。

《魏略》上就说这一切都是杨仪的算计,因为诸葛亮临死之时把大权都托付给了魏延,要他继续北伐。杨仪为了夺权,就造谣说魏延想要北上投魏,并发兵攻打魏延。魏延逃跑,最终被杀。

裴松之引述了这个说法,但他认为这是魏国的谣言,不可信。但即便是陈寿,也在《三国志》说:"原延意不北降魏而南还者,但欲除杀仪等。"——推测魏延只是想杀了杨仪,并没有别的想法。也就是说,这也许只是两个人之间的私人恩怨,只是因为魏延的失败,才留下了反骨的名声。

后来杨仪看着资历不如自己的蒋琬后来居上,心理不平衡,发牢骚说:"当初丞相死的时候,我要是带着人投靠魏国,恐怕地位也比现在高吧,真是追悔莫及。"结果被费祎告发,于是被贬,被贬后杨仪依旧发牢骚,结果再次被问罪,最后自杀身亡。

一、坏脾气的魏延

陈寿将杨仪、魏延放到一部传记里,总结他们的命运,就是"览其举措,迹其规矩,招祸取咎,无不自己也。"——看他们的举动和言行,招来祸患,真是咎由自取啊。言下之意:性格决定的命运。陈寿记载魏延的性格是"善养士卒,勇猛过人,又性矜高,当时皆避下之"。

有优点也有缺点。

优点是:勇猛、善待下属。刘备入蜀的时候,魏延跟随前往,依靠个人战功,升为牙门将军,随后被刘备任命为汉中都督,镇守要塞汉中,独当一面。刘备称帝后,又封其为镇北将军。到了诸葛亮执政时期,他跟随北伐,屡建奇功。一路飙升到征西大将军,封南郑侯。

魏延的确有能力,但他的缺点也很明显:高傲,看不起人,别人都躲着他。他甚至连诸葛亮都看不起,因为他主动请缨要带一万人从子午谷奇袭长安,诸葛亮一生谨慎,自然不答应,他就怪诸葛亮胆小。他连最有权威的领导都敢这么议论,别人自然也就绕着他走——惹不起躲得起。

但是,有两个人不躲他,一个是刘琰,一个是杨仪。

刘琰是蜀汉名士，和刘备、诸葛亮关系都很好。刘琰和魏延发生了争吵，诸葛亮亲自批评了刘琰，并要求他写检讨书，深刻检讨。刘琰检讨之后，感到自尊心受到了侮辱，从此精神恍惚。甚至怀疑自己老婆跟后主刘禅有染，他不敢拿刘禅怎样，只能用鞋抽老婆。结果这事被告发，刘琰被处以死刑。

杨仪虽然没有这么倒霉，但是魏延经常拿刀在他脸上比划，吓得杨仪涕泗横流。要不是诸葛亮罩着，魏延说不定真敢砍了他。

他俩关系不好这事，当时闹得动静很大。诸葛亮专门为他俩写过一篇文章《甘戚论》，调解他们的关系，但是效果估计不太好，因为这事儿都传到外国去了。费祎出使吴国的时候，孙权就拿他们俩不和来说蜀汉管理不善，并预言诸葛亮死后，二人必成祸患。

他这预言的本领堪比演义故事里的诸葛亮，果然孔明尸骨未寒，蜀汉就上演了一场内斗的戏。

二、你的死，是计划的一部分

演义小说最爱干的事就是往失败者身上泼脏水，魏延就是这么一个失败者，所以演义小说给他头上安了反骨。

魏延和黄忠一起投降刘备，献上长沙城。对黄忠，诸葛亮什么也不说，对魏延却来了一场道德批判："食其禄而杀其主，是不忠也；居其土而献其地，是不义也。"——这话说的，你让旁边的黄忠老脸往哪儿搁？你怎么不对后来的法正说这些？

事实证明这不过是套话，关键词在后面："吾观魏延脑后有反骨，久后必反，故先斩之，以绝祸根。"——脑后有反骨啊，我诸葛亮作为三国第一神人，自然一眼就看出来了。

幸有刘备说情，诸葛亮才放过了他，但还是对他进行了恐吓："吾今饶汝性命。汝可尽忠报主，勿生异心；若生异心，我好歹取汝首级。"就此算是埋下了一个伏笔，彰显诸葛亮识人之明。

但是诸葛亮在此给了老板一个面子，却为若干年后的自己留下了祸患。五丈原诸葛亮"向天再借五百年"，结果被魏延一脚踢破阵法，诸葛武侯就此丧命。

诸葛亮死后，魏延果然露出了獠牙，奈何再狡猾的狐狸也斗不过好猎手，诸葛亮早有锦囊妙计，让他大喊三声："谁敢杀我。"魏延像是没有脑子一样，就跟着喊了，结果一声刚落，就人头落地。死得很有喜剧感。

所以魏延在《三国演义》里的最大作用就是证明诸葛亮会相面。

其实演义故事里魏延还有一个相貌特征，很多读书的人没有记住。

《三国演义》上魏延第一次在襄阳出现就交代了相貌，他长得"身长八尺，面如重枣"。随后，在长沙刑场救黄忠的时候，再次提到魏延的相貌"面如重枣，目若朗星"——这不是关二爷吗？而且魏延的武器和关二爷也很像，他俩都是用大刀的。只不过关羽后来地位越来越高，他这刀有了专门的名字，大家对魏延的兵器也就没有什么印象了。

　　实际上，纵览整个演义故事，魏延第一次出场是在襄阳城，当时刘备惶惶如丧家之犬，带领百姓来到襄阳城下，刘琮却不敢为他开门，蔡瑁张允甚至要放箭射刘备。危急时刻，魏延带领人马冲上城楼，大喊："刘使君乃仁德之人。"砍死守门将军，率领手下杀开一条血路，招呼刘备入城。这对刘备忠心耿耿的劲头，不在关、张之下啊。

　　但刘备见这情形哪里还敢入城，直奔江陵去了。魏延杀出来没有找到刘备，到长沙投韩玄了。

　　随后，关羽率兵夺长沙，与黄忠大战，由于战场上两人英雄相惜，韩玄怀疑黄忠勾结关羽，要把黄忠处斩，这时候又是魏延站出来替黄忠鸣不平，杀了太守，救了黄忠，两人一起献了长沙。

　　这两个故事情节，正史没有，但作者杜撰出来的魏延完全是忠义英勇的形象，一点也看不出来"黑"他的意思。随后的情节里，完全是按照正史的轨迹，魏延跟随刘备取西川、守汉中、七擒孟获、六出祁山，处处都有他的身影，若不是后面谋反的情节，理论上他也应该成为和关羽一样的武将。

而且正史里介绍二人性格也很像,关羽"善待卒伍而骄于士大夫",魏延是"善养士卒,勇猛过人,又性矜高,当时皆避下之",都是傲上而不欺下的人。

所以三国故事里给他一张枣红的脸,不是没有来由的,最初的故事创作者们大概也是在正史中发现了两人相似之处,才有意把魏延塑造成另一个关羽。

实际上早期嘉靖版的《三国演义》在前两次魏延出场时都要专门强调一句"如关云长模样"或者说"如关公之貌",拿他和关羽比一比,这说明在最初的三国故事是把他当成正面英雄塑造的。

再早一点的《三国志平话》里,虽然没有明说魏延相貌,但刘备第一次见魏延,还夸了魏延一句"贤德也"。随后又专门强调了一句"不若吾弟关公"。夸奖了他的品德,还将他和关羽作了个比较。大概是有意把他作为"关羽第二"来写的。

而且《三国志平话》里并没有提到什么反骨的事,很正常地叙述魏延的各种战绩,只不过到最后,绕不开正史,简单提到了他被杀的事。

这说明在最初的故事,魏延的形象并没有"黑化",至少是作为一个正常的英雄来塑造的。甚至因为他的存在,使诸葛亮的形象有点"黑化"。

嘉靖本的三国演义故事里，诸葛亮把司马懿堵到上方谷，准备烧死他，一同被堵到里面的还有作为诱饵的魏延，幸好天降大雨，不但救了司马懿，魏延也得以逃出生天。他找诸葛亮质问，诸葛亮责问马岱，还作势要杀马岱，众人求情，改为杖责。晚上又派人告诉马岱，让马岱对魏延说这一切都是杨仪密谋。

虽然这是诸葛亮密谋的一部分，让马岱骗取魏延的信任，从而在魏延的队伍植入"木马"，为后面的"谁敢杀我"埋下了伏笔。但是以这种卑劣手段对付一个勤勤恳恳工作的人，也未免太不厚道了。所以李卓吾看到这里非常愤怒地批注："如此举动，却也羞人。"

这样的情节处理方式，表现了当时创作者在塑造魏延形象时的犹豫，一方面他是如同关羽一样的猛将，另一方面又是一个谋反的人。如果参照正史来写魏延和杨仪的恩怨，未免枝蔓太多，不如直接把魏延"黑化"，给他加上了反骨方便，只不过在魏延"黑化"的同时，导致诸葛亮的形象也不太光彩了。

后来的毛宗岗父子看到了这一点，就删除了这个细节，我们今天看到的《三国演义》版本里没有诸葛亮要烧死魏延这个情节。

魏延就是关羽的一面镜子，经常有人说关羽如果不死的话会怎样怎样，其实如果他活下来，他的命运，看看魏延就知道了。

关索：一人打下蜀汉江山

一、半路杀出个儿子

《水浒传》里有几个外号带"病"的英雄，病大虫薛永、病尉迟孙立、病关索杨雄。关于这个"病"字一直有争议，有人说是"仅次于"的意思，他们三个分别仅次于大虫、尉迟、关索，还有人说是"使人生病"的意思，就是让大虫生病，让尉迟敬德为之头疼，成为关索心头之病。还有人说是"赛"的意思，说他们赛过大虫、尉迟敬德和关索。

其实这仨意思都差不多，都是拿自己和对方作比较，但我觉得他们仨除了孙立，另外两位在好汉聚义的时候难免尴尬，你薛永不管赛大虫还是仅次于大虫，在武松面前不都觉得矮人一头吗？当然薛永的本领跟武松没法比，武松是第十四把交椅，他是第八十四把，中间差着七十把椅子的距离，俩人估计也见不着面。

但是杨雄可就不一样了，他号称赛过关索，关索是谁？《三国演义》上说他是关羽第三个儿子。而朱仝外号美髯公，就是以关羽自居，因为关羽在三国的外号就是美髯公，诸葛亮亲自写信夸奖过的。那么杨雄见了朱仝，就先矮了一辈。更憋屈的是大刀关胜，书上说他是关羽的嫡系后人，那这两位就是他祖先了，偏偏关胜还是他们的领导，在梁山上位居第五把交椅，朱仝和杨雄位次都在他之下，这俩人敢自称领导的老祖宗，这是公然破坏梁山"四海之内皆兄弟"的山寨文化啊。

当然这是我们现代人以小人之心猜度，其实在宋朝，关索是一个非常流行的外号。《三朝北盟会编》上提到靖康二年（公元1127年），金兵围城的时候，一群百姓散播谣言，聚众闹事，开封府捕杀一百多人，领头人李宝，擅长摔跤，他的外号就是"小关索"。在随后的建炎三年（公元1129年），和年轻的岳飞一起平乱的人中也有个叫李宝的人，他的外号叫"赛关索"。除此之外，《梦粱录》里也提到摔跤好手爱以"赛关索"自居，其中还有一位女摔跤手——可见大家对关索的喜欢与敬重。

关索的人气这么高，但《三国志》上记载关羽只有两个儿子：关平和关兴，并没有关索。即便是在《三国演义》里，他的戏份也不多，而且出场特别突然，整本书里一直到关羽死，关索都没有出现，在八十七回里，诸葛亮南征孟获，要出发的时候，突然有关公第三个儿子关索来见。据他自己说，荆州沦陷后，他身负重伤，逃到鲍家庄养病，如今病好，特来投军。诸葛亮就让他担任前部先锋。即便在平定云南的战役中，他也不过是诸葛亮帐下的一枚棋子，并没有什么特别的表现，也没给人留下深刻的印象。而且作者似乎写着写着把他给忘了，例如第九十回，祝融夫人捉拿了张嶷、关索、马忠三人，可是等诸葛亮用计擒住了祝融夫人，派遣使者去见孟获，要求用祝融夫人交换张嶷、马忠时，竟然再也不提关索了，难道关索就这样死在了孟获手里？（清初的毛宗岗整理《三国演义》故事，删掉了这个矛盾之处。）

不过《三国演义》在明朝不断刊刻，版本众多，在其他版本的《三国演义》（主要是万历年间余象斗刊刻的版本）里，关索的戏份比较多，但也写得比较粗糙。

关羽在荆州的时候，他就带着母亲和他三个媳妇前来相认了，只不过他自称花关索。进门先叫爸爸，然后说当年爸爸你在老家打死恶霸，吃下官司逃跑，母亲带着我就到了外公家生活，现在儿已经长大成人，所以前来相认。虽然他也面如桃花，长着一张大红脸，关羽却迟疑不肯认这个便宜的儿子。花关索竟然哭晕在地。

按书上的设定，张飞这时候恰好在荆州，发挥了他粗中有细的优点，上前扶起花关索，转身对关羽说："哥，你想想，你当年逃难在外，嫂子是不是怀孕了？"关羽沉吟半晌才说："是怀孕了三个月了。"（老婆怀孕仨月时间说得这么精准，你却想了半天，这事要经过严密推算吗？）然后关羽又说出自己的疑虑："这如果是我儿子，应该姓关，为什么姓花啊？"花关索赶快解释了这个原因："我在姥爷家长到七岁，出去看灯的时候迷路了，被索员外拾去了，养到九岁，索员外把我送到班石洞花岳先生那里去学武艺，因此我就把三个姓用到了自己名字上，叫花关索。"

关羽一听，哭了，说："你不来，我怎么知道你活得这么艰难啊。"——这话说得，这么多年，你就不知道问一下吗？再说二爷您义气闻名天下，这事不仗义啊！

关索让母亲胡金定进来，老夫妻相见，掩面大哭——这情节真是有趣，刚才关羽不相认，花关索都哭晕了，难道就不知道把妈妈拉进来作证吗？

故事里关索还带着仨媳妇，这也让关羽好奇："你住在姥姥家，家里又穷，娶一个媳妇尚且困难，为什么能娶仨？"

胡金定说:"都是咱儿子有本事啊,他路过鲍家庄,遇见鲍三娘,又路过芦塘寨遇见了王桃王悦,她们都为咱儿子武功折服,愿意嫁到咱家。"

自此以后,关索就跟随刘备取西川、取汉中,待刘备立足稳了,派遣关索镇守云南,后来关羽水淹七军,关索还来探亲,他要陪同父亲攻打樊城,关羽骄傲地说不用,让儿子走了。父子从此一别,再不相见。待到关羽死后,刘备大举伐吴,宣关索关兴前来跟随,结果关兴一人前来,不见关索,关兴回奏:"关索已经病故了。"——关索的故事就到此结束了。

虽然这些版本的三国故事里,花关索的身影较多,但是从荆州认父,到后来平西川、取汉中,他的作用也就是一个小将,被各种调用,没什么出彩的故事,镇云南等事情更是活在别人的嘴里,被一笔带过。其他版本之所以把他的戏份删掉,是因为他根本影响不了故事的推进,完全无关紧要。甚至一直有人怀疑,这个人物压根就不是罗贯中所写,而是后来各个出版商自己加进去的(保留花关索故事最多的《三国演义》出自出版家余象斗刊刻的版本,他自己也搞创作,写过《北游记》和《南游记》等)。

出版商增加情节只有一个目的:销量。花关索之所以有这个作用,那是因为他的故事独立于三国体系之外,所以在当时特别流行。

二、打遍天下无敌手的关索

1967年，上海市嘉定县城东公社澄桥大队宣家生产队平整土地时，无意中打开一座墓葬，发现了明朝成化年间的一个说唱本子，其中一个就是《花关索传》，全名是《新编全相说唱足本花关索传》，细分为四传，分别是《出身传》《认父传》《下西川传》《贬云南传》，在这个故事里，关索头顶的主角光环闪闪发亮，风头盖过乃父，甚至刘备这鼎足江山都是他一人打下来的。

故事先叙述花关索出身，和《三国演义》里关羽逃跑，留下胡氏生子不同，这个故事里刘、关、张残忍得令人发指。三人桃园结义，刘备说："你看我一人吃饱全家不饿，你们俩拖家带口的，没法跟我一心一意去打江山啊。"关羽说："这好办，我把全家杀了去。"——可真直率。张飞却说："你怎么能下得去手啊？这样吧，我去杀了你家的，你去杀了我家的。"刘备说这个主意不错——这作者可真是刘、关、张的低端粉。

于是关羽把张飞全家杀了，张飞去杀关羽全家的时候却心存不忍，他把关平带了回来，又见关羽妻子胡金定已有身孕，就放走了胡氏。

胡氏回到娘家生下一个儿子，后面的情节与《三国演义》所言相同，小孩七岁丢失，被索员外拾到，拜花岳先生为师，学得黄石公兵法和吕公望兵法，又练会了十八般武艺。当然光靠苦学还不行，他还要"开挂"，十八岁那年，他到山涧打水，舀水时候发现杯中有灵蛇影动——这当然不是杯弓蛇影的科学故事，他一口饮下，立刻获得了超能力。于是关索下得山来，问清自己身份，找到母亲，听说自己的父亲是大名鼎鼎的关羽，前去寻父——他当年要杀死你们娘俩这点仇恨已经全忘掉了。

当然关索不能空手去见父亲，必须要带着礼物，他先降服了十二个强盗，收为小弟，在一次战斗中，他还无意中夺取了献给曹操的东海龙鳞，关索想要给自己制作一副龙鳞铠甲，听说鲍家庄擅长制作铠甲，前去拜访。在这里他遇见了鲍三娘，两人比武生情，这个时候鲍三娘的未婚夫廉康太子找上门来，他自然不是关索对手。关索娶了鲍三娘后继续上路，走到芦塘寨，这里的寨主是一对姐妹花，王桃和王悦，这就是为关索准备的啊，关索凭本事征服这对寨主。他这一路过来，可比他爸爸千里走单骑爽得多了。

花开两朵，各表一枝，这个时候的刘、关、张三人还落草为寇呢，他们的山寨叫兴刘寨——这名字取得就很励志。山寨上来了个骗子姚斌，凭着长得像关羽，偷了关羽的赤兔马。山寨众人赶忙去追，路上姚斌遇见了关索，关索识破了这个"李鬼"，在张飞的引荐之下，关索上了兴刘寨。父子相认，阖家团圆——这个时候刘备就不嫌弃关羽家小拖累了。

从此花关索跟上了队伍，要建功立业了，这个时候曹操在落凤坡摆下鸿门宴邀请刘备，花关索打扮成刘备的马童跟随刘备前去，在宴会上，曹操上演项庄舞剑意在沛公的戏，关索出马杀了曹操手下吕高和狗头军师张琳，不但保护了刘备周全，还逼迫曹操让出了荆州。

刘备得了荆州之后，就去攻打西川，结果走到阆中时被吕凯和鬼头王志困住了，关索前去救援，打败二人，还和他们结拜了兄弟。继续前行，遇见强敌周霸，张飞都打不过他，关索本来也打不过，但是主角光环照在身，自有仙人点你心，一位老妇人指点他找到了利器宣化斧，打败了周霸。最后来到成都城下，成都守将竟然是周仓，关索设计将他活捉，给父亲降服了一个扛刀的人。

至此，刘备江山坐稳，要论功行赏了，关索却看透了刘备义子刘封想要当太子的心，两人在宴会上发生争吵，刘备一怒将关索贬到云南。关索在云南水土不服，一病不起。偏在这时，得知荆州沦陷，关羽身死的消息，病上加病，但是关索并没有如《三国演义》上所说一命呜呼。这个时候，他的师父花岳道人现身治好了他的病。关索领兵出征，但在吴国他遇见了强敌曾霄，不但大败，还丢失了兵器，气得昏死过去。这个时候关羽显灵，告诉他只有用青龙偃月刀才能对付得了曾霄，关索当即醒来，在水潭中找到青龙偃月刀，打败曾霄，活捉了杀父仇人陆逊和吕蒙，为父报仇。再后来，刘备死了，诸葛亮心灰意冷，回到卧龙岗修行，关索再次得病，忧郁而死。他的妻子部下也都各归原处，一切尘归尘，土归土。至于后来的蜀国故事，《花关索传》的作者完全不在乎，反正他的故事说完了。

整本书完全是说唱本子，而且还有许多错别字，可见作者文化水平不高，只管自己写得爽，主角一路"开挂"，至于历史事实才不是他要关心的。

而且由于花关索是一个公开的IP，谁都可以围绕他进行创作，所以这个本子只是当时流行的一种，其他故事应该还有很多，例如有一出戏叫《化外奇缘》，说的就是关索从诸葛亮征孟获的故事，按照时间线，这事发生在刘禅当政期间，在这个故事里，诸葛亮没有回到卧龙岗做白了汉，而是继续辅佐蜀汉，带兵平定孟获之乱。如同《三国演义》里所写，关索就在其中。在战场上，关索遇见了孟获的女儿花鬘，交战之中，花鬘坠落马下，关索放了她一马。后来关索被擒（应该就是《三国演义》中被祝融夫人所擒拿的情节），花鬘报恩，两人私定终身（大概也因为她放走了关索，所以后来诸葛亮交换俘虏的时候，不提他了）。故事的最后，诸葛亮降服孟获后，为他二人主持婚礼。

关索故事里，光媳妇他就娶了四个，这大概也反映了当时下层老百姓淳朴的愿望，所以他才在民间如此受欢迎。但是情节的过于离奇，也决定了他的故事只能在下层百姓中流传，毕竟有点文化的作者都不屑于按这个故事套路写，包括书商们，他们把这个故事嵌入自己的三国出版物时，也都要作出取舍，余象斗大概用了前半段，其他人则用了关索跟随诸葛亮平云南这个故事，因为删删减减太多次，导致人物出来得突兀，离开得也莫名其妙。

| 三、关索遗迹 |

关索虽然是一个虚构的人物，但在民间影响深远，特别是在云贵一带，从明朝开始许多地方都以他命名。

例如贵州的关索岭，徐霞客在明崇祯十一年（公元1638年）翻越此岭，就写到此岭因关羽之子关索而得名，他说："索为关公子，随蜀丞相诸葛南征，开辟蛮道至此。有庙，肇自国初……至今祀典不废。"另外还有马跑泉，徐霞客也说是关索的遗迹，这大概是他从当地居民那里听说的故事吧。

同时期的谈迁也提到贵州永宁有关索石，关索南征的时候遇见此石拦路，遂一刀劈为两半，现在那石头上还有刀痕呢（见《谈氏笔乘》）。

除了地理名字上留痕，文化上也留下遗产，云南省澄江县的傩戏就叫关索戏，上演的都是关索故事，看着生动的傩面，听着口耳相传的故事，再加上这么多地名佐证，似乎关索这个人真的存在过。

实际上在明朝，就有人怀疑那些地名可能是由关索故事嫁接过来的，在徐霞客之前王士性就在《广志绎》上说关索岭得名可能是因为这里山高路陡，挂绳索而行人，有关有索而名关索，跟三国神将没有关系。

现在有些土景点，为了招徕游客，随意编造故事，那些导游指着一个小土包问你："像不像个狐狸？"然后随口就能给你编出一个狐狸精的故事来。

关索岭的得名看来跟这种情况差不多，只不过，现在编故事的导游自己都不信，而古人编出来这些后自己也信了，以至于以讹传讹，反倒让关索这个人听起来跟真的一样。

既然关索是编出来的，而且宋朝就有，他是怎么就平白无故就被产生出来的呢？民间创作的灵感来自哪里呢？

有人根据关上绳索推测，认为由于行走险途要靠那根绳索，所以就在岭上为它建庙，本来供的是关上绳索，结果流传开去，成了关索，然后敷衍成了一个人。

还有人说这是因为关兴，关兴跟随诸葛亮去云南打仗，被当地人称为关父——就跟我们称岳飞为岳爷爷一样，由于"父"和"索"在当地方言里是同音的，因此就成了关索。还有人说是因为关兴有功劳，诸葛亮刻石纪功，把关帅写成了关率，年久模糊之后，大家看成了关索。这些都是猜测，并没有什么证据。

有依据的一种说法是，关索来源于唐朝故事里的关三郎，因为许多人都称他为关羽的第三个儿子（实际上按照《三国演义》所言，他是关羽闯祸逃走之后，胡氏生下的儿子，那他应该是关羽的长子啊，按照《花关索传》说法，张飞领回长子关平，放走了怀孕的胡氏，那他应该是次子）。我们前面说过，关三郎是当时一个脾气不好的恶鬼，查看故事，我更倾向于他就是关二爷。

我以为，关三郎就是关羽本尊，到了后来，关羽信仰崛起，在民间传说里，关三郎就会和关羽形象剥离，成为一名独立的神仙，这就是关索的来源。

也许这个关索另有其人，跟关羽并无关系。

毕竟我们今天所见到说关索是关羽儿子的资料都是明代的，在宋代，尽管一大堆人把关索当成自己的外号，但没有一个指向关索是关羽儿子。宋朝话本《西湖三塔记》里曾经提到关索，《西湖三塔记》是白蛇传故事的早期版本，主角不叫许仙而名奚宣赞，他在西湖边遇到一个迷路的白姓姑娘，好生收留。不久有人找上门来，将小姑娘接走，还备下酒席请奚宣赞来家做客。奚宣赞就去了，发现这家主人是个姓白的少妇，长得十分美妙，不禁动心。旁边有个婆婆就说了："娘娘，今日新人到此，是否替换旧人。"娘娘点头，于是就见一群壮汉拉了一个后生过来，脱去衣服挖心剖腹，这娘娘与众人都吃了。

奚宣赞就被白娘娘留在这里半月，每日纵欲，结果面黄肌瘦，这一日又来了一个新人，他成了旧人。奚宣赞看这新人，见这新人"眉疏目秀，气爽神清，如三国内马超，似淮甸内关索，似西川活观音，岳殿上炳灵公"。

这奚宣赞的命运，咱们不必关心，就说这个比喻，可见关索在南宋人心目中是个很帅的人，但是他把马超称为三国马超，却把关索称为"淮甸内关索"，淮甸指的是江苏淮安淮阴一带，可见关索是这一带的英雄人物。而无论是关羽还是后来故事里的关索在这一带都没有事迹，另外将他和马超并举，却不提他是三国关索，大概他不是三国人物。关索在当时应该自有其故事体系，跟关羽无关。

只不过后人把关三郎和关索两个人物糅合在一起，关索成了关羽第三个儿子，创造出了新的故事。

刘备的武器

| 一、刘备的双股剑 |

《三国演义》里的武器设定很有意思。关羽死后为帝君，御龙之尊，手提青龙偃月刀；张飞性烈如火，丈八蛇矛蜿蜒如火苗；刘备配了双股剑，其实就是双剑。之所以用"股"这个量词，因为股是大腿的意思，双剑要佩戴在大腿上。双股剑就是佩戴在两侧大腿上的剑，我脑海中顿时浮现出电影上美女刺客洁白的大腿上佩戴匕首的场景。

实际上在明清小说里，这双股剑大部分时候还真是女性所用。例如戏剧舞台上虞姬使用的便是双剑，至于叫不叫双股剑便不得而知了，但《西游记》上金鼻白毛老鼠精明说用的是双股剑，《西游记》原文说她

"自恃的神通广大，便随手架起双股剑，叮叮当当的响，左遮右格，随东倒西。行者虽强些，却也捞她不倒"。这妖怪的双股剑我就怀疑是藏在大腿两侧的，因为在他俩打斗之前，孙悟空变作一个小沙弥在那里念经，这妖怪是来勾引他的，突然打斗起来，妖怪这双股剑便拿了出来，所以一定是随身携带。

还有《绿野仙踪》里，天狐一族雪山道人的二女儿翠黛使用的便是双股剑，不光是她，故事里她手下的小妖们也都用这种武器，《七剑十三侠》里为了爱情弃暗投明的余秀英，《万年青》里的五枚师太用的都是双股剑，就连到了民国，平江不肖生写的《江湖奇侠传》里，杨宜男练的也是双股剑，只不过他们是夫妻双修，双股剑成了雌雄剑，杨宜男练的是雌剑，其夫欧阳后成修炼的是雄剑。这剑和双股已经没了关系，与其叫双股剑，不如叫鸳鸯剑更妥当。

那么话说回来，小说作者怎么给刘备安排这么"娘"的武器呢？

韩国学者金文京认为使用双股剑是刘备女性化的表现，因为刘备在《三国演义》里总是哭哭啼啼像个女人，所以他才会用这样的兵刃（见《三国演义的世界》），我认为他这属于倒果为因，是刘备让这个兵刃女性化了，而不是为了使刘备女性化才让他用这样的武器。

证据之一便是，前面说的小说都是明清小说，而罗贯中是元末的人，早在元杂剧《虎牢关三英战吕布》里，刘备使用的便是双股剑了。

鉴于三国故事从唐宋便开始流行，推测刘备的武器在很早之前就被选为双股剑了。

在《七国春秋平话》里，有个猛将独孤陈所使用的便是双股剑，和他并列的两员大将一个是袁达，使用的是一百二十斤的开山斧，另一个是李牧，用的是丈四长枪。可见双股剑在这个时候并不是女性化的兵刃，都是小说里猛将使用的兵器。

早期的故事里，刘备断然不是我们现在看到的哭哭啼啼的形象，因为最初的创作者是根据正史来塑造人物的，正史上的刘备绝对是个英雄。

《三国志》里的刘备，从小丧父，依靠母亲贩履编席为生。但是贫穷没有限制他的志向，从一个"刘"字上，他想到自己身上流淌着皇室的血脉，从院子里的一棵大桑树，他想到了自己将来的羽盖——这跟刘邦当年看见秦始皇那一声"大丈夫当如此也"的感叹何其相像。身为一个穷人，他竟然爱好声色犬马，这些钱财想必都是他人供奉，当地豪侠都依附他，就连仇人派来的刺客都为其折服，这该是何等的人格魅力。后来的历史上一味夸大关羽的忠义，但实际上，如果没有被刘备的人格魅力吸引，关张二人怎么能誓死跟随？

他还性如烈火，例如鞭打督邮这事就是他干的，而且跟后来故事里说的督邮索贿不一样。督邮本是来视察工作的，刘备求见，督邮不见。本来嘛，人家是检查的，你是被检查的，私下相见很不合适，万一你要送礼怎么办？结果刘备火起，闯进去把督邮绑起来，打了二百大板，把官印挂在督邮脖子上就辞职走了。

不光脾气大，刘备身手也不错，《三国志》里他先杀徐州刺史车胄，后斩曹操大将蔡阳。博望坡施放火妙计，大破夏侯惇。进攻汉中的时候，六十岁的人了，他亲冒矢石往前冲。再加上因髀肉复生而流泪的故事，说刘备上厕所看见大腿上长肉就流下眼泪，他说自己常年不离鞍马，大腿上不会长肉，如今生活安逸，大腿上长出赘肉，不禁英雄气短，流下眼泪。

正史上如此刚猛的形象，刘备最初在故事里的形象定然不会像现在这么离谱。从魏晋一直到唐朝，刘备都是英雄的形象。

《世说新语》上曹操问和刘备一起在荆州工作过的裴潜："你认为刘备是什么样的人？"裴潜说："若在中原，必是生乱之辈，如能据险守边，必是一方之主。"

他这句话精准预言了刘备的一生，他在中原作战败多胜少，以至于他取西川的时候，曹魏阵营的人都说他："刘备恐怕不行吧，这么不会打仗，怎么还想着图谋这么易守难攻的蜀地呢？"但是他没有想到，这"难于上青天"的蜀道偏偏是他龙腾之地。

东晋人裴启在《语林》里记载，刘备的英雄气让孙策都要退避三舍。当时孙策在袁术府上，听说刘备来见，孙策就要离去，袁术就很奇怪:"刘备来这里和你有什么关系?"孙策说:"英雄相忌。"起身就要走,而刘备从西面台阶上来,看见孙策背影,也立刻站住。原来二人都认为对方是英雄,只是英雄惺惺相惜的方法就是谁也不见谁。

这个故事多半不是真的,东晋人记下这样的语言,说明在他们的眼里,刘备和孙策都是英雄。

这样一个被广泛认可的形象,最初的故事里肯定是要把刘备作为一个英雄来写的,至少不像现在这样离谱。

所以在故事里为他安排双股剑也绝没有轻视之意,在元杂剧《虎牢关三英战吕布》里,刘备的武艺并不比关、张差,最后借袁绍和张飞的对话分别夸奖了三人的兵刃,张飞是"枪到处人人失命,个个皆亡",关羽是"三停刀怎生遮挡"——根本无法抵挡。刘备则是"双股剑实难措手"——"措手"就是对付,双股剑让人很难对付。

明朝弹词《三国志玉玺传》里,一开始介绍刘备:"两耳垂肩是贵人,面如冠玉唇朱染,龙眉凤目精神爽,手长过膝力千斤。"专门强调刘备千斤之力,刘备的武力值也不弱,遇见劫道的贼人"玄德便提双股剑,一刀一个了残生。一众强人心内怒,一声呼出许多人……英雄豪杰刘玄德,双剑单身敌众人,五百喽啰敌不过,三停杀死两停人"。他以一对五百,竟然杀了三分之二,战斗力丝毫不亚于关张。

到了明朝,何良臣写兵书《阵纪》,说天下有名的剑术是"卞庄子之纷击法，王聚之起落法，刘先主之顾应法，马明王之闪电法，马超之出手法"。把刘备的剑术和马超并列，还取了一个名字叫顾应法，听起来像是独孤九剑的一招，其实所谓"顾应"说的就是左右呼应，刘备用的是双剑，自然应该是左右呼应，这位写书的将军大概是演义小说看多了，编出天下五绝剑术这么离奇的说法，这种话自然不可信。但他能得出这样的印象，说明他那个时代的三国故事里，刘备绝对不是一个软耷耷的爱哭鬼。

最初编故事的人可能为了树立刘备武力高超的形象才为他配备了短兵刃，毕竟一寸长一寸强，一寸短一寸险，拥有高超的技艺才敢使用这么短的兵刃，当然作者可能也有别的考量，毕竟刘备双臂过膝，这么长的胳膊再使用长兵刃也太欺负人了，所以就让他选择了相对较短的兵刃，好在战场上保持公平。

但是随着民间故事的演绎，刘备的另外两种武器，先后超过了他的双股剑，同时随着他身边人武力值越来越高，作为领导的他已经不用出手了，他的另外两项本领逐渐盖过了他的武力。

二、靠脸吃饭的人

刘备的身份人人皆知，虽然是贩履编席出身，却自命中山靖王之后,被尊为皇叔,这么大的反差,放在别处就是个公主身子丫鬟命的笑话。但是故事却用他的相貌预告了他最终要逆袭成功,一是手臂特别长,双臂下垂竟然能过膝盖;二是耳朵大。《三国志》上并没有明说,只说他能看见自己的耳朵,后来的故事成了双耳垂肩。

虽然胳膊长和耳朵大都有《三国志》可证,但我觉得陈寿也只是道听途说,记录下这个夸张的说法而已。翻开南北朝历史,有这长相的可不光是刘备一个人,《南齐书》上的刘宋判将自立为王,就声称自己"双手过膝。"《周书》上北周皇帝宇文泰胳膊也这么长,《陈书》上的陈霸先也是如此。

难道这个时代盛产双臂上基因变异的人吗?当然不是。

这是因为大长胳膊和大耳朵在当时是富贵之相。例如东晋的丞相王导的耳朵也大得耷拉到肩膀上,当时善于相面的陈训就说:"你双耳垂肩,必然长寿大富贵,子孙兴旺。"后来的《神相全编》上说:"两耳垂肩,贵不可言。""双手过膝,盖世英贤。"——在盛行鬼神之说的六代,这种说法肯定很有市场。

刘备的耳朵想必真的有点大,如吕布骂刘备就说"大耳儿最叵信",《华阳国志》上曹操也称刘备为大耳翁。说明刘备的耳朵的确很大,但再怎么大也不至于大得眼睛能看见自己的耳朵,但刘备及其集团刻意渲染这一点,在传说里以讹传讹,刘备的耳朵就越来越大,胳膊也越来越长。特别是后来佛教兴盛，佛像双耳垂肩，正好暗合刘备的大耳特征，于是双耳垂肩就成了刘备的重要特征，后来的小说里刻意把刘备塑造成明君仁君的形象，这一特点也愈发令人记忆深刻。

在小说里，刘备简直就是靠脸吃饭的。

《三国志平话》里刘备一出场，说他"生得龙准凤目，禹背汤肩，身长七尺五寸，垂手过膝"，除了龙凤，就是禹、汤，不是帝王象征就是千古明君，垂手过膝这个特征竟然已经不重要了，双耳垂肩也不提了。

书里说关羽和张飞之所以要跟随刘备，也不是感念他的为人，而是看中了他相貌，说他"状貌非俗，有千般说不尽的福气"。关公就端着酒去敬酒，从此开启了桃园三结义。

后来见了汉献帝认皇叔，居然也是根据相貌，"献帝见先主面如满月，两耳垂肩，貌类汉景帝。"从汉景帝到他这儿已经三百五六十年了，他居然能认出眼前这个人长得像，献帝的眼力不错。

后来在荆州刘表手下，蒯越、蔡瑁要暗杀刘备，派了一个刺客，刺客看见刘备长得"面如满月，隆准龙颜"。竟然被感动了，上前告诉刘备快走。

诸葛亮之所以出山辅佐，也是因为刘备的长相，"观皇叔是帝王之相，两耳垂肩，手垂过膝。"——卧龙先生也是相面大师。

当然这长相有时也会惹来麻烦,周瑜想把刘备在江东软禁,就是因为"玄德隆准龙颜,乃帝王之貌"。

这后来刘备到江东招亲,百姓看见刘备的长相,竟然"无有不惊者"——刘备这长相走在大街上都让人吃惊,回头率肯定超高。

总之,堂堂刘皇叔在一部三国故事里竟是个靠脸吃饭的人。

三、仁义才是终极大招

到了《三国演义》里,罗贯中保留了刘备的长相,去掉了看一眼就让人浑身发抖的不合理情节。但是《三国演义》却为刘备增加了一个武器:仁义。

这是刘备的终极大招了,《三国演义》的世界里,仁义简直就是刘备的货币,可以用来收买人心,赚取城池。

刘备的仁义经常借两种道具来表现:一是家属,二是眼泪。

利用亲属来表现仁义的两个案例十分成功、十分著名,第一次是长坂坡,赵子龙拼死救出阿斗送到刘备跟前,刘备抱起来要摔,说:"为汝这孺子,几损我一员大将。"言下之意,赵云你在我心中的地位比这阿斗强多了。

第二次是张飞把徐州弄丢了,刘备的家人也都成了吕布的俘虏,张飞见了刘备拔剑自刎，结果刘备一把夺过剑来说出来那句千古名言："兄弟如手足，妻子如衣服。衣服破，尚可缝；手足断，安可续？"这话说得跟摔孩子那次一样，都是向对方传递一个概念：家人不重要，你们才重要。其实就跟你在单位熬夜加班，领导见了说一句"辛苦了"一个意思，但是领导通常没有刘备这水平，员工听了最多也就暖一下，刘备这样说话，就换得对方肝脑涂地，终身追随。

其实刘备还利用过妈妈来表现仁义，只是大家都没有注意到。《三国演义》里刘备一出场，罗贯中介绍他就是"玄德幼孤，事母至孝；家贫，贩屦织席为业"。这一句话可了不得，因为可以把妻儿作为代价，却不能把母亲丢了不顾。整本演义故事，就提了一句他母亲，后面再也不说，潜台词显然是已经故去了。实际上《三国志》里看不到刘备怎么孝顺，上来说刘备从小丧父，母亲贩屦织席供他读书，而刘备"不甚乐读书，喜狗马、音乐、美衣服"完全是个纨绔子弟的做派，想必让母亲操碎了心。《三国演义》里这一句"事母至孝"完全"洗白"了他，刘备就成了道德楷模。《论语》上说："孝悌也者，其为仁之本与？"有了孝，他才可以接着展示自己的仁义。

利用眼泪表现仁义就更多了，有人做过统计，他在书里一共哭了三十多次，而且在许多关键时候，他的眼泪都发挥了重要作用。

在陶谦和赵云告别的时候哭，把赵云哭得后来一心跟随。

和徐庶分别的时候泪如雨下，哭得徐庶走马荐诸葛。

三顾茅庐的时候，他哭着说："先生若不出山，如苍生何也？"卧龙这才答应出山。

长坂坡惶惶如丧家之犬，对老百姓也是哭，哭得老百姓一路跟随。

后来取西川，送别张松，他在酒宴上又哭，把张松哭成了自己的间谍。

聪明的诸葛亮深谙自己领导这个优点，给他出的主意也是哭。

江东招亲，刘备想要回去的时候，也是暗自垂泪，把孙夫人哭得甘愿同行，结果让孙权赔了夫人又折兵。

等鲁肃来荆州的时候，诸葛亮的主意也是你只管哭，把鲁肃哭得心肠都软了。

后来关羽、张飞，刘备哭得晕厥在地自然不在话下……

这也就难怪民间歇后语说刘备的江山——哭出来的。其实应该是刘备用自己的眼泪表现出来的仁义买来的，都说莫斯科不相信眼泪，蜀汉却是相信眼泪的。

刘备泉下有知，一定会被《三国演义》气哭，纵览《三国志》，他是哭过，但一共也就三次。

一为庞统之死，一为法正之死，还有一次是为自己赐死义子刘封。

前两次为英雄而哭，后一次是为亲情而哭。

在裴松之的注解里，刘备也哭过一次，那是为自己在荆州安逸生活，导致"髀肉复生"，恐大业难成。

刘备这三次哭，真正验证了"男儿有泪不轻弹，只因未到伤心处"，充分说明真正的刘备是个有理想、有抱负、有情有义的人。但是对不起，在民间故事的想象里，你的这些特质只能通过哭来表现，谁让你的人设是仁义呢？

当然刘备的仁义也不是空穴来风，先后有两个人为他送过地盘，一是《三国志》里陶谦让徐州给他，二是《魏书》上说刘表想把荆州让给他。第一次刘备谦让了一下，就接受了。让荆州这件事，裴松之注解《三国志》的时候认为这个说法靠不住，刘表为了把荆州传给刘琦，不惜废长立幼，怎么可能拱手送给刘备？所以陈寿就不采用这个说法，《三国志》里说诸葛亮劝刘备趁刘琮刚接班就攻打，夺取荆州。刘备却说"我不忍也"。这句话比谦让更能说明他的仁义。东晋的刘备头号"粉丝"习凿齿就说："先主虽颠沛险难而信义愈明，势逼事危而言不失道……其终济大业，不亦宜乎。"刘备在危难之中不忘信义，情急之中不丢仁义，活该他雄霸一方啊。

到了《三国演义》，肯定不能放过这么好的素材啊，一让徐州变成了三让徐州，把刘备的客气演化成了忠厚仁义。在荆州问题上改成了刘表死前要托孤刘备，刘备拒绝了。罗贯中在这件事上也没有过多着墨,把他仁义的主要戏份留给了兵败时不忘百姓。

这也是于史有据。曹操进攻,刘备从樊城败退,当地群众自发跟随,有人劝他,兵贵神速,带着百姓走不远,刘备说了一句名言:"夫济大事必以人为本,今人归吾,吾何忍弃去。"这番话让奴隶坐稳的老百姓们听了何其感动啊,这才真正的青天大老爷啊。激动得罗贯中在《三国演义》基本原文引用,还赋诗一首:"临难仁心存百姓,登舟挥泪动三军。至今凭吊襄江口,父老犹然忆使君。"

但结果如何,《三国志》没提。《三国演义》借助想象交代了细节,从樊城渡江到襄阳的时候,刘备说:"今曹兵将至,孤城不可久守,百姓愿随者,便同过江。"结果两县之民齐声大呼曰:"我等虽死,亦愿随使君!"场面似乎很感动。但随后一笔,却漏了底,"即日号泣而行。扶老携幼,将男带女,滚滚渡河,两岸哭声不绝。"这里不容细想,刘备当时也就数千兵力吧,怎么有能力组织数十万人渡江?刘备就这么一句话,摆出姿态,下面怎么执行他就不管了。兵士们只能随意配合"演出",明知不可为也得为,渡江过程中肯定各种刁难、殴打、辱骂,所以才会出现哭声不绝的场面。但没有关系,照样是刘备演出忠厚戏份的好时候,他急得要投江而死,左右赶忙拉住他——这个戏做得有点过了,鲁迅先生一针见血指出:长厚而似伪。演员的虚荣心太大,表演得有点假了。

估计正是有了这样的状况，所以才有了后来有人劝他让百姓散去的情节，但是刘备决定将感动进行到底，他喊出了那句"以人为本"的口号，执意带着这些老百姓走，结果等到曹操大兵赶来，他有张飞保护，杀开一条血路，这些老百姓都成了"炮灰"。这也是塑造刘备仁义的好时候，刘备的仁义做法就是大哭，用眼泪证明自己的仁义——腹黑一点想，刘备当时裹挟百姓，说不定是为了掩护自己。

刘备的仁义还表现他的的卢马，本来刘备骑马跃檀溪是晋朝就开始流传的一个故事，和《三国演义》里一样，都是刘备在荆州遇难，骑马出逃，结果溪水拦路，情急之下，刘备喊道："的卢，今日厄矣，可努力。"不得不说，玄德公真是做思想工作的好手，这匹马一跃三丈高，脱险渡河。

裴松之在《三国志》注解里引用了这个事，斥为世俗妄说，但从东晋开始这样的故事就开始流传，充分说明刘备在当时已经开始被神化了。

罗贯中却从这匹马身上演义出刘备的仁义之心来，徐庶说这匹马妨主，要刘备把这匹马送人，等到妨害过一个人，再要回来。刘备气得要把徐庶撵走，说他心地险恶。徐庶这才说刚才不过试试你是不是真的仁义，看来您是名副其实，当即表示愿意过来工作，这匹马竟然成了员工面试老板的道具。

其实这个故事是从《世说新语》里抄来的,那个仁义的人叫庾亮,罗贯中移花接木,把这个故事送给了刘备,彰显他的仁义。

当然有得必有失,为了仁义的人设,刘备也得往外让故事,著名的鞭打督邮,那是他所为,为了照顾人设,只能把这个故事让给自己三弟张飞。火烧博望也是刘备所为,但是一个仁义之人,不应该这么足智多谋,这个功劳就只能让给诸葛亮。蔡阳本也是刘备所杀,但君子远庖厨,仁义之君更不能举起杀人刀,这件事就放到了关羽名下。

就这么有舍有取,一个哭哭啼啼、满嘴仁义道德的刘备形象就形成了,他那双股剑也显得有点"娘"了,所以在后来的小说里成了女性的最爱。

四、刘备的爱情外传

在《三国演义》的世界里,做刘备的老婆应该压力挺大的,动不动就被扔给敌人也就罢了,还被比成一件衣服。此外罗贯中还安排了刘安杀妻这一出戏,刘安为了招待刘备,竟然把妻子杀了,谎称是狼肉让刘备来吃。莫名其妙穿插进来这么一个故事,似乎就为了证明:刘备把妻子比作衣服这思想已经够先进了,刘安这样的人竟然视妻子为猪狗,说杀就杀。但是刘备在得知真相后,竟然只是震惊,然后感动于刘安的义气，曹操听说了，还给刘安发了一笔奖金，鼓励他这种超标准招待客人的行径。这可真合了鲁迅先生所说，满嘴都是仁义道德，张口却要吃人肉。

《三国演义》里刘备竟然有两个夫人：一个是甘夫人，一个是糜夫人，两人并称夫人。这两个女子竟然不分先后，都称为夫人，孟子说齐人有一妻一妾，结果齐人之福成了成语里幸福的标准，刘备这超标准配备却没有人羡慕。

两位夫人是演义的说法，正史上糜夫人才是夫人，甘夫人只是刘备的小妾，应该是如夫人。但这个小妾不是一般的小妾，她为刘备生下儿子，这个儿子后来成为著名的后主阿斗。刘备称帝的时候，她已经死了，追封为皇思夫人。后来阿斗当了皇帝，为刘备上谥号为昭烈帝，封自己的母亲甘夫人为昭烈皇后。从名字上看，自己母亲和刘备才是最般配的。

大概是由于这个原因，民间叙事者搞不清甘夫人和糜夫人的关系，就干脆直接为刘备配备两个夫人。罗贯中虽然沿用了这个说法，但他还是明白二人关系的。例如写到长坂坡乱军中逃命，阿斗明明是甘夫人所生，这时候却是糜夫人抱着逃命，小妾的孩子是要由夫人养的，这个细节就说明了两个人的身份。

但糜夫人最强的存在感也就是在演义故事壮烈地投井自杀，《三国志》上也就一句"竺于是进妹于先主为夫人"。哥哥糜竺把妹妹献给了刘备，她简直就像一件礼物。而关于她的事情，就这么多，此后再也不提，后来追封也没有她（不知道是不是跟她哥哥糜芳投降东吴害死关羽有关）。

但是甘夫人就不一样了，诸葛亮夸她"履行脩仁，淑慎其身"，陈寿也说她"常摄内事"。也就是说，她的身份虽然是小妾，在家务管理上却是王熙凤一样的角色。关于她的品德，东晋《拾遗记》都记载了她的传说。

甘夫人年轻的时候不光容貌绝伦，肤色更如月下聚雪，相面的人说她将来必然富贵——这其实是一句废话，在那个年代，如此美貌肯定不会嫁入寒门。（对刘备后来称帝时的吴皇后，《三国志》也有这么一笔，实际上这只能说明这个女孩长得不错。）后来果然嫁给了刘备，刘备十分宠爱她。（刘备这时候依附在吕布手下，惶惶如丧家之犬，也算不得富贵，但讲故事的就不管那么多了。）后来有人送给刘备一个玉人，刘备就把玉人和甘夫人摆在一起，竟然分不出哪个是玉人，哪个是甘夫人。刘备白天忙于军务，晚上就左拥（甘夫人）右抱（玉人）——不得不说胳膊长了好处就是多。

刘备玩得不亦乐乎，手下人有些看不惯了："当心玩物丧志啊。"刘备说："我这不是腐化堕落，都说玉如君子，我这是提升自己修养呢!"眼看众人都劝不了,最后是甘夫人出来一通语重心长的教育,还列举历史上的有德人物,这枕边风一吹,刘备痛改前非,撤去玉人。

甘夫人如此贤德,在当时就被称为神智夫人——这是刘备后宫的诸葛亮啊,只可惜儿子阿斗没有继承父母这么好的基因。

有趣的是元杂剧《诸葛亮博望烧屯》里,诸葛亮下山竟然也是间接因为甘夫人,第一折刘备三顾茅庐来请诸葛亮,诸葛亮就是不下山,刘备三人一筹莫展之际,赵云跑过来报喜说:"甘夫人生了。"诸葛亮突然改变了心意说我随你走。刘备忙问为啥,诸葛亮说:"我观玄德公喜气而生,旺气而长,我所以下山去也。"——合着原来觉得刘备太丧气了。

甘夫人的故事虽多,但在刘备诸位夫人里,还比不过另一个孙夫人。

这孙夫人在正史里戏份也不多,零零星星提到一些,《三国志·先主传》里:"琦病死,群下推先主为荆州牧,治公安。权稍畏之,进妹固好。"说明她是孙刘政治联盟的一枚棋子。《三国志·庞统法正传》里借诸葛亮之口说:"主公之在公安也,北畏曹公之强,东惮孙权之逼,近则惧孙夫人生变于肘腋之下。"陈寿在这里专门做了说明:"孙权以妹妻先主,妹才捷刚猛,有诸兄之风,侍婢百余人,皆亲执刀侍立,先主每入,衷心常凛凛。"这一句话交代了孙权这位妹妹的性格是不爱红装爱武装,是孙权放在刘备身边的间谍。

关于孙夫人的结局,《汉晋春秋》说:"先主入益州,吴遣迎孙夫人。夫人欲将太子归吴,诸葛亮使赵云勒兵断江留太子,乃得止。"这位孙夫人作为后妈竟然想要抱着阿斗逃跑,幸亏赵云出马才留下。

这就留下了无数想象空间,由此演化出许多故事来。故事太多,光是她的名字都有好几个。

《三国演义》里说她名孙仁,元杂剧《隔江斗智》里称她为孙安,《三国志玉玺传》里说她叫孙万金,戏剧故事里称她为孙尚香。

孙仁、孙安这名字太男性化了,孙万金这名字有点俗,仿佛叫孙二妮一样,孙尚香就不一样了,透着文雅和大气,这个名字大行其道,成了孙夫人最流行的称谓。

在各类故事里她也不再甘心做哥哥的棋子,她也要寻找自己的幸福。元杂剧《隔江斗智》里,孙尚香最初一见面就被刘备的人马架势所震撼,感觉都是堂堂正正,反观自己这一方"似鼠如狸"——看脸的孙尚香一开始站在了尊刘贬吴的大旗下。到了酒宴上,她主动为刘备挡酒,让孙权无从下手,最后刘备平安回来。《三国志平话》里孙尚香不杀刘备则是因为刘备胸前有一条金蛇护体,她立刻意识到这才是真龙天子,于是就放过刘备,转而主动保护。《三国演义》里去掉了这些神话情节,说孙尚香被感动是因为刘备示弱和哭泣,最终夫妻双双回荆州。

这些三国故事里，显摆的都是诸葛亮的锦囊妙计，似乎他算准了一切，但细思起来，起到关键作用的还是这个有主见的女子，都是她深明大义才让诸葛亮计谋成功。

可惜故事编得再圆，也得照顾事实，孙夫人最终回到了东吴，这段爱情没有结局。

习凿齿的《汉晋春秋》里说孙夫人回去之后日夜遥望蜀国哭泣——就差没说她成为望夫石了。《三国演义》吸收这个情节，让孙尚香知道刘备夷陵之败，投江而死。最莫名其妙的是，这么一个对爱情忠诚的女子，她的庙竟然被称为枭姬祠，最无聊的说法是因为刘备是枭雄，所以她的庙就叫枭姬庙。枭是一种恶鸟，枭雄也不是什么好词，断然不会有人以此自称，这庙的得名大概缘于所在的地方是蛟矶，蛟矶庙以讹传讹成了枭姬庙。

其实糜夫人也好、甘夫人也罢，哪怕这位故事最多的孙夫人，在刘备的人生里都是过客。刘备称帝之后，娶了吴夫人，这位先当了几天汉中王的王后，等刘备称帝，她直接当了皇后。

《三国志》里这位吴夫人年轻的时候就有相面的说将来必然富贵——这说明不但漂亮，而且很漂亮。益州牧刘焉就让自己儿子刘瑁娶了她，好借助她的贵气让自己家发达。但这股贵气他驾驭不了，一命呜呼,后来这贵气就应到了刘备身上。

我本来以为这位皇后没有什么故事,后来读了明朝弹词《三国志玉玺传》,发现她和刘备的爱情故事才最为曲折,远超孙尚香。

他们俩的爱情故事,要从传国玉玺说起。《三国演义》里十常侍之乱,皇帝逃出宫,玉玺就神秘消失了。等到第六回,孙坚在皇宫的井里捞出一具女尸,尸体脖子上挂着传国玉玺。大家的关注点都放到了传国玉玺上,却没有人想这个宫女为什么脖子上挂着玉玺跳井而死,她又是什么人。

《三国志玉玺传》就弥补了这个空白,故事里,这位女子不是别人,她姓邢名玉娇。他爸爸邢彪是汉灵帝的值殿将军,因见不得十常侍作乱,就来到山中落草为寇,号称黑松林寨主。故事里的刘备这时候已经在家乡成亲,他原来娶妻李氏,结果这姑娘"进门一见家贫冷,花烛之夜大闹争。妇道不明缘不合,三宵夫妇不沾身。离书出退娘家去,愤恨身亡命不存"。嫌弃刘备家穷,竟然一连三天不让刘备碰自己,三天之后,和刘备离婚回娘家了。随后,刘备再娶,便是甘夫人,名为甘英。这是所有故事里唯一为甘夫人取名字的。

跟《三国演义》一样,刘、关、张桃园结义,平定黄巾军,得封安喜县令。跟《三国演义》不一样的是,向他们索要贿赂的不是督邮,而是巡抚严言,三个人鞭打严言,辞官回家。这时候十常侍作乱,刘备前去救驾，皇帝没有见到，却捡了一个玉玺。刘备独行遇见邢彪，被请到山寨中，邢彪本要将女儿邢玉娇许配给刘备，结果在山寨中遇见了当年被刘备打过的巡抚严言，此人挑拨，用药麻翻刘备，捆住他，准备杀死。邢玉娇来看刘备，见他："金龙出入祥光远，五色非凡惊倒人……堂堂异相真英俊，分明正是一朝君。"当即动心——这个故事里，刘备的长相也是重要武器。

邢玉娇放了刘备，还表示要以身相许，"知君结过鸾凤侣，奴愿甘心作次身。"知道你结过婚，做妾也行。刘备没说同意，也没说不同意，玩了个暧昧，把玉玺交给了邢玉娇保管，两人分别。结果后来山寨被董卓剿灭，邢彪被杀，邢玉娇被送到宫中为奴，董卓看邢玉娇漂亮，便动手调戏，邢玉娇不堪侮辱，带着玉玺投井而死——和《三国演义》做了无缝对接。

而刘备呢，他和甘夫人还幸福生活在一起，中秋节两人赏月饮酒，刘备酒醉睡觉，跟贾宝玉一样梦游太虚幻境，一位仙童带着刘备来到了仙境，说有一位女仙相请，这女仙便是邢玉娇。原来她死之后，被天帝封为散仙，邢玉娇叫刘备来是要告诉他："炎汉气数今将尽，乾坤鼎足合当分。此缘此福非今事，宿世三生会合成……君心休负今宵语，口天之氏合成姻。"这几句话泄露了两个天机，一是天下三分，二是刘备要取一个姓吴的女人（口天之氏）。

刘备得此暗示，当然是坚定了奋斗方向，来到徐州小沛，这时候糜夫人出场了，作者为糜夫人取了一个好听的名字：糜绿筠。年方十六，容貌倾城。正是清明时节，靡绿筠在花园与婢女玩耍，香囊坠落，竟然被蝴蝶抓起来飞走——这得多大蝴蝶啊。

而刘备呢，在城外打猎，遇见了糜竹、糜芳兄弟，一见如故，坐下喝酒。偏偏这时候蝴蝶带着香囊飞来，还偏偏就落到刘备帽子上。糜家兄弟一看："香囊是我舍妹物，蝴蝶因何带到临。必是神人来指引，化为蝴蝶作媒人。姻缘该配刘玄德，必是前生宿世姻。"——上天注定的姻缘啊，你必须娶了我妹。刘备一看，上天注定的，也不好意思拒绝啊，就客气了一下，答应了。

糜夫人出场这么华丽，下场却跟《三国演义》一样，都是投井而死，作者对此有一番解释："姻缘簿上婚姻短，数该今日二分离。未得荣华承诰命，先归泉下做孤魂。身丧荒山墙缺下，魂归府洞做仙人。十年债满成元贵，一旦归天入紫云。"意思就是：为什么夫妻缘分这么短？因为这是姻缘簿上注定的，为什么后来刘备也没有对她做任何追封呢？因为糜夫人欠刘备十年情债，这是来还债了，做了十年夫妻，便两不相欠，糜夫人后来也成仙了——听起来多么像还眼泪的故事啊。

更有趣的是，后来成仙的糜夫人竟然来找甘夫人，告诉她刘备将要开始另外一段姻缘，你给他让路，和我一起成仙吧。听起来多么像是给小三腾床的套路，甘夫人自然不愿意，糜夫人很会做思想工作，告诉她："姐姐幸然生阿斗，后来太庙不虚名。生前不得为皇后，死后终成国母名。只有阿奴真命薄，十年情意似浮云。"潜台词就是，你有什么不满足的？你生了儿子阿斗，将来要成国母的，比我这个什么也落不到的人强多了。甘夫人想想这个结局还不错，随便生病死掉了。

下面出场的就是孙权的妹妹了，这个故事里她名叫孙万金。前面的情节跟《三国演义》没什么区别，就是东吴赔了夫人又折兵的套路，有趣的是，孙万金回到东吴后被哥哥软禁，她一心回到刘备身边，和哥哥斗智斗勇。

孙万金日夜痛苦，感动花神，派来一只大雁，要为她捎去书信，孙万金找来笔墨写信，但找来三支笔，笔头都断了。情急之下，孙万金刺破手腕，写下一封血书。但可惜这只大雁飞到城外，竟然被打猎的孙权一箭射落，孙权截获书信，更将孙万金严加看管。

刘备这时候已经在成都称帝，他给孙万金写信，都被孙权给毁掉了。刘备无奈，就去算卦，结果卦签显示他和孙万金"三年恩义绝，不必苦思哉"，签书还告诉他"吴懿亲妹子，便是宿缘人"——说得直白一点就是告诉刘备面对现实吧，还有更好的人。按照神仙指点，他明白邢玉娇已经从仙女转生为吴氏，正是当年邢玉娇为他暗示过的"口天之氏"。只不过在转生过程中出了点变故，邢玉娇在仙界有个男同事（仙童）十分喜欢她，就跟着她一起转世，是为刘瑁，抢在刘备之前和她做了夫妻。但也就做了一天夫妻，这仙童便被召了回去，这也让吴氏成了寡妇——全盘照顾了正史上的情节。

在明朝人的故事里，寡妇再嫁是没有道德的，所以作者让吴氏一口回绝了刘备，还把提亲当成羞辱，当天晚上就上吊自杀。幸好水镜先生赶来，他这时候也已经成仙了，送上一粒仙丹，救活了吴氏。经过这么一死，吴氏也恢复了记忆，从此和刘备快乐地生活在一起了。

而孙万金听说刘备再娶，气得拿着剪刀找哥哥孙权拼命，孙权号称要带兵征讨蜀汉，把刘备抓回来陪她。孙万金不信哥哥这话，要剪发为尼，孙权为她修建了一座庵，孙万金最后的结局是坐化成仙。"年深月久功行满，坐化龛中魄入云。本是天宫仙玉女，偿还凡孽脱红尘。"——合着她也是来还债的。

刘备可比贾宝玉幸福多了，贾宝玉只有一个林妹妹来还眼泪，他有四个。

张飞：我比二哥差在哪里

清朝时，关羽信仰如日中天，加封帝号——在封建王朝里这是皇帝能给的最高职称了。待遇上去，表现之一是名字成为敏感词，凡是提到羽字的一律改名，当时官方有个快递叫"羽递"，这时候不能叫了，改名为"飞递"，有羽能飞，意思是一样的。但是有个陈秀才梦见一尊金甲神找他说："我是汉朝将军张翼德也，为什么你避讳我哥哥的姓名，却犯了我的名讳。"

这是《子不语》里的一个小故事，编故事的人显然是在为张飞鸣不平。哥俩都是蜀汉时期的万人敌，都辅佐刘备，都死于非命，为什么关羽称帝？张飞如此默默无闻。

一、顾全大局的张飞

或许二人的差距在《三国志》里就注定了,陈寿把刘备最厉害的武将关羽、张飞、马超、黄忠、赵云放到一部传里,排序大概就是根据当时的威名,就关、张而言,有两点明确提到张飞不如关羽,一是年龄上"羽年长数岁,飞兄事之",二是本领上"飞雄壮威猛,亚于关羽"。

无论是年龄还是本领,张飞似乎都逊于关羽,关、张名序大概就这么定下来的。但从《三国志》记载的事迹来看,并没有看出关羽哪点比张飞雄壮威猛。

从两人早期经历看,关羽威猛的事迹是万军之中斩颜良,而张飞在长坂以二十骑挡曹操亲率的追兵,一声大吼,无人敢前,这威猛不亚于关羽。等到后来,刘备事业最盛的时候,张飞跟随刘备进入益州,一路斩将夺关,留下"义释严颜"的美名,随后镇守巴西,在这里利用地形大败张郃,巧用地利的将兵之道不比关羽差。

最为吊诡的是,张飞留给后人暴躁易怒的坏脾气形象,关羽却是温文尔雅。但《三国志》里看,关羽的脾气似乎比张飞坏得多。

例如在好色的问题上,曹操在下邳围攻吕布,关羽垂涎于吕布手下秦宜禄的妻子，就猴急猴急地一遍一遍找曹操说，拿下秦宜禄就把他媳妇赏给我，结果弄巧成拙，曹操作为领导近水楼台先得月。

再看张飞，他惦记的却是秦宜禄，在《三国志·明帝纪》的注解中，刘备离开曹操的时候，张飞要秦宜禄与自己一起走，这时候秦宜禄已经是曹操手下一个小领导了，张飞说："人家夺了你老婆，你却还为他打工，不如跟我走吧。"秦宜禄先是答应，走了一半却又后悔，张飞无奈杀了他。

虽然有杀人的举动，但从前面苦口婆心相劝来看，他主要目的是为刘备招揽人才，结合他后来争取严颜的行为来看，说明张飞是一个很会做思想工作的领导。

对待马超的态度最能说明关羽和张飞的性格。马超刚投靠刘备的时候，对刘备直呼其名，很不尊重，关羽大怒要杀掉马超，刘备不同意，张飞则说："那我们给他做个示范。"马超来见刘备，大咧咧坐下，关羽和张飞杖刀站在一旁，马超大吃一惊，为自己的失礼惭愧，赶忙道歉，从此对刘备十分尊敬。

按照《三国演义》的人设，喊打喊杀的应该是张飞才对，可实际却是关羽，有谋略的反而是张飞。

这个故事记载在《山阳公载记》里，裴松之注解《三国志》的时候对此事提出质疑，认为关羽身在荆州，不可能出现在刘备身边。

但关羽不注重内部团结却是真的，马超投刘备，他就写信问诸葛亮马超这人怎么样，诸葛亮知道他的性格，只能和稀泥说马超威猛和张飞并驱，然而不如你绝伦逸群，这才安抚下关羽这颗膨胀的心。等到刘备拜黄忠后将军的时候，诸葛亮赶忙提醒刘备说："关羽知道了恐怕不高兴啊！"刘备派司马费诗为关羽送文件，听说黄忠和自己并列，他果然火大，骂黄忠为老卒，说他不配和自己并列。这哪儿是骂黄忠，这分明是说刘备封赏不公，费诗委婉提醒，他才恍然大悟。幸亏关羽在荆州，倘若他在成都朝堂，恐怕会成为蜀国集团最不稳定的因素。

反观张飞，他从来没有跟内部哪个将领闹过矛盾，而是主动结交知识分子刘巴，刘巴看不起他，一言不发。按关羽的性格早就一刀砍过去了，而张飞也只是生气。估计最多也就到诸葛亮那儿诉诉苦而已，因为诸葛亮后来出面劝刘巴卖张飞个面子，刘巴却蔑称张飞是"兵子"，这事都记载历史上了，张飞不可能没有听到，刘备很生气，张飞估计更生气，但也就如此而已。张飞不仅能容人，还慧眼识人，例如马齐原本是他手下功曹，张飞将他推荐给刘备，担任尚书郎，诸葛亮死后，此人又任尚书，《三国志》评价他"以才干自显见；归信於州党"——说明张飞眼光还是很好的。

以上种种，都说明张飞绝不是后来小说中鲁莽暴躁的武夫，而且并不能看出他比关羽差在哪里。

即便在死后成神的路上，两个人也是不相上下的。

二、张飞死后也成大神

关羽谥号是壮缪侯，张飞是桓侯，在蜀汉的庙宇里级别一样，待遇想必也一样。在传说里，两个人的死法也相同，关羽首枕洛阳，身在当阳，张飞躯葬阆中，头埋云阳。在史书里，夸奖武将英勇，都是将二者并举，关张是武力值的形容词。

到唐朝，他也是随同关羽一起到武成王庙陪着姜子牙吃冷猪肉的，后来哥俩又一起被赶了出来。宋朝之前，哥俩虽然在民间都有庙祭祀，但都是被当做恶鬼来祭祀的。李商隐写"益德冤魂终报主"，张飞死后成鬼托梦给刘备的故事在唐朝就有了。

关羽在玉泉山为佛门护法的时候，张飞在梓州也做了阳关神。这个神是管什么的现在不得而知，《太平广记》上说这个神"灵应严暴，州人敬惮之"，这个神又严厉又灵验，让人又敬又怕。有个叫王延镐的小官在成都结识了妓女霞卿，霞卿长得十分漂亮，这时已经生了一个女儿，王延镐一见就被迷住了，带她到梓州上任。经过阳关神庙的时候，霞卿突然死了。王延镐非常伤心，上任之后，忽然梦见霞卿来找他说："我是被阳关神张飞捉走了，经过我再三哀求，他答应放我回来。"

从此霞卿的鬼魂就住在家里，每天饮食起居和平时完全一样。王延镐想要另外娶妻，她也不反对。她说："将来我女儿出嫁，我就彻底离开你。"王延镐娶妻之后，霞卿经常化作一只黑蝴蝶飞来飞去，大家也知道是她，也不以为异。等到后来她女儿长大，王延镐找了个好人家，陪送了丰厚的嫁妆把女儿嫁出去，这黑蝴蝶才不见。

《魏略》上说张飞的妻子夏侯氏是他在打仗路上随手抢过来的，想不到死后还有这个爱好，但张飞还是讲道理的，架不住哀求，到手的美女还是给放了回来。这美女结交过猛将，行事风格也不一样了，来到相好的家中，呵护女儿，还化作黑蝴蝶翩翩起舞。

不光张飞喜欢掠人之美，庙里他手下的卫士也有这个爱好，他没有主神那么大法力，不会摄人魂魄，却会偷人老婆。

五代时期的《野人闲话》里有一个故事，同样是发生在梓州张飞庙里，庙祝的老婆估计长得不错，张飞雕塑身边的卫士泥偶就每天晚上复活去和庙祝妻子偷情，居然还让庙祝的妻子怀孕了，生下一个女儿，这孩子长得非常像那泥偶卫士，粗手大脚，还有一头红发，传为奇谈。

两个故事里虽然都把张飞奉为神明，但这神更像是一个厉鬼，人们祭祀他，主要是希望他不要出来害人，并不是把他当成一个全心全意服务凡间的神。

就在唐宋之间的五代十国时期，张飞在地位上一度超过了关羽，竟然被封王。只不过封他为王的这个政权太小了，是十国之一的前蜀，共存在了十八年。创始者王建封张飞为灵应王，听起来像是表扬他作为阳关神的灵验，但考虑到当时与他一同被封赏的还有战国时的张仪（昌化王）和三国时的邓艾（彰顺王），这事情就没有那么简单了。

宋朝的洪迈在《容斋随笔》里说，当时人们相信，灭蜀建功的人大都命运多舛，他将宋朝之前在蜀地建功的将军进行了一番梳理，得出这个结论。比如被封王的这三位，张仪灭古蜀，被迫离秦到魏，身死异国。邓艾灭蜀汉却企图自立，结果被族诛。张飞自然也是如此。而不得善终的人怨气就重，就会作祟。从这个观点来看，这位前蜀皇帝给张飞封王就如同百姓祭祀一样，不求你帮忙，只要你别添乱。

不管王建的出发点是怎样，张飞的待遇上去了，但是王建这个前蜀皇帝影响力太小，张飞灵应王不被后世承认。宋朝的时候，他跟关羽一起被赵匡胤从武成王庙里赶了出来，宋仁宗的时候，又一起回去了。哥俩在武成王庙进进出出，对这个已经没有新鲜感了。

在宋朝，他们俩一起摆脱了恶神形象，成了全心全意服务凡间的好神，取得了宋朝文人的信任。唐宋八大家有两位为张飞写过文章。一个是欧阳修，他到夷陵任职，就写过《祭桓侯文》希望张飞保佑风调雨顺。另一个是曾巩，他写《阆州张侯庙记》，夸奖张飞生前威猛，死后又保佑一方。

宋徽宗不光封关羽为忠惠公和武安王，对张飞也先后封为肃济侯和武烈公，地位比二哥差了一个等级，但是他很快就又追了上来。因为宋室南迁，蜀地成了和金兵对峙的前线，作为蜀汉猛将，南宋朝廷当然要借借灵气，于是加封张飞为忠显王，希望他灵佑全蜀。在保家卫国方面张飞比二哥也不差。到了元朝，张飞又被封为显灵义勇武安英济王。

其实这些爵位并不重要，因为到了明朝，朱元璋全给抹平了，重要的是，这是一个产生故事的时代，你只有攒够了故事，才能在后世一路称王。

三、三国故事主角是张飞

张飞在唐朝就应该是一个有故事的人了，李商隐四五岁的小儿子就是他的粉丝，他在《骄儿诗》里说自己的小儿子李衮师很调皮，家里来了客人，他背地里爱模仿客人，或是戏谑客人像张飞那样黑，或是笑话客人像邓艾那样口吃："或谑张飞胡，或笑邓艾吃。"这里的胡，有不同的解释，有人说不是黑是长得很有匪气，有人说是长了一脸大胡子，有人说是有双下巴……其实把这些意思加一起，一张黑脸上长满大胡子，再配上双下巴，这不就是一个大老粗的样子吗？如果再加上跋扈的匪气，这活脱就是一个莽汉的形象啊。

民间能够创造这样的张飞来，大概是依据《三国志》里"飞暴而无恩""刑杀既过差，又日鞭挝健儿"的描述，一个暴躁的人，自然应该长得一脸匪气，而张飞能赢得一个小孩子喜欢，说明他身上"无恩"、喜欢鞭打士兵这一点已经被大家有意忽略掉了，只留下了暴躁鲁莽。这基本上也是我们现代人眼中的张飞形象了。

唐宋之际的故事文本不可见，但在元代的《三国志平话》里，张飞相当可爱。

这本书虽然名为三国故事，但前半部的主角却是张飞。故事一开始，天下大乱，刘、关、张聚义，去平定黄巾军，哥仨虽然是招兵买马，但和黄巾军作战的时候，张飞每次都主动请缨，而且不带一兵一卒，单枪匹马前去招安。

第一次打驻扎在杏林庄的张表，张飞就一人前往，招安的客套话说完，随即开打，一人挥舞丈八蛇矛，黄巾军无人能挡，退入兖州城。张飞再次请命去打兖州，仍然要独自一人前往，刘备坚持要他带人，他大喊了三声："谁愿和我同去？"第一声有七人出列，第二声有三人应诺，第三声有两人愿往。张飞就带着这十二个人来到了兖州城下，张表、张宝竟然害怕他们这十三个人，坚守不出。张飞用计，脱下衣服在护城河里洗澡，张表果然中计，带兵出城，张飞等人骑马就跑，把张表的人马带入刘备的包围圈，随后一鼓作气，歼灭黄巾军，张角、张表均死在乱军之中。

合着席卷东汉的黄巾军就这么被哥仨随随便便平掉了，而其中功劳最大的便是张飞。

随后朝廷派来十常侍之一段珪前来统计军功，索要贿赂，被张飞一顿暴打，军功自然就被打没了，刘备仅落安喜县尉一官。前去上任，太守各种刁难，张飞当晚杀了太守全家。于是朝廷派下督邮调查。于是张飞鞭打督邮，不同于后来《三国演义》那样只是捆在树上打鞭子，为了解恨，说书人让张飞打了他一百大棒，将尸体分为六段，还把他的头吊在北门口。兄弟三人从此落草为寇，顿时引起朝廷恐慌，诛杀十常侍招安兄弟三人——这三国故事差点成了《水浒传》。

张飞完全是快意恩仇的侠客形象，不但一马平黄巾，更是以一人清了君侧，这基本上就是现在网络小说中"爽文"的套路。更套路的是，张飞的武力值基本上无可匹敌。后来《三国演义》里的猛将在他这里都不是对手。

比如吕布。《三国志平话》里也有"三英战吕布"，但三英战罢，第二天吕布骂阵，张飞一人迎战，竟然把吕布杀得败回阵去，不敢迎战。待到后来，吕布夺了刘备的徐州，把刘备围困在小沛。张飞带领三十八人杀出重围找曹操借兵，曹操说你大哥没有书信我不出兵，张飞竟然又杀回城去，取得刘备书信，再次杀出来，根本不把吕布的包围圈当回事，堪比后来在曹操百万大军中三进三出的赵子龙。不过在说书人嘴里，当赵云遇见张飞，也只是个手下败将。

平话故事的发展脉络和《三国演义》一样，曹操派兵擒杀吕布，刘备在曹操引荐下到朝廷任职，随后是衣带诏事件，刘备和曹操对峙，张飞说他视曹操十万大军如同无物，本来是要夜袭曹营，却被叛徒出卖，中了曹操的埋伏，兄弟三人失散。刘备投靠袁绍，关羽投降曹操，张飞却寻了古城落草，自号无姓大王。在这里他遇见了赵云，赵云把他当成了贼寇，两人一番厮杀，六十个回合赵云便败下阵来——后来三国故事里的常胜将军一露相便露怯了。

这些故事并非仅存在平话里，杂剧里也都有类似的故事，如《张翼德大破杏林庄》说的便是张飞单枪破黄巾的故事；《张翼德单战吕布》演的便是张飞一人杀退吕布的勇猛；《张翼德三出小沛》说的便是张飞三出吕布包围圈的事迹。

元杂剧中也有新颖的故事，如《莽张飞大闹石榴园》，说的曹操在石榴园摆下鸿门宴要害刘备的故事，楼下埋伏了七重兵马，虽然是关羽张飞救驾，但主角却是张飞，夏侯惇在楼下拦住，张飞一拳就把他打怕了，夏侯惇连忙求饶："老三不要打，你上去吧。"张飞上来见了许褚，这虎将在张飞面前能做的却是敬一杯酒，张飞一把将酒水打落,揪住曹操说:"哎你个曹孟德,你可休小觑咱,我着你三魂七魄卧黄沙,看今夜宿谁家!"曹操吓得求饶,刘备说情,张飞这才放过了他。

另外还有个《莽张飞大闹相府院》的杂剧,可惜只剩下了名字,不里面如何描述张飞的英勇。

这些故事说明,在宋元之际,张飞在故事里的风头并不啻于关羽,到了元末,罗贯中在《三国演义》里对三国故事进行系统整理,张飞身上的主角光环消失了,只留下猛将的形象,他没有投降过,演化不出"降汉不降操"的阿Q精神,反倒无法突出他的忠,也就无法演化出千里走单骑这样精彩的回归故事;跟曹操没有那么多纠葛,也演义不出华容道那样的义气故事;他没有丢掉重要的战略要地如荆州,死得又太突然,也就没有走麦城那样的悲壮故事……种种因素,让他在小说里的忠义形象上不如二哥那样突出。

四、张飞成了才子

明清时期,经过学术界的引领,故事界的编造,关羽已经是一副忠义英勇儒雅的形象。

张飞其实也有这么一个过程,例如在儒雅形象上,明朝的一群士大夫通过"考古"等手段从另一方面重塑张飞形象。

这方面的代表是杨慎,《三国演义》开篇"滚滚长江东逝水"便出自他手,他这一生不受皇帝待见,被贬逐云南,闲来无事除了插花携妓,就是创造性考古,《四库全书总目提要》就说他"好伪撰古书,以证成己说",责他"取名太急,稍成卷帙,即付枣梨,只成杂学",近代的梁启超也说杨慎撰述文章虽好,但手脚有点不干净,喜欢造假。

在张飞儒雅这件事上,他就是始作俑者。

宋大观年间有人在涪州张飞庙前得到印章和佩钩,耕地的人也在庙北侧挖出了一个刁斗。宋朝有诗人据此赞美张飞:"天下英雄只豫州,阿瞒不共戴天仇。山河割据三分国,宇宙威名丈八矛。江上祠堂严剑佩,人间刁斗见银钩。空馀诸葛秦川表,左祖何人复为刘。"从这首诗来看,作者是赞美张飞武力的,相信这文物是真的。从"人间刁斗见银钩"这句话来看,这刁斗上是有字的,但写的什么字并没有说。后来南宋文人王象之还到庙里去参观了一下,亲眼见到这三件文物,记载在《舆地纪胜》里,并引用了这首诗。这文物的真假他并没有说。我们前面说过,宋朝人还出土过寿亭侯印章呢,都是好事者造假。明朝人的《大明一统志》介绍涪州的时候也提到了张飞庙和那三件文物,说那刁斗上刻着张飞的名字。

其实刻着名字也说明不了是古物,即便真的是蜀汉文物,也没有证据证明是张飞写的。但是到了杨慎的《丹铅总录》里,他却说:"涪陵有张飞刁斗铭,其文字甚工,飞所书也。"直接说成是张飞所书,还说这书法甚是不错。接着杨慎又接二连三发现张飞书法"真迹"。

他在《全蜀艺文志》中说,在四川流江县发现张飞立马铭,他把这件事和历史结合起来,说这是张飞大破张郃之后勒石记功。上面写的是"汉将军飞率精卒万人,大破贼首张郃于八濛山,立马勒铭"。

说起来甚有画面感,张飞打败魏将之后,喝酒庆功,喝到兴头上,用矛头在山上划出这十几个字。

这几个字现在八蒙山已经见不到了,据说因为壁裂字毁,但在陕西岐山、广西桂林独秀峰、重庆云阳张飞庙、四川阆中等都有翻刻,有趣的是就这几个字居然还有各种版本,四川阆中玉台山写的是"汉将张飞大破贼将张郃于宕渠立马勒石",少了好几个字,最为可疑的是,即便内容相同的碑刻,其铭文排列和隶书风格都不一样,铭文专家拿来和汉隶对比,差异较大,推断是明清人士伪造。

杨慎发现的还不止这一处,他又在真多山发现了张飞的题词:"王方平采药此山,童子歌'玉炉三涧雪',信宿乃行。"

这就更厉害了,王方平本是东汉末年的方士,传说修道成仙,葛洪的《神仙传》上专门有他的篇章。张飞的题词说王方平在此采药,童子在此唱了一阙"玉炉三涧雪",过了一夜才走。

张飞竟然和这位仙人有了交集,要知道在《神仙传》里,王方渡过一位叫蔡经的成仙,传授的方法便是尸解,如果按照这个想象下去,张飞后来被叛军夜里砍头,那也是尸解而去了。

这是写小说也就算了,偏偏杨慎是很认真地在考古。但这句话漏洞很多,首先"玉炉三涧雪"就是宋朝词牌名,是全真祖师王重阳从"西江月"改编而来的,难道王方平是从宋朝穿越而来渡张飞的?

杨慎在当时文人圈里影响太大了,他如此一说,后来便多有附和的人。有个叫曹学佺的人又发现了一件文物:张飞写给张辽的书信。这封信还是刻在阆中石头上的。张辽可真是三国好笔友,不光关羽爱给他写信,张飞这个与他交集不多的人竟然也写起信来,一封私人书信竟然还刻在石头上,看来张飞生怕别人不知道自己有文化。

随后,天启年间出版的《画髓元诠》上在没有任何证据的情况下说张飞善画,而且还是善画美人——真是语不惊人死不休。

到了清朝,还有人添油加醋,康熙的时候张光祖写《乃文辨》,就说张飞家里本是个读书人,有意于科考,听说董卓乱汉,这才投笔从戎。看到有意科考,把隋唐的科举提前到了东汉,就知道这位说的不可信了。他虽然不是写小说的,但这想象力也算得上天马行空了。

经过文人们的重重努力,张飞在许多人心中的形象已经完全脱离了《三国演义》中鲁莽汉子的形象,成了一员儒雅的将军。许多人都信了,包括大名鼎鼎的纪晓岚,他写"慷慨横戈百战余,桓侯笔札定然疏。哪知拓本摩崖字,车骑将军手自书"——说得便是立马铭的事,还有一个叫吴镇的诗人,写《张益德祠》:"关侯讽左氏,车骑更工书。文武趣虽别,古人尝有余。横矛思腕力,繇像恐难如。"说连钟繇和皇像的书法都比不过张飞,把张飞夸到了天上。(这首诗网络上多有引用,把作者说成元朝的吴镇,好像元朝人已经知道了张飞立马铭,实际上元朝的吴镇是个画家,这首诗应为清代诗人吴镇所作。)

近代的邓拓先生也上了杨慎的当,他写文章《由张飞的书画谈起》,他先入为主,把《新亭侯刀铭》作为张飞擅长书法的证明,这件事记载在陶弘景的《古今刀剑录》上,说张飞刚做新亭侯的时候,打造了一把刀,刀上铭文"新亭侯蜀帝大将也"。但这明显是有问题的,张飞做新亭侯的时候,刘备还没有进四川,也没有称帝,怎么就成了蜀帝,就算刘备称帝,国号也是汉,怎么能是蜀?邓拓跳入了杨慎的陷阱,忽略了这么简单的问题。

除了学术界这么一本正经的胡说八道,故事界也不遗余力。

例如《聊斋志异·于去恶》把张飞说成是科举考试的"大巡环",负责巡视考场,"三十年一巡阴曹,三十五年一巡阳世。"每次降临都灭掉各种不平事,主持各种不公,这是用张飞刚正的性格去做儒雅的事情。蒲松龄似乎很喜欢张飞,他专门写过一篇《桓侯》说的是张飞请一个荆州人彭好士到四川做客，千载之下，张飞依然豪爽热情，对彭好士礼敬有加。彭好士还要客气，张飞抓住他胳膊就把他拉进来了，只不过他这主人劲太大，彭好士的胳膊差点折掉。故事里的张飞已经是仙人了，他请客的目的是要买彭好士一匹马。《三国演义》里张飞抢过吕布的马，这里的张飞公平交易，不但给彭好士换了一匹马，还送他万两黄金。

两个故事里的张飞一个刚正，一个豪爽，但都彬彬有礼，礼敬君子，俨然已经是一位公平正义的神仙了。

在忠义方面，张飞的故事编造者也使出浑身解数，最经典的是拿他的名和姓做文章，说他在唐朝留姓，宋朝留名，曾经两次投胎转世。唐朝是张巡，因为都姓张，唐朝时死守睢阳的猛将张巡在故事里就被说成是张飞转世。宋朝留名是岳飞，因为二人都叫飞，岳飞就是张飞在宋朝的重生。毛宗岗都说"或疑关、张并是英雄，而云长显圣，不闻翼德显圣，何也？曰：翼德何尝不显圣？相传有在唐留姓，在宋留名之说。今张睢阳、岳武穆，声灵赫然，庙祀甚肃，岂非翼德之未尝死乎？"可见这个事情流传之广。

虽然清朝的官方不认可，没有给张飞像关羽那样的荣耀，但是民间却对他加封了帝位，清朝传抄的各种《劝善书》中都把张飞称为张桓侯大帝——这个名号不伦不类，既然是侯？怎么又称为大帝？简直就像现在所谓的副科级部长，满满的民间山寨味道。

五、二哥你带带我

其实张飞在神位上败给关羽最主要的原因还是经济基础不同。关羽因为家乡产盐，成为盐商的保护神，盐商作为纳税大户又把他推销给封建王朝，关羽这才节节升高。反观张飞，他在故事里被塑造成一个杀猪卖肉的，成为屠夫的行业神。杀猪卖肉的可比不上财大气粗的盐老大们，背后财团完全不是一个量级，这恐怕才是张飞败给二哥的主要原因。

故事的编造者们可能认识到了这一点，于是让张飞也插手盐业。

袁枚在《子不语》里说有人过蒲州，见关羽庙内也供奉着张飞，与关羽对面而坐，张飞神像手握着一根铁链，后面锁着一根朽木。当地人讲了一个故事，话说当年关羽斩杀蚩尤，保盐池平安，但是人们在熬盐的时候，却怎么也熬不成。大家再去求关羽，关羽却说这是蚩尤的妻子枭在这里作祟，这个女人悍恶非常，我制服不了，必须叫我三弟来。当地人赶忙在庙里塑造了张飞泥像，当夜风雨大作，次日就见张飞手里多了一根铁链，上锁一根朽木。再去煮盐，就非常顺利了。

张飞在故事里虽然斩杀妖孽，但这来源于二哥推荐，在庙里也是陪着吃饭的位置,他还是生活在关羽的光环之下,自然也超不过关羽。

清末的讽刺小说《二十年目睹之怪现状》里也替张飞叫屈,他说现在店铺开张都供奉关羽,其实应该供张飞,因为关羽姓关,不吉利,供奉张飞就不一样了,张飞姓张,正好和开张对应。

说得甚是有理,只可惜他这个说法没能得以推广,否则张飞没准也能成为财神。

赵云：三国完人

| 一、完美无暇的身体 |

小时候听三国故事，老人们说起赵云，都是先说他为人武功高强，最后都要惋惜地说一下赵云之死。

赵云之死不像关羽走麦城那样豪迈，不像张飞被手下人杀死那样憋屈，而是死于好奇心。话说赵云晚年和妻子闲谈，说起自己一生征战，枪林箭雨中过来，经常白袍染红，上面都是敌人的血，自己从未受伤，没有流过一滴血，没有一点伤疤。妻子听了就有点不屑，以为他吹牛，等到赵子龙睡觉了，就在他身上一阵寻觅。结果还真是如赵子龙所言，面对这完璧一般的身躯，妻子不禁有点嫉妒了，"天地尚不全"，怎么有你这么一个全人？你这也太"逆天"了。想到这里，她拿起绣花针在赵子龙身上扎了一下，结果万万没有想到，赵子龙就此一命呜呼。讲故事的人解释说，赵子龙本是天上灯笼星，其命也如灯笼，不能漏风，否则必然人死灯灭。

那会我以为灯笼星的说法搞笑，还打趣赵云为什么不是气球星啊？老人们一脸严肃地说："哪里有气球星？"我自以为是地反问："可哪里又有灯笼星？"后来看明代《武备志》里的《郑和航海图》还真的有灯笼星，是航海人辨别方位所依据的星辰之一。看来赵子龙归天之后，为大航海事业作了巨大贡献。

这个故事我后来也见过，关于赵云之死也都是这个版本，大同小异而已，但没有在任何明清小说乃至元杂剧里见过，大概这个说法是民间自发形成的。民间对赵云之所以有这样的印象，是因为他无论在正史还是三国故事里，都是作为一个完人存在的。

正史里，赵云一出场带着人马投靠公孙瓒，公孙瓒有点得意，问他："你们那儿的人都投袁绍，你为什么能迷途知返呢？"赵云说了一句不卑不亢的话："我只跟随仁义。"这话相当于后来人常说的"我只站在真理的一边"，说来掷地有声。

当然公孙瓒算不得仁义领导，在这里他结识了刘备。后来赵云因兄长亡故回家奔丧离开公孙瓒，刘备就知道他一去不复返，依依惜别，赵云就说:"我不会忘了内心的道德。"——有点像康德那句"唯天上星辰与心中的戒律不敢忘"的意思了。

六年后,当刘备被曹操打得妻离子散,投靠袁绍的时候,赵云来追随他了,从此为蜀汉服务一生。

赵云肯定是个性格稳健的人,《三国志》上有两件事可证,一次是博望坡之战,俘虏了自己同乡发小夏侯兰,赵云把他推荐给刘备,此人精通律法,刘备任命他为军中刑罚官,而赵云从此就刻意与他保持距离。第二次是他平定荆州桂阳郡,刘备任命他为桂阳太守,前太守赵范要把自己十分美艳的寡嫂献给赵云,赵云拒绝了,公开理由是"咱们都姓赵,你嫂子就是我嫂子,不能娶"。他心中想的却是赵范为人不可靠,后来赵范果然逃跑。

正因如此,刘备对他十分倚重和信任,把他作为自己贴身护卫来用。长坂坡乱军之中,赵云保护刘备家眷殿后,当时有人告诉刘备赵云投曹操去了,刘备拿起手戟拍打告密人:"赵云是不会背叛我的。"这便是后来小说里演义得十分生动的七进七出保护甘夫人和阿斗的故事。后来刘备娶孙权的妹妹,这位孙夫人为人骄纵,纵横不法,刘备就让赵云掌管内事——担任领导的管家。后来孙夫人试图带阿斗回东吴,便是赵云和张飞一起拦截下来的。

但赵云的能力却绝不只管家,在文韬武略上,他的才能也让人侧目。

文韬上，他积极出谋划策。刚进成都的时候，刘备想要把城里的田宅都分给自己手下，赵云站出来表示反对，引用霍去病那句名言"匈奴不灭，何以家为？"——曹魏不亡，这样封赏，一则丧失成都人心，二则消磨将士意志。等到后来孙权杀关羽夺荆州，刘备一心伐吴，不见诸葛亮有所劝谏，倒是赵云站出来反对，认为大敌是曹操，灭了曹魏，东吴不战自降。当然刘备没有听，后来才有了夷陵之败。

武略上，他有两次"危难之际显身手"的经历。一次是在刘备生前，他和黄忠一起在汉中对抗曹操，黄忠去袭击曹操运粮部队，到了约定时间没有回来，赵云就带了几十骑兵前去打探，结果遭遇曹操的大部队，赵云一次次冲击曹军队列，且战且退。赵云本已杀出重围，却见自己手下张著受伤被困，赵云再度杀入包围圈救他出来。回到营寨中，赵云大开寨门，偃旗息鼓，摆了一个"空寨计"。曹操不知虚实，怕中埋伏，便欲撤军。赵云擂鼓出击，弓弩齐发，曹军大败。刘备因此夸赵云"一身都是胆"。

另外一次是诸葛亮北伐，由赵云在箕谷布疑兵，和魏国大将曹真对峙，诸葛亮自己带兵出祁山进攻魏国，这一战就是著名的失街亭，蜀军大败。赵云这一支疑兵本来就和曹魏实力悬殊，失利而退。赵云亲自断后，保护辎重，损失不大。虽然损失不大，但也是一场败仗，顶多算得上虽败犹荣，赵云因此被减少俸禄，贬为镇军将军。这也是他人生最后一仗，第二年赵云便死了。

清朝人赵作羹《季汉纪》说赵云之死就是因为这次败军之耻，他说赵云知耻而后勇，讨贼之心愈坚，忧劳成疾，一病不起——这些细节想必是他自己想象出来的。民间传说赵云是"常胜将军"，没想到他人生最后一仗却是个败仗，读者也替他感到惋惜。

赵云死后三十年，刘禅追封了关羽、张飞、黄忠、马超、庞统等人，唯独没有追封赵云，第二年在姜维的提议下，才追封他为顺平侯。

后来读三国的人，或者为赵云生前位次鸣不平，怪刘备没有把他列入四将军而只让他做了征南将军，或者为赵云死后追封时间叫屈，清杭世骏《三国志补注》里说："云之功，已亚于壮缪桓侯，而过于马孟起黄汉升矣。景耀三年追谥关张黄马，而不及云，迟一年而补谥，不知何说。"言下之意，赵云的功劳仅次于关羽和张飞，超过马超黄忠，为什么不一起追谥？最后这句"不知何说？"翻译成现代流行语应该是"我在等一个合理的解释"，这个解释，刘备和刘禅肯定不会给了，但是没有关系，民间口碑会补上。

| 二、因优秀而平凡 |

元朝之前，赵云在三国故事里都没有什么存在感。

赵云就像一个门门功课都不错，但没有明显优势科目的学生。说起勇猛，大家想到的都是关、张，说起智谋想到的都是诸葛亮，说起来忠诚，大家都不错，赵云也没什么好说的。最吃亏的是赵云没有独镇一方的经历，不像关羽镇荆州，张飞守阆中，他也没有什么拿得出手的大战役好让人讴歌。即便有当阳长坂这样保护刘备家眷的事情，但这事在正史上就一句话带过，没有文学家的想象，这事也无法引起关注。

赵云最独特的一个点是刘备那句夸奖，"子龙一身是胆"。这句夸张的修辞手法很容易让人记住，也容易让后代志怪小说家借以创作，但是很可惜，就这么一个特点，还被姜维抢了。裴松之《三国志注》里就说姜维死后，魏兵剖开他的肚子，发现他的胆如斗大。就这样，提起"三国之胆"，大家想到的都是姜维。

一直到宋朝，宋朝对武将的要求除了勇猛，更强调个人品德了。众人这才注意到赵云温良仁义的个性，特别是到了南宋，蜀汉被奉为正统，赵云尤其受到关注——"子龙一身都是胆，更有仁心并义肝。"

这时候赵云的故事也开始流传，元朝人郭翼的《雪履斋笔记》中记载了南宋名将张俊的一个小故事，说张俊有个爱妾本是钱塘名妓，张俊外出打仗，写信嘱咐小妾照管家事，小妾回信引用霍去病和赵云的故事，要他好好打仗，不要以家为念。张俊大喜，竟然把书信呈报给赵构，赵构大喜，加封小妾为雍国夫人。

这位小妾说的赵云和霍去病事情，应该就是赵云劝谏刘备时引用霍去病的那句话，用赵云的话为张俊上了一课。而一个女子能知道这段轶事，多半是从说书人那里听来的。

当时已经有人开始对陈寿的《三国志》不满，宋末有个人叫郝经，他本是忽必烈的手下，代表元朝来到南宋议和，结果被扣留了十六年，他也写了一本《续后汉书》，他为"关张马黄赵"作传，专门把赵云的传记放到了马超和黄忠前面，仅次于关、张，有意抬高赵云。

殊不知，宋朝有萧寿朋、萧常父子，对陈寿以曹魏为尊的写法很不屑，在郝经之前已经重写了《续后汉书》。他们大肆赞扬赵云各种优点，最后得出一个结论："方时诸将。其最优乎。"——当时各位将领中，赵云应该是最优的了吧？什么一吕二马三典韦，统统靠边站，赵云才是第一。

在三国故事里，赵云的形象逐渐突出起来。

《三国志平话》写刘备结识赵云，非常有英雄相惜的意境。说刘备人马被曹操冲散，关羽保着他的家小投降曹操，张飞不知下落，刘备无奈流落到袁谭手下借兵，袁谭虚与委蛇，刘备无奈之下唱歌，唱的是："天下大乱兮，黄巾遍地，四海皇皇兮，贼若蝼蚁。曹操无端兮，有意为君……"唱罢，突然有人接着唱道："我有长剑，则空挥叹息。

朝内不正，则贼若蛟虬。壮士潜隐，则风雷未遂……"刘备一听，立刻邀请相见，此人自然便是赵云。

后来赵云带着刘备见了袁绍，关羽斩文丑颜良的时候，袁绍想要杀刘备，赵云求情，刘备幸免于难。后来刘备离开袁绍，还是赵云以自己家属为人质才换得袁绍信任，但是刘备离开袁绍去投刘表，赵云立即表示追随，自己家眷全都不顾了。这里只有忠没有仁，赵云的形象还是比较粗俗。

《三国志平话》里专门写了长坂坡怀抱幼主的威武，赵云的存在感得到了大幅提升。但赵云再威风也比不过头顶主角光环的张飞，赵云和张飞开战，打了六十个回合，便败下阵来，和张飞差得有点远。截江夺阿斗的故事里，没有了赵云，全成了张飞一个人功劳，而且张飞见了孙夫人，说了她两句，孙夫人羞愧难当，投河自尽了。

这都没有关系，赵云的儒将形象既然被人关注到了，各种故事就慢慢多起来。

首先就是赵云在元杂剧里频频登场，还有了一部以他为主角的戏，名为《赵子龙大闹泥塔镇》，可惜只留下一个题目，具体故事已经不得而知。从题目来看，显然这个故事里赵子龙有着满满的威风。在其他元杂剧故事，赵子龙虽然不是男一号，但他的形象也逐渐立体起来。

第一，赵云的职业是贩马。《阳平关五马破曹》里赵云一出来，自我介绍是:"幼年贩马走西戎,南征北讨显英雄。"《诸葛亮博望烧屯》里一出场是:"幼年贩马为商贾,真定常山是故乡。"看来当时讲故事的人已经达成了共识,赵云是个马贩子。《三国志》上刘备就曾经接受过贩马商人张世平等人的资助,大概大家都是从这里得到的灵感。

第二,赵云的战绩得到渲染。《两军师隔江斗智》里,赵云出场就是:"某姓赵名云,字子龙,乃真定常山人也……曾在当阳长坂,与曹操大战三日三夜,百万军中抱得后主回还。曹操称我子龙一身都是胆,信不虚也。"说的是长坂坡之战,我们熟知的版本是七进七出,这里说是三天三夜,比七进七出还要离谱,结合元杂剧的风格,越是夸张,越说明大家把这个故事当"爽文"看。有趣的是这里还渲染了子龙一身都是胆,却把这句话放在敌人曹操嘴里,比赵云的领导刘备说起来都有说服力。《关大王独赴单刀会》里直接说"赵子龙胆大如斗",把姜维的故事放到赵子龙身上。

第三是五虎将的说法。《三国志》里把关、张、马、黄、赵合传,《三国志平话》为他们打造一个称呼"五虎将",说的是:"关公封寿亭侯,张飞封西长侯,马超封定远侯,黄忠封定乱侯,赵云封立国侯。皇叔恩封五虎将军。"这里的顺序就是按正史来的,赵云是垫底的,各个元杂剧的故事里,依然将五个人并列,如《阳平关五马破曹》里"关云长善排军,张翼德能冲阵,马孟起勇如奔电,赵子龙气若凌云,老将黄汉升他论武艺多英俊"。赵云在这里的排名已经提前了一个位次。

第四关于赵云的武器,《三国志平话》上说赵云使用的是涯角枪,这名字是说其天涯海角无对手,到了元杂剧里,写故事的人大概搞不清这名字的含义,单凭道听途说,《刘玄德独赴襄阳会》写成了"牙角长枪"。最搞笑的是《阳平关五马破曹》里写成了"鸦脚枪",真不知道,这牙的角、乌鸦的脚跟一杆长枪有啥关系,若真有形似之处,赵云这条长枪形状就太独特了。《诸葛亮博望烧屯》上赵云干脆没了枪,他一出场自我介绍兵器"腕上钢鞭能打将,匣中宝剑掣秋霜"。手上拿的尉迟敬德一样的钢鞭,腰间悬挂的是宝剑。赵云武器的变化,说明当时他的形象还没有全面统一。

这一切要等罗贯中来完成。

三、我的孙子叫石勒

《水浒传》里宋江的外号是及时雨,说他能在人危难之间施以援手。纵览《三国演义》,赵云也担得起这一个外号,不过他不是施以金钱,而是靠武力。他总是能在危难之际显身手,半路杀出个赵子龙,把领导给救了。

不必说长坂坡的威风,不必说截江夺阿斗的及时,单说他第一次出场。这时候就是公孙瓒被文丑追着打，已经跌下马来，文丑一枪刺过去就要取了他性命，"忽见草坡左侧转出个少年将军，飞马挺枪，直取文丑……"这少年自然便是赵云。文丑的头最终要留给关羽来砍，所以这一次赵云和文丑打了个平手。

后来刘备败走荆州，前有张郃拦路，后有高览围堵。急得刘备叫天天不应，叫地地不灵的时候，赵云突然从高览身后杀来，一枪刺死高览。刘备父子二人的性命可都是赵云救下的。不光这一次，后来夷陵之战兵败，刘备惶惶如丧家之犬，被吴将朱然拦住去路，急得刘备大呼"朕死于此矣"。就在这时候，赵云带领一班人马杀来，刘备破涕为笑："朕复生矣！"

按照故事套路，关键人物在最危险的境地时，就要安排一个可以逆袭的角色从天而降，赵云便是那个力挽狂澜的英雄，这样的套路，罗贯中连用三次，可见他心目中赵云的分量。

为了塑造赵云的形象，罗贯中对元杂剧和《三国志平话》里的赵云进行了重新演义，武器上不再取"涯角枪"这么花哨的名字，单纯就是枪，避免武器名字抢了赵云的风采。同时他去掉了贩马出身的这个设定，赵云一出场就是少年英雄，然后一直写到老年，他是把一生都献给蜀汉事业的人。关、张英年早逝，马超魏延都是降将，只有赵云早年随刘备南征北战，晚年跟随孔明六出祁山，年轻时他雄姿英发威名仅次关、张，烈士暮年壮心不减黄忠，所以赵云是《三国演义》里写得最全面的英雄。

他还是整本书里最完美的英雄。

他不像张飞"暴而无恩"，也不像关羽"刚而自矜"。他既敬爱君子，又善待士卒。对君子如姜维，两人初见，一番打斗，赵云年老气力不及，败在姜维手下，但却大力向诸葛亮推荐姜维，帮助诸葛亮收了这个"关门弟子"。对士卒，箕谷撤兵时，让副将领兵前行，他单枪匹马断后，一枪刺死苏颙，惊退万政，待蜀军退了三十里他才打马回去。三国武力排名上，赵云虽然在关、张之后，但在性格情商方面，他绝对是第一人。

所以在故事里，诸葛亮和刘备只身犯险的时候，最好的保镖就是赵云。刘备跃马檀溪的时候，赵云带着三百人马跟随，这一次由于蔡瑁把主仆分开，导致刘备差点遭难。后来刘备东吴招亲，诸葛亮定了锦囊妙计，却说"非子龙不可行也"，最后的计划执行人还是赵云。诸葛亮借东风之后脱身的时候，也是赵云驾小船来迎，面对周瑜派来的杀手，他一箭就将其吓退；诸葛亮柴桑口吊丧，也是赵云形影不离，周瑜手下才不敢动手。

这些情节有效弥补了赵云没有大战绩的缺点，树立起赵云的形象，让他成为和关、张并列的英雄。

关羽对五虎上将中的黄忠不满的时候，脱口就是："子龙久随吾兄，即吾弟也。"已经把赵云视为兄弟，有关圣帝君"金口玉言"，后来的戏曲舞台上为赵云专门打造了一个称呼"四将军"，他在民间口碑里已经成了桃园三结义的编外兄弟。虽然如此，但早期版本的《三国演义》里提到五虎上将时，还是按照正史里的排序：关、张、马、黄、赵。赵云依然垫底。

到了清朝初年，毛宗岗父子删改《三国演义》，专门把这个顺序作了调整，把赵云放到了第三位，提到五虎将必称"关张赵马黄"。不仅如此，毛宗岗在批注中对赵云也是各种赞扬。上来就说"子龙立志，高人一等"。他还拿赵云和关、张对比，在保刘备襄阳赴会这件事上，毛宗岗说："赵云在襄阳城外，檀溪水边，接连几个转身，不见玄德，可谓急矣。若使翼德处此，必杀蔡瑁；若使云长处此，纵不杀蔡瑁，必要拿住蔡瑁，要在他身上寻还我兄，安肯将蔡瑁轻轻放过，却自寻到新野，又寻到南漳乎？三人忠勇一般，而子龙为人又精细而极安顿。"——赵子龙的精细把关、张都比了下去。

在赵云拒娶赵范嫂子问题上，毛宗岗拿刘备娶刘瑁的寡妻一事作对比，说："刘备取刘焉妇，而赵云不取赵范之嫂。是赵云过于刘备矣。"刘备娶了刘焉的儿媳妇，而赵云拒绝娶赵范的嫂子，说明在生活作风上赵云是高于刘备的。赵子龙的风头连自己领导都盖过了。

在"子龙一身是胆"和姜维"胆如卵大"这个问题上，毛宗岗的分析很有趣，他说："姜维胆大如卵，犹是身包胆耳。子龙是胆包身，其大当不止如卵也。"就是说赵云的一身是胆，整个身体都包在胆中，姜维是胆如鸡卵（其实裴松之在注解里说的是"胆如斗大"，大概毛宗岗记错了，人的正常胆本来就如鸡蛋大小），也还是胆在身中，大一点而已。两人之胆大小就非常直观了。毛宗岗又接着说："非独胆包身，直是智包身耳。若但云胆而已，则大胆姜维何以屡败于邓艾耶？"——重点还不是胆，赵云有的是智慧包身，如果光凭胆大胆小论英雄，那姜维怎么就败在了邓艾手下。

正因为有了毛宗岗这样不遗余力的夸奖，赵云在三国故事的地位越来越高，特别是在武力值上，民间流行的三国武将大排名里，"一吕二赵三典韦，四关五马六张飞。"赵云的武力值仅次于吕布，但是在做人上，吕布也没法跟赵云比，这么说来，三国第一忠勇武将应该是赵云了。因此，在鲁迅的小说《风波》里那个"三十里方圆以内的唯一的出色人物兼学问家"赵七爷对时局不满，就叹息说："倘若赵子龙在世，天下便不会乱到这地步了。"（鲁迅说他家里"十多本金圣叹批评的《三国志》"，显然是嘲讽之语，他这《三国志》显然是《三国演义》，因为毛宗岗版本的《三国演义》前面用金圣叹的名义为自己写了一个序。）可见在当时人们的眼里，赵云已经堪称戡乱的救世主了。

实际上在民国就有人写了一部《反三国演义》，作者周大荒，他愤慨于当时军阀混战，百姓永无宁日，于是就借用三国时代，虚构了一个平行宇宙，在这个宇宙里，赵云和马超成了主角，两个人一个在北，一个在南，分别扫荡魏国和吴国，赵云识破吕蒙白衣渡江之计，和关羽一起夹击许昌，然后五虎将一起打败司马家族和东吴的联军，最终汉朝一统寰宇。作者还为赵云配了一门姻缘，娶了马超的妹妹马云禄，夫妻两个镇守荆扬，赵云进封武成王，马云禄为敦煌公主。算大大地替三国迷们出了一口恶气。

其实周大荒之前，明朝就有人写过《三国志后传》，故事里赵云虽然已经亡故了，但是赵云的后代却大放异彩。说是赵云的三个孙子赵概、赵染、赵勒在蜀国灭亡后和其他三国英雄的后人一起逃到张掖一带。在这里他们被强盗冲散，年纪最小的赵勒被石苋收养，改名为石勒。成年后辅佐汉王刘渊（刘渊在故事里原名刘璩，是刘备庶子刘理的儿子，这个匈奴人彻底有了汉族的血脉）吞掉晋国的半壁江山。刘渊死后，刘聪昏庸残暴，石勒离开他自谋发展，最终建立了一个新的国家，为了纪念自己的姓氏，就取名为赵，这就是历史上的后赵——这个羯族首领怎么也没想到自己会成为赵云家族的代言人。

诸葛亮：一出发就成神

| 一、智慧光芒照四方 |

西晋初年，司马懿的七子扶风王司马骏镇守关中，闲来无事和手下人清谈。他们所在正是蜀汉诸葛亮多次征讨之地，其时诸葛亮去世不过几十年，大家也就自然而然聊到了诸葛亮，有人就说诸葛亮托身庸主，不自量力，以小谋大，最终拖累蜀国人民。但在场的郭冲却不以为然，他说诸葛亮是不世出的英才，不在乐毅管仲之下，他讲了诸葛亮的五个故事，众人都很信服，有的故事涉及司马懿，司马骏也点头称是。

第一个故事是诸葛亮谏刘备严刑峻法。刘备刚在四川站稳脚跟，法正建议先行仁义，宽刑弛禁，以笼人心，诸葛亮却认为应严刑峻法，刘璋之败就败在法度不张，施行所谓仁义，对蜀人宠之以官位，顺之以恩情，结果他们官高蔑主，恩多不谢。蜀人专权自恣，主公无威，德政不行。所以他坚持严刑峻法，刑严才惜位，法峻才知恩。

第二个故事是诸葛亮识破刺客。曹操派人暗杀刘备，刺客以献伐魏之计为名来见刘备，他的计谋甚得刘备心意，刚要放下戒心，亲近一步，这时候诸葛亮进入，刺客神情慌张，诸葛亮暗自观察。一会刺客借口入厕离去，诸葛亮说："我看此人色动神惧，眼光向下，不敢对人，外漏奸形必然内藏邪心，肯定是刺客。"刘备派人去看，果然刺客已经在厕所翻墙而逃。

第三个故事是大名鼎鼎的空城计。跟后来《三国演义》里不一样的是，这个故事里诸葛亮身边还有一万多人，而司马懿率领二十万人，诸葛亮于是大开四门，笑对司马懿。这结果自不必赘言。

第四个故事是诸葛亮拒绝别人贺喜。说诸葛亮出祁山，陇西、安南二城望风而降，天水、冀城也随即收复，还俘虏大将姜维，得人口数千。众人道贺，诸葛亮却说："我志在复兴汉室，这种小事，不值道贺。"

第五个故事是诸葛亮讲信用。魏明帝曹睿亲自率兵三十万进攻蜀国，诸葛亮当时身在祁山，得到消息的时候，他的士兵正要换防，于是就有人跟诸葛亮建议说敌众我寡，应该暂停换防，所有士兵都应在此待命，诸葛亮说不用，人无信不立，既然答应了换防，就不能食言而肥。结果士兵们都纷纷请愿留下，士气大振，大破魏军。

这五个故事不见于《三国志》，到了南朝宋的时候，裴松之奉旨为《三国志》作注，把这五个故事给引了出来，并逐一辨析，认为都不可信。但这事是假的比是真的更能说明诸葛亮的个人魅力，在他身后不久，人们就开始往他身上编故事了，还能让这么多人相信，这是开始成神的节奏。

除了空城计，著名的七擒七纵南蛮孟获的故事已经被习凿齿记在《汉晋春秋》上了。东晋的袁希之甚至把孙膑的故事放到诸葛亮身上，他在《汉表传》把张郃当成了庞涓，张郃追击诸葛亮，诸葛亮设下埋伏，并在一棵大树上写：张郃死于此树下。张郃果然重蹈庞涓覆辙，等到他看清树上字时，万箭齐发，张郃变成了刺猬。

智慧上登峰造极，下一步就是神化。也是在东晋，有人在汉中见过诸葛亮的八阵图，在一数百步之地，积石为垒，分为八行，各去三丈，名为八阵图。当时仍秩序俨然，常有鼓甲之声，天阴就更响——这哪儿是八阵图，这分明就是一个法阵。记载这件事的人叫干宝，他最有名的书是《搜神记》，但这件事神乎其神，他却不是当神话说说，而是当成正史收录在他的《晋纪》里。看来作为当时社会精英的干宝对诸葛亮的神异也是深信不疑的。

稍后的孙盛在其历史著作《晋阳秋》上记录诸葛亮去世时候的奇特天象，说有一颗带着红色光芒的星星从东北天空滑落，落在诸葛亮军营之中，像球一样三落三弹，每次弹起落下就变小一些，最终消失，随后诸葛亮死——显然后来《三国演义》里诸葛亮五丈原禳星的故事就来自于此，那颗星星三起三落，大概也是诸葛亮试图让自己的星星再次升起，他努力了三次，最终失败，他虽然是天选者，却最终没有抗过命运。

这个故事把诸葛亮的死和天上星宿关联起来，诸葛亮已经不再是凡人，他来到人间是要拯救汉朝的，这也是有故事可证的。南朝宋的刘敬叔在《异苑》里说蜀郡有一口火井，这口井似乎是汉朝的命运之井，汉朝兴盛这口井就兴盛，自然，汉献帝的时候这口井火焰已经如同烛光了，这时诸葛亮来到蜀地去看了一眼，顿时火势旺盛起来。但可惜，这只是回光返照，估计那颗星星落下的时候，这口井的火也要黯淡下去了。三十多年后，魏军入蜀的时候，这火估计彻底暗下去了。

虽然诸葛亮说自己鞠躬尽瘁死而后已，但实际上他死后还为蜀汉尽过一次力，这就是著名的死诸葛惊走活仲达，这个故事也是在东晋就有了，记录在《汉晋春秋》里。

诸葛亮人成神人，围绕他的一切也都神圣起来，《荆州记》上说有人住到诸葛亮故居里,然后他们全家就都死了。这事可能是真的,因为《襄阳记》和《水经注》都提到了这件事,但死人肯定和诸葛亮没有关系,只不过因为这座房子的特殊性,大家就把死人的事和这位伟人联系起来了。在当时的蜀人眼里,他就是神一样的存在。

其实诸葛亮一死,各地就纷纷要求为他立庙,刘禅朝廷或许是忌惮他影响太大,以违背礼制为理由不同意。但这挡不住百姓的热情,人们自发在街巷上做祭,少数民族也在山野间行祀。一直到了三十多年后的景耀六年春,蜀汉风雨飘摇,朝廷这才想起诸葛亮来,在沔阳为诸葛亮修建庙宇,只是这时候大势已去,就在这年冬天,刘禅就肉袒牵羊迎接邓艾了。也就在这一年,另一路伐蜀大军路过诸葛亮庙,主帅钟会专门前去拜祭,要求士兵不得到诸葛亮墓旁砍柴牧马。

不光钟会,此后到蜀汉的统治者没有不对诸葛亮心怀敬仰的。西晋的时候,李雄在蜀地割据称帝,建立大成国(史称成汉),专门为诸葛亮在成都修庙。东晋时候桓温伐蜀,灭掉成汉,将成都的少城夷为平地,却独独保留了诸葛亮庙。南朝梁时期的《殷芸小说》上还记载桓温采访一个老兵的故事,这个时候距离诸葛亮的时代已经一百多年了,故事照顾了时间因素,说这老兵也一百多岁了。桓温说:"你觉得谁能和诸葛亮相比?"桓温是东晋的实际主政者,他心中预设的答案显然是自己,没想到这个老人说:"丞相在时,不觉得他有什么,丞相死后,天下无人可比。"桓温讨了个没趣。

这时候诸葛亮的故事还在继续产生着。特别是南朝梁时期,人们似乎特别看重诸葛武侯的这个"武"字,在故事里把诸葛亮塑造为一代武功高手。《蒲元传》上说诸葛亮让神匠蒲元在斜谷为诸葛亮铸刀三千口,蒲元淬炼不用汉水,而让人从蜀江取水。结果水取来之后,蒲元一看就说这水中掺杂了涪水。取水者坚称这就是蜀水,蒲元用刀划水,说:"这里面掺了八升涪水。"取水人吓得跪倒承认自己在路上洒了水,就用涪江水补上了。这里面显露神术的虽然是蒲元,但他是奉诸葛亮之命铸刀,士兵所用的刀都这么神奇,主帅更是神一样的人了。

陶弘景在《古今刀剑录》上又说是刘备采金牛山铁铸剑八柄,均长三尺六寸。这个铸造的工匠可能还是蒲元,但这次诸葛亮亲自参与,铸造前占卜方位,铸造时在剑上题词"章武",铸造完毕,刘备赐他一把。另外七把,刘备自用一把,他的三个儿子一人一把,关、张、马、赵一人一把。刘备给诸葛亮赐剑,说明在他心里,诸葛亮绝不是一个文弱书生,也是一身英气,身怀武功的。

陶弘景还记录了一次诸葛亮出刀。当时平定黔中,路过青石祠,诸葛亮抽刀刺山,刀没入柄,不拔而去——可以想象这画面,诸葛亮骑在马上,身后十万旌旗。正行走间,或是林暗草惊风,或是心中块垒无处宣泄,或是发号施令以石为誓,诸葛亮抽出刀来,一把刺入山中，打马疾驰而去。即便是这刀锋利，看来其武功也不差，可惜他智慧的光芒太耀眼，只留下一个羽扇纶巾的读书人形象。

二、法术力量慑千古

诸葛亮这刀就这么刺在山里，也不拔掉，陶弘景说众人不知其意。六朝人说故事还说得云里雾里的，留足想象的空间，倘若让唐朝人来讲，这个故事的风格应该是这样的。

曹操挟天子以令诸侯，他设置摸金校尉，偷坟掘墓筹措军费。此外他还养了一群术士，这些术士到蜀国境内暗种王气，这王气不大，难成帝位，但王气一成，便是内乱，要与刘备一争主位，然后曹操便可坐收渔翁之利。诸葛亮发觉之后，四处望气，见有王气便设法镇压之。他见武都郡金山有王气，便铸造两鼎埋此，镇压王气。除此之外，他还铸造定军鼎埋汉川，作八阵鼎沉于永安，都是在此发现了王气（曹操种王气的事是我编的，这个沉鼎的事见南朝梁虞荔《鼎录》）。某术士自以为智谋胜过孔明，在黔中暗种王气，此气狡黠，藏在山石之中，韬光养晦，潜迹遁形。诸葛亮手下的人远望隐隐可见，近查则难定方位。诸葛亮亲自出马，假装行军，但一路走来，暗自观察王气所在。

王气稍显其形，卧龙先生已尽收眼底，面上不动声色，手中刀已出鞘，一把刺入山岩，正中其间的那团王气，王气立刻散作一团沉滓。他刀也不拔，继续打马前行，众人不解其意。诸葛亮暗命士兵查询四周有无暴死之人，身上无伤，唯胸口有一片瘀青，如重物所击。果然在他插刀不远处，便见到了一具尸首，死状真如其所言。诸葛亮让人把尸首送给曹操，曹操一见脸色大变，这正是他派去种王气的人。

这个故事当然不是唐传奇，因为是我编的，所以没有那么好，不要觉得我这个故事离谱，唐朝故事里的诸葛亮比我说得要神多了。

例如死诸葛吓走活仲达的故事，东晋的习凿齿在《汉晋春秋》里首先记录这个事，其实这个事跟诸葛亮没有多大关系，当时诸葛亮已死，司马懿要追，姜维令士卒把旗反着打，仿佛要突然反攻，司马懿吓得赶忙退回来。其实就是姜维利用诸葛亮的余威吓退了司马懿。但这事传到民间就成了"死诸葛走生仲达"。

死人怎么吓走活人呢？这就是编故事的题材了。

唐朝的一本佛教著作《四分律行事钞》上记录了当时民间传说的故事版本。说诸葛亮临死前就料到了司马懿将会进攻，就吩咐手下人："我死之后，用一袋土放到我脚下，用一面镜子照我脸上。"说完就死了。众人依计行事，果然撤退顺利，不见魏兵来追。魏军这里其实也在密切观察蜀军行动，但司马懿占卜出来的结果是诸葛亮没有死，因为他们发现诸葛亮还踩在土上照镜子。

从这个故事来看,双方占卜就像是雷达侦察,诸葛亮踏土照镜就是在发射干扰信号,模拟司马懿的目标回波,给他们传输了错误的信息。司马懿对此的评价是:"我能料其生,不能料其死。"这句话换成现代人的口气就是:"我方的侦察设备(占卜)与敌方还有一定差距。"

诸葛亮已经树立了料事如神的形象,这个事再进步一下,不就是锦囊妙计了吗?鲁迅先生批评《三国演义》"状诸葛之多智而近妖",这还真怪不得罗贯中,六朝以来对诸葛亮的形象塑造就一直遵循这个思路,他作为小说的集大成者,又能怎么写呢?

再比如大名鼎鼎的八阵图。八阵图本来是诸葛亮行军打仗时排兵布阵的图形,《三国志》上说"推演兵法,作八阵图"。这阵法可能有其精妙之处,因为《晋书》上说马隆平鲜卑人叛乱,就用过八阵图,把叛军打得落花流水,马隆还写过一本《八阵总述》,大概是他实际运用中的心得体会。可能诸葛亮推演八阵图的时候,首先用石头做的模拟,所以就留下了几处石头遗迹。专业人士能识别出来,桓温伐成汉,看到这片石头,他说:"这是常山蛇阵法。"内行一眼就认出了门道。

但是随着诸葛亮被神化,这片石头就没有那么简单了。

杜甫晚年流浪到四川,在鱼复平沙见到八阵图遗址,激动得写下一首诗:"功盖三分国,名成八阵图。江流石不转,遗恨失吞吴。"

这里的"江流石不转"便是一个神话，说的就是无论江水怎么冲刷，这片石头都能一直保持形态，不会移动。不过有人说老杜才没有那么神叨，他这里的石不转用的是诗经里"我心匪石，不可转也"。形容诸葛亮对蜀汉的忠诚坚如磐石。但是八阵图遗址并不是磐石，而是小石头。郦道元在《水经注》里就说"有亮所造八阵图……皆累细石为之"。

刘禹锡曾到夔州任刺史，《唐语林》说他登高下看八阵图，系细石垒成，五尺高，六十围，纵横棋布，排列为六十四堆。阵形箕张翼舒，鹅形鹤势。春天，雪消水涨，石头就被水淹没。此时江水滚滚而下，声如雷吼，势如马奔，巨石大树都随波漂浮，但是却奈何不了这些小石头。冬季水枯，万物显露，都不复故态，唯独八阵图的石堆依然如旧，六百年来岿然不动——这片石堆已经脱离物理学规律了。

石堆尚且如此，这八阵图就更了不得了。

实际上八阵之说古已有之，《孙子兵法》中就有"孙子八阵"，《孙膑兵法》里也专门有《八阵》篇。东汉时窦宪用八阵之法大败匈奴北单于，因此诸葛亮并非原创，而是在前人基础上进行了优化。这并不妨碍八阵图的神化，就在隋唐，人们把诸葛亮的八阵图说成诸葛亮得自天授，用八阵图把诸葛亮和历代神人串联起来了。

首先是八阵创始人，唐朝人在传说里就把这八阵的发明权挂到了黄帝名下，这事还经过大唐战神李靖的认可。

三、源远流长八阵图

李靖和李世民君臣二人曾经一起讨论过兵法，主要是李世民在问，李靖在回答，如同采访，内容被后人整理成《李卫公问对》，成为后世军事将领的教科书之一。言语之中涉及八阵图的内容有很多，李靖对八阵图的历史进化作了一番详细的讲解。

按照李靖所言，八阵图的创始人应该是黄帝。轩辕司令这一生征战杀伐无数，晚年写出来一本军事专著《握奇经》，又叫《握机经》。之所以有两个名字，李靖说因为"奇"是个多音字，在这里读"机"音，所以有时就写作"机"——原来是错别字造成的。

但军事家的事，怎么能叫错别字呢？

李靖说这个"奇"就是"机"，战场上出奇兵就是要把握战机，两个字的含义是一样的。所以这个"握"是把握的意思。

怎么把握战机呢？阵法很重要！

李靖说黄帝最初创造八阵的灵感是井田制。井田制中间为公田，四周为私田，正如行军打仗，四周是大将率领之兵，中间是主帅所掌之军。但是黄帝初创时只有五阵，因为他只考虑了四个方向（加上中间，正好五个），没有想到四个角落。

当然这套阵法一直在进化，第一个把它加以改进的是姜子牙，他创立了太公阵法，借以荡平商纣余孽，也得封齐国；后来齐国的大司马田穰苴对此详加研究，创立五行阵，为齐国捍卫疆土；再后来名相管仲，整理太公兵法，帮助齐桓公一匡天下，九合诸侯。

到了诸葛亮手里，他集其大成，创立八阵图，取得了重大突破，把原来黄帝的五阵改为八阵（其实应该是九阵），增加四阵便是井田那四个角。当然诸葛亮不是终点，这个阵法在隋朝传到了李靖舅舅韩擒虎手里，随后又到了李靖手里，李靖又再次改进，创立简单易操作的六花阵。

这一番演进下来，这一套阵法上下数千年，无数名将付诸心血，其威力可想而知。说得这么热闹，但太像个故事了。

井田制有没有都是问题，很多人都怀疑井田不过是儒家的乌托邦，黄帝发明井田制本身就是一个虚无缥缈的故事，想不到他老人家还能二次创作，在军事上衍生出一套阵法。而且即便真的有井田制，作为一种落后的生产方式，它在春秋就瓦解了，而由此派生出来的阵法竟然惠泽百代。李靖这想象力不亚于后来把他说成托塔李天王，还生了金吒、木吒、哪吒仨儿子的人啊。

实际上，一直有人怀疑《李卫公问对》是一本经过后人篡改的伪书，李靖和李世民两人可能的确谈过话，可后人觉得不太符合自己的想象，于是在里面进行各种修改，借李靖的名头，夹带自己的"私货"。

更离谱的是，李靖提到的黄帝专著《握奇经》在唐朝也出现了，但是书上写的作者是风后——黄帝手下的大将，当然也算是黄帝所著了。整本书共有三百八十四个字，基本上就是在解读八阵图。

这在学术界是公认的伪书，朱熹认为这就是唐玄宗时期李筌伪造的，李筌是个上了《神仙感遇传》的人，他年轻时修道，在嵩山虎口岩得到一个玉匣。上面写着一行字：大魏真君二年七月七日上清道上寇谦之藏诸名山用传同好。寇谦之是南北朝著名的道士，李筌赶忙打开玉匣，内有一卷轴，展开看去，竟然是《黄帝阴符经》。李筌就认真拜读，但是读了上千遍，也不明白含义，后来他到骊山去，遇见一个老太太在诵读此经，显然这位就是大名鼎鼎的骊山老母了。骊山老母为他详细讲解了经书含义，李筌茅塞顿开，出山入仕，撰写《神机制敌太白阴经》，本想在大唐一展将略，无奈李林甫妒贤嫉能，他只好再度入山，此后不知所踪。

从这个神奇的故事里，就可以看出李筌满嘴跑火车，什么得到《黄帝阴符经》，什么骊山老母讲经，不过都是抬高自己的噱头。伪造《握奇经》更是如此，他的《太白阴经》就是一本兵书，里面《阵图》一卷，涉及八阵图。要让人信服，就必须让人相信自己得到了黄帝秘传。

李筌估计自己画了风后八阵图，送给当时的文学家独孤及。独孤及跟大多数文学家的毛病一样，食古不化，盲目迷信上古的一切，一见此等古物，就大为震惊，写下一篇《风后八阵图记》来颂扬此事，为别人的造假背书。

根据他们的描述，八阵都有自己独特的名字，分别是：天覆、地载、风扬、云垂、龙飞、虎翼、鸟翔、蛇蟠。名字上相互对应，更富文采，更容易让人相信八阵的威力。独孤及还举了例子，他说项羽学此道，万人难敌；黥布得此术，九江为王；汉武有此图，犁扫匈奴……这几个排比句，大大增加气势，外行一看就信了。

独孤及这篇文影响可不小，在唐朝就被刻成石碑立在河南密县的云岩宫。传说这里是黄帝在和蚩尤作战前的练兵之处，想必也是黄帝和他的战友风后一起研创八阵图的地方。后来的人到此一看石碑，不由自主就信了：原来真有风后八阵图。

八阵图就这样成了一门玄学，完全神秘化了，这个神奇的故事走向很符合大众期待，流传甚广。作为遗址的那些石头，也就有那么多神奇的故事。

所以刘禹锡看到八阵遗迹，很激动地写下："轩皇传上略，蜀相运神机。水落龙蛇出，沙平鹅鹳飞。波涛无动势，鳞介避馀威。会有知兵者，临流指是非。"上来就把诸葛丞相的神机和轩辕黄帝联系起来，如此神术，不光是波涛无奈其何，就连鱼龙都要避开。

《唐语林》里说刘禹锡在听到江水冲不走石头的故事之后，就很认真地思考了一下原因，他觉得一是因为这石头是诸葛亮所垒，他鞠躬尽瘁死而后已；二是因为八阵图是诸葛亮从姜太公《六韬》里学来的，姜太公那是何等聪明之人，智商高可封神。诸葛亮以忠诚之心行神明之事，感动长江，所以滚滚长江东逝水，浪花淘尽英雄，却冲不走诸葛孔明的一片石堆。

他的这两个观点基本上代表了唐朝人对诸葛亮的看法，一是志虑忠纯，二是诡谲奇才，前者是思想品德，后者是专业技术，又红又专，怎么能不让人肃然起敬。

四、一眼看透万年局

杜甫尤其崇拜诸葛亮，他在鱼复平沙见到八阵图遗迹想到诸葛亮"功盖三分国"，在夔州多次拜会武侯祠，上来就写："诸葛大名垂宇宙"，看到孔明庙里的柏树，他写下"扶持自是神明力，正直原因造化功。"影影绰绰中写诸葛亮的神奇。等到后人写诸葛亮，直接神化，如晚唐李山甫写《代孔明哭先主》，"忆昔南阳顾草庐，便乘雷电捧乘舆。"

诸葛亮竟然乘雷电捧乘舆,这分明是个神啊。李山甫替孔明哭先主一次不尽兴,又写《又代孔明哭先主》,说"尽驱神鬼随鞭策,全罩英雄入网罗"。诸葛亮已经可以用鞭子驱赶神鬼了,难怪杜牧说诸葛亮"画地乾坤在,濡毫胜负知"。提笔就能划分乾坤,随手就能定下胜负——这已经是后世小说里的诸葛亮了。

诸葛亮如此神异,隋唐时候人们都让他为自己背书。

第一个这么做的是隋朝名将史万岁。《隋书》上说,他奉隋文帝之命到云南平叛,在山里见到诸葛亮所立的纪功碑,这石碑背后竟然写着:"万岁之后,胜我者过此。"这石碑暗合史万岁的名字,而他从此经过也是要到云南平叛的,这岂不预示着自己将要出将入相?高兴得史万岁把这石碑翻过来,把诸葛亮的预言昭示世人。后来史万岁果然平叛成功,回去之后就进封上柱国。不知他三年之后被隋文帝下令乱棍打死的时候有没有想过自己到底比诸葛亮"胜"在哪里。

后人在此基础上接着编故事,清朝人陈鼎《滇黔纪游》上说,史万岁把石碑推倒了,就见石碑下面写着:"史万岁不得仆吾碑。"吓得史万岁赶忙焚香礼拜,把石碑重新立好。

其实那个石碑多半是史万岁自己找人偷偷刻上去的,不过在故事里人们不辨真假,就这么越传越神。这样的事情堂而皇之地记载在《隋书》里,这可是魏徵主编的,可见在唐朝人们已经普遍认为诸葛亮有能力作出这个预言。

有趣的是，诸葛亮似乎很爱立碑，《新唐书》上说唐代宗的时候，南诏叛唐，首领凤伽异率兵统一云南大部，在筑柘东城（昆明城）得到一块石碑，上面写着"碑即仆，蛮为汉奴"，凤伽异大惊，不敢动此石碑——唐朝人这时候对边疆统治无能，只能向这位蜀汉圣贤借力。

这样的故事套路，明朝继续使用。《明史》上说万历年间，布政使余一龙在成都东门外镇江桥修建回澜塔，张献忠作乱的时候，拆塔取砖，发现一块古碑，上面写着："修塔余一龙，拆塔张献忠。岁逢甲乙丙，此地血流红。妖运终川北，毒气播川东。吹箫不用竹，一箭贯当胸。建兴元年，诸葛孔明记。"诸葛亮对这塔作了全面的预言。更绝的是，后来清军西征，张献忠被肃王的手下豪格一箭射死，人们这才明白原来所谓"吹箫不用竹"是个"肃"字。而且"岁逢甲乙丙"正是顺治元年到三年，因为这三年是甲申、乙酉、丙戌。

这些故事都树立了诸葛亮前知三千年，后知三千年的形象，也难怪后来出现托他之名的《马前课》，说诸葛亮出兵打仗前都要占卜一课，共占卜一十四课，从蜀汉一直预言到大同世界。其实这书在民国之前从来不见人提及，显然是民国初年有人借诸葛亮之名编出来的。这还不算，民国时还出现了《武侯百年乩》，说扶乩时诸葛亮降临，对百年局势作出预言，这书在流传过程中几经篡改，现在还有所谓的周易大师们拿出来招摇撞骗，从中预言世界形势。仗着诸葛亮的名头，信徒还有不少。诸葛武侯在天有灵，看到自己为骗子张目，估计要气得使用禳星术召唤彗星砸死他们。

除了预言，唐朝人们更愿意相信自己和这位圣贤有某种关系。

唐朝一个叫李方古的人整理宅邸，挖出一把剑，发现上面有"章武"二字，认定是诸葛亮佩剑。为了向这位偶像致敬，他把自己名字改为李章武。李方谷之所以这么激动，因为诸葛亮这时候已经成为神人的代名词，能得诸葛亮的佩剑，冥冥之中得到了暗示，所以要赶快改个名字庆祝一下。

最为厉害的是，当时有人相信诸葛亮会投胎转世。唐传奇《严黄门》说严安之妻子怀孕的时候梦见一个人身着紫袍，散发金光，长须飘飘，说："我是诸葛亮，来做你的儿子。"小孩生下来，取名严武，这个"武"字就取自武侯。严武长大后镇守蜀地，大诗人杜甫就曾在他帐下谋生。可惜这个故事我们的诗圣不知道，否则杜拾遗天天歌颂诸葛亮，岂不是间接拍自己老板马屁。

除了严武，在四川建功立业的还有韦皋。他刚满月的时候，就有一名胡僧不请自来，告诉韦皋父母："这个孩子是诸葛武侯的后身，长大后统帅蜀地。"

这二人在蜀地的作为肯定比不上诸葛亮，但是唐人这么比附，也间接神化了诸葛亮。转来转去,故事到后来就成了诸葛亮转世为刘伯温,甚至诸葛亮本身都是姜子牙转世了。按照这样的逻辑,圣贤都是一人转来转去,到最后,五千年历史成了一部穿越戏,自然都应付这笑谈中了。

五、呼风唤雨寻常事

诸葛亮在唐朝的故事里已然成了神人,所以宋元的故事一开始就把他封神。

《三国志平话》里诸葛亮还没出场,便介绍他:"诸葛本是一神仙……达天地之机,神鬼难度之志;呼风唤雨,撒豆成兵,挥剑成河。"各种杂剧对他的介绍也都往修道之士上靠拢,《怒斩关平》的故事里,诸葛亮自报家门:"想贫道未出茅庐时,在卧龙岗上,修真养性,烧药烧丹……"直接成了一个道士,自称贫道。他在装扮上虽然还有羽毛扇,但身上已经完全是道袍了,杂剧《博望烧屯》里,诸葛亮穿的是"七星锦绣云鹤氅",住的是"金顶莲花帐"——大概只有这样打扮才能配得上他神乎其神的法术吧。

《博望烧屯》上,徐庶说诸葛亮:"论医起死回生,论卜知凶定吉,剑挥星斗怕,书动鬼神惊。六韬三略,妙策神机。"诸葛亮出场的时候,他自己也这么自信:"有朝一日,我出茅庐指点世人迷。凭着我剑挥星斗,我志逐风雪。圣明君稳坐九重龙凤阙,显出那大将军八面虎狼威。"刘备见到诸葛亮,恳请他出山时候,说得更是邪乎:"挥宝剑而遣风云雷雨,全在吾师挥毫一助。师父,你那七星剑上呼风雨,六甲书中动鬼神。九天挽得银河水,愿与三军洗战尘。师父若下山去呵,施展你黄石公《三略》法,显扬你那吕望《六韬》书。重磨俺那日月光天德,再整俺那山河壮帝居。"敢上九天揽月已经算不得了什么,诸葛亮挥剑风雨起,上天决银河……

《阳平关五马破曹》上杨修夸赞诸葛亮也这么说:"他谈笑间知前后定三分,算阴阳有准,尽按着遁甲奇文,他可便玩周天躔度知时运。端的是今古绝伦,挥宝剑呼风雨雷霆震,操瑶琴六月雪纷纷。"

总之在这个时候的故事里,诸葛亮已经是无所不能的神人了。

鱼复平沙上的那堆石头,江流石不转,并不是刘禹锡所说因忠诚感动上天导致的,这说法不足以让人信服,宋元的人才没有这么"迷信"。《三国志平话》里说是诸葛孔明以周天行法,派驻八百万垓星官在此石堆之上。这么多星星在这里,诸葛亮才是圣斗士星矢啊,随手一挥,那就是天马流星拳。白帝城托孤,诸葛亮在危难之际摆下此阵,吕蒙一见就大吃一惊,赶忙和陆逊一起撤兵了。

《三国演义》里罗贯中觉得这也太不可思议了,就去掉了星官的说法，他让陆逊困在这石堆之中，说石堆可抵十万精兵，要不是老岳父黄承彦出手，陆逊就死在其中了。当然这也是诸葛亮的安排，因为他还要继续孙刘联盟嘛。

不过以诸葛亮的本领，他一个人就可以搞定魏吴，搞什么联盟，完全没必要啊。

但是纵观所有故事，诸葛亮这召唤星星的本领只在危难之际成功运用过一次，诸葛亮在故事里使用的法术一是未卜先知，施展各种锦囊妙计。例如他晚上看见赤气上冲狮子宫，就知道云南有人作乱，看见江水上涨，就料定必有不祥的事情发生。二是改变气象。这方面最著名的是借东风，《三国志平话》里诸葛亮对周瑜说古往今来只有三个人懂得借风之术，一个是黄帝手下的风后，一个是舜帝军师皋陶，然后便是我——这还是八阵图的套路。

诸葛亮手中的琴也是法宝，他"五月渡泸，深入不毛"的时候，泸江水泛滥，水温滚烫，不可前进。这时候诸葛亮坐下来抚琴一曲，江水在他琴曲的感召之下，竟然变凉了，这才是清心普善咒。

《三国演义》里罗贯中减弱了诸葛亮超能力，他让故事靠近刘禹锡那个思路，用忠诚之心行神鬼之术。例如在征讨孟获时，士兵误饮毒泉，不能言语。他不写诸葛亮神通广大，却说诸葛亮看见东汉伏波将军的庙，上前祭拜，结果这位光武帝时代的将军居然派山神出来帮忙。

渡泸江的时候，他没写诸葛亮弹琴降水温，而说他用馒头祭奠，顺便发明了馒头。

鲁迅先生说《三国演义》"状诸葛多智而近妖"，实在冤枉了罗贯中，他已经尽最大努力把诸葛亮的神异拉回到可信的程度了。

作为一名优秀的小说家，罗贯中大概知道，诸葛亮本领越大，留下的故事漏洞也就越大，因为他最终要失败的。

《三国志平话》写诸葛亮之死也极尽夸张之能事，先是出兵之际，他在和刘禅的告别宴会上，突然口鼻出血，倒在地上。到了前线，大雨不止，诸葛亮带兵看地形，遇见一个老婆婆，问这是哪里，答是黄婆店，又谈及大雨，老婆婆说："卧龙升天，岂无大雨。"诸葛亮大吃一惊，"你难道不知道君死白帝，臣亡黄婆？"那老婆婆指西面高山又道，"这是秋风五丈原。"说完，化作一阵清风而去。

诸葛亮死后，司马懿的表现也很奇怪，他竟然想要得到诸葛亮的尸体，当然这一点诸葛亮都料到了，他早有安排，于是死诸葛惊走活仲达。司马懿回到军营，当晚梦见诸葛亮派了一个神仙来送信，在这封信上，诸葛亮再次展现自己"预言帝"的风采，把其后三国归晋的事都说了，劝他不要为难蜀汉。司马懿不想听这神仙的话，神人大喝一声，一掌把司马懿推倒，就要揍他，司马懿这才答应了——这么说来，刘禅后来能够乐不思蜀也要拜他这相父所赐。

有趣的是，《三国志平话》并不认为蜀汉失败了，他把后来的匈奴人刘渊当成蜀汉使命的继承者，把他灭晋朝的行为当成复仇，证据之一便是汉昭烈皇帝刘备、追谥刘禅庙号为汉怀帝……诸葛亮的梦想竟然在这个匈奴人的身上实现了，如果这也是他算到的，不知他作何感想？

六、其实我是发明家

如果不做丞相，诸葛亮肯定是个"技术宅"，《三国志》说他"长於巧思，损益连弩，木牛流马，皆出其意"。诸葛连弩和木牛流马都是名动当时的高科技，所以陈寿记录了下来。诸葛亮应该还有别的发明，例如《宋书·殷孝祖传》上就提到，南朝宋明帝有一套诸葛亮铜袖铠，这套铠甲二十五石弓都射不穿。宋明帝把甲胄送给了王玄谟，把帽子赐给了殷孝祖。这个记载应不是空穴来风，这种铠甲在刘宋皇帝的手里奉为宝物，可见在当时已经不可复制了。可怜殷孝祖只得了一个帽子，最后被箭射死了。

诸葛亮的盔甲厉害，他的武器想必也很厉害，南朝梁的时候，那个神神叨叨的陆法和率军到达白帝城，他对众人说："诸葛亮是真神人，我见过他，他在这里为我埋了一斛箭镞。"说着指了个地方，众人果然挖出武器。这位沙门将领看来是有意借诸葛亮的武器为自己提振士气。

既然诸葛亮有最厉害的铠甲,又有最厉害的武器,那么用诸葛亮的武器去刺诸葛亮铠甲,会怎样呢?堂堂诸葛丞相才不会愚蠢到自相矛盾的地步。

随着诸葛亮被神化,他发明家的形象也逐渐树立起来。他成为继黄帝之后第二个"箭垛式"的人物,各种发明都挂到了他名下。他的发明大都围绕行军打仗主题开展,但是围绕这一主题,诸葛亮的发明竟然涵盖军事、乐器、食品和服饰四个完全无关的领域。

先从军事方面说起。除了铠甲和箭镞,诸葛亮还发明了铜蒺藜,也就是扎马钉,这简直是战场上的暗器,随手扔出去,总有一面朝上,在那个时代恐怕是曹魏骑兵的噩梦吧。然后是孔明灯,这种东西虽然不能伤人,但是可以用来远距离发射信号传输信息,是那个时代的无线通信技术了。诸葛亮还制作过一种铜鼓,这种鼓面宽一尺七寸,高一尺八寸,腰部收细,下面敞口。明朝时僰人起义,明军前来平定,缴获十几面这样的鼓,这种鼓看上去没有什么特殊之处,但是在水上敲击,声音圆润。《蜀中广记》上记载这是诸葛亮当年平定孟获时铸造。清朝的黄廷桂说这鼓是诸葛亮当年铸造之后埋在山谷之间,用来镇此地王气,但是你蛮人如果把这鼓都刨出来扔了,蛮人的运数也会玩完。

反正进也是死，退也是死，只有甘心为奴才是唯一选择——诸葛亮这也太欺负人了。

更奇特的是明朝出土的诸葛亮行军锅。《蜀中广记》上说平谷县农民耕地时得到一口锅，不用放到炉灶上，倒进去凉水，一会便沸腾了，加了米粥，很快就熟了。村民们以为这锅里有宝，就把锅敲碎了，结果只在夹层里发现了水火二字。井研县也得到这么一口锅，打碎之后，发现锅底有一张符咒，旁边写着："诸葛行锅"，这可真是太神奇了。

诸葛亮发明木牛流马是运军粮的，这锅当初发明的目的是大概是为了解决吃饭烧材的问题——我认为这是诸葛亮名下发明中最厉害的一种，因为他解决了能源问题，倘若能得此发明，这是全世界人民的福气。

明朝人还相信诸葛亮发明了自鸣钟，而且这钟还是枕头形状的，名叫鸡鸣枕。《蜀中广记》上说这种枕头外表倒也平常，瓦片形状。躺在上面睡觉，就听得这枕头上从一更到五更，每到一更正时，便传来鼓声，鸡鸣之时，这枕内也有鸡鸣声传出，叫人起床。但是谢肇淛在《五杂俎》里说，诸葛亮这鸡鸣枕的正确用法是激励士卒，对于那些好好打仗的员工，他把鸡鸣枕拿出来让这些员工躺在上面睡觉，士兵当晚就可以在梦里回家，和妻子团聚——这已经不是枕头，而是梦境制造机了。

除了这些不靠谱的,诸葛亮最接地气的发明应该就是馒头了。这个故事从宋朝就开始流传了,北宋高承在《事物纪原》上说南渡泸水的时候,要用蛮人之头祭祀,诸葛亮心地仁慈,不忍杀无辜之人,就用面粉做成人头形状,从此风靡华夏的一种食物就这么诞生了。还别说,馒头这个名词可见的最早的记录还就是在晋代,这说明,馒头没准真的是诸葛亮发明的。诸葛亮在厨房的本领还不止于一个馒头,还有一种植物以他的姓氏命名:诸葛菜,其实这是蔓菁。刘禹锡在《嘉话录》里说诸葛亮行军打仗,驻扎之地,就让人种蔓菁。因为这种植物根叶皆可食、久居滋长、丢弃不惜,久而久之,蜀地的人就称呼蔓菁为诸葛菜。

以上都是有意为之,此外还有无心插柳的,这方面主要集中在服装领域。宋朝的《岳阳风土记》说当时云南妇人的衣服上有两根带子在胸前打结,这个结是诸葛亮七擒七纵孟获捆绑时所打之结,大家感念诸葛亮,在衣服上专门留下这两根带子。《蜀中广记》上说诸葛亮死后,蜀地的人民为他戴孝,这个习惯就一直保留下来,成了一种传统的民族服装。后来研究者发现三星堆遗址出土的青铜人像头上都缠着东西,显然这是蜀地人民在劳动生产中一种共同的习惯,和诸葛亮无关。

但是大家愿意相信自己就是为诸葛亮戴孝,用这样的方式纪念这位千古贤相。

曹操：被故事拉下神坛的英雄

| 一、英雄有家不能回 |

曹操老家谯城，宋朝的时候改名为亳州，传说这里还有一个比曹操更有名的人物：老子李耳。宋真宗当年四处求神拜仙，东到泰山去封禅，西至汾阴去祀地，天禧元年（公元1017年）又到亳州拜祭老子。到了这里，顺便到曹操庙里转了转，见魏武大帝的庙里香火不旺，年久失修。赵恒有点看不过去，马上命人重修。

但是最高领导的提倡，似乎没有带来多大效应。八年之后，赵恒死了，他儿子赵祯做了皇帝。朝廷有位大官到亳州来，专门拜谒曹操庙宇，却发现这里香火仍然不旺，殿内的帷帐破败不堪，神座之上满是尘土。这位领导有点看不过去，自掏腰包更换了帷幔，还专门给亳州的百姓写了一道告示，告诉他们："魏武帝是你们这片的杰出人物，死后成神，也一直在保佑你们，让你们免于水旱灾害，逃脱瘟疫疾病，你们怎么不知道感恩呢？"——也不知道他说这话有什么证据，但领导这么生气，老百姓自然就害怕了，赶忙承认错误："我们没见识，领导教训得对，我们以后一定改。"

当时的文豪穆修听说此事，非常感动，写下一篇文章《亳州魏武帝帐庙记》记载此事。他在这篇文章里对曹操一通夸，说他"建休功，定中土，垂光显盛大之业于来世"。他还把曹操和沛地的刘邦、南阳的刘秀并举，说他们生前为人民敬仰，死后立庙供奉。最后这位文豪响应领导要求，号召人民一起来敬奉曹操。

这位领导是谁？穆修没有明说，但是从他描述上来看，此人在亳州为官不到一年，来之前就已经是右丞相，在此过渡一下，又被皇帝召回，再入权力中心。在仁宗朝被专门从外地叫回来二次拜相的只有王钦若。

倘若真的是他，那就有趣了，也和曹操死后的命运有点像。

王钦若也是宋朝才子，正经金榜进士，两次为相，还主编《册府元龟》，死后被列入《奸臣传》，和其他四位并称"五鬼"。这也就算了，明朝开始流行《杨家将》故事，在故事里他被说成是辽国潜伏在宋朝的奸臣，本名贺驴儿，潜入大宋的目的就是和大忠臣寇准作对，暗害杨家将。

曹操其实要胜过王钦若很多，最起码在宋朝之前，他在正史上的形象以正面为主。即便到了宋朝，在宋真宗眼里，在文人穆修眼里，他还是个英雄。但在民间，他的口碑开始崩坏，从庙宇破败这一点来看，这位魏武帝在他的这些老乡眼里并不吃香。

后来苏东坡说城市里的小孩听书，听到曹操败都欢呼雀跃，听到刘备败就痛哭流涕，曹操的形象在基层民众这里已经全面溃败。再经过元杂剧的渲染，《三国演义》的流传，明清时期曹操被"黑"得体无完肤，成了舞台上人尽皆知的白脸奸臣。不光民间，朝堂之上也不再认可他了。

就连穆修也因为写这篇文章都被连累到了。乾隆皇帝编修《四库全书》的时候，收录穆修的文章，就涉及这一篇《亳州魏武帝帐庙记》，乾隆皇帝见他这么捧曹操，勃然大怒，说穆修"奖篡助逆"——其心可诛，亲自下令删除此文"以彰衮钺"——彰显他在历史上褒贬的立场。皇帝表态，下面谁敢不从？穆修这篇文章自然就无缘皇家的《四库全书》了。

曹操在亳州的庙宇想必早就被别人拆除了，光绪年间编写的《亳州志》上，其中《人物志》收录当地走出的历史先贤，竟然没提曹操，堂堂魏武大帝被自己家乡开除了。

王钦若和曹操倘若在另一个世界相遇，曹操肯定会给他一个大大的拥抱，真心感谢他为自己说话，然后两个人就可以交流一下"身后是非谁管得"的感觉了。

二、曹操成神有资本

其实曹操是最具有成神资格的。

最晚在南朝梁的时候就流传着曹操浴水击蛟的故事，说的是曹操十来岁的时候在谯水游泳，遇见了一条蛟龙，曹操丝毫不畏惧，和这条蛟龙勇猛搏斗，最终杀得蛟龙甘拜下风。曹操舒舒服服洗完了澡，回到家里，谁也没有说。直到有一天，有人看见一条大蛇，吓得四处乱窜，曹操笑道："我遇见蛟龙都不害怕，你们见个蛇都吓成这个样子。"众人这才问起缘由，听完大为佩服。

这故事在当时流传很广，一直到隋唐的时候，都被编成傀儡戏上映了。如果不是宋朝以后舆论风向大变，曹操浴水击蛟恐怕要和刘邦斩白蛇相提并论了。

同时，曹操也有被神化的条件，他和当时的道教关系不错。他年轻的时候在济南做官，看到百姓还在对三百多年前的城阳王刘章进行各种祭祀，下令毁坏神祠，禁止祭祀，移风易俗。后来他在青州和黄巾军作战，这群太平道首领还跟曹操写信套近乎，说你这个做法很符合我们教义，不如我们一起推翻这该死的苍天。

曹操虽然不信太平道那一套，但是深谙攻心为上的道理，利用太平道对自己的好感，最终收拢了这支青州军。有了这个先例，后来又有多股力量投靠曹操，很可能曹操在太平道的态度上对他们有很大的吸引力。这也就不难理解汉中五斗米教的教主张鲁为什么说"宁为魏公奴，不为刘备座上宾"了。

曹操在北方安定后，在邺城不光有和文人之间著名的邺下风流，他还豢养了一批神神道道的人，如擅长相面的朱建平、擅长解梦的周宣、预言家管辂、长寿的鲁女生、夜里能看书的封君达、能驱鬼的赵圣卿、能骑着棍子飞的费长房、百日不吃不喝的郗俭等等。

这些乱七八糟的法术，曹操多半是不信的。曹植在《辩道论》里说得很清楚："本所以集之于魏国者，诚恐斯人之徒，接奸诡以欺众，行妖慝以惑民，故聚而禁之也。"他们不信，他们怕的是别人信。曹操年轻的时候在济南见过愚昧的百姓怎样对一个木偶顶礼膜拜，何况这些巧舌如簧的方士，如果不加引导，很可能就是下一个张角。所以干脆把他们弄到身边养起来。

这些人的官职都不高，曹丕在《典论》说他们都是"军吏"——军中的小官。曹操的态度很明确：花小钱办大事。你们这些人不捣乱，我就给你们发工资；如果添乱，立刻砍头。例如他在和袁绍打仗的时候，袁绍军队有个术士宋金生，他对士兵说晚上不用派人站岗，我自会安排狗来守卫。有人不信，当晚就听见兵戈之声，天亮去看，竟然有老虎的脚印。大家一看，觉得那就把站岗的人物交给老虎吧，这就为袁绍失败埋下一个祸由。

曹操最终赢得这次战役，面对宋金生这个神棍，曹操却不感谢，而是直接杀掉。因为他明白，这种人能在袁绍手下捣乱，也会在自己手下捣乱，触犯了自己底线，他没有被豢养的资格。

那些被养着的人也不白拿工资，他们在一起也散播一些谣言谶语，例如某地发现了一条神龙，某地出现了祥瑞等等，还可以对汉朝以来"代汉者，当涂高"这样的谣言谶语作出解释，甚至可以创造出新的谣言和谶语来。虽然曹操"性不信天命之事"，但老百姓信，那些傻乎乎的儒生也信，这些舆论散播出去，是真正"不战而屈人之兵"的利器。

况且这些人里也有某方面的高手，例如有个叫皇甫隆的，据说一百多岁了，教曹操长寿之术；还有个叫东郭延年的，精通房中术，这方面的妙处自不必言了。曹植就尝试过郗俭的辟谷之术，认为可以节省粮食，但不认为能延年益寿，他还修炼了房中术，认为有点作用，但是如果不是专心致志修炼到最高程度，是没啥用的。

而且曹操在自己的精神世界里也想象成仙之事,他在《气出唱》里幻想自己驾着六龙车来到天上和赤松子、西王母一起饮玉液琼浆。在《秋胡行》里他说自己遇见了来自昆仑山的三位老神仙,在《陌上桑》里他更是来到天门之前,渡过银河,拜见各路神仙……这大概都是应景之作,从他那句著名的"神龟虽寿,犹有竟时;腾蛇乘雾,终为土灰"来看,曹操写这些事就是为了抒发自己的想象力,内心深处是不信的。但这些诗在方士们看来,就成了曹操向道之心虔诚的例证了。

南朝道士陶弘景在《真诰》里说曹操是北太帝君手下的太傅(他还有一个同事叫秦始皇,和这等牛人并列,也算不错了),《真灵位业图》里也有曹操的位置。

有舆论烘托其仙风道骨之韵,有文章渲染其真诚向道之心,还有道教为他煽风点火,曹操理当在死后成神,怎么就连个庙都留不住呢?

三、曹操的黑材料

作为政治家,曹操要平衡各种势力,采取各种手段,拉拢和杀戮都要有。他杀了许多文士,如孔融、杨修、荀彧、崔琰、边让等等,导致文人对他印象不佳,难免会对曹操的各种糗事做个记录。而且三国鼎立,其他两国的史官写出来的曹操肯定不会像魏国那样言必称魏武。当然如果曹魏政权能够统一天下,把其他两国黑材料一把火烧了,同时魏朝一直延续下去,子孙操控天下权柄,久而久之,这些都会被人忘记。

但是他的后人不争气,他一生努力最终为晋朝做了嫁衣。但就算司马家族当政,最初对曹魏还很客气。陈寿在写《三国志》的时候已经是晋朝了,却对曹操评价非常高,说他是"非常之人,超世之杰"。历史材料选取也多以正面为主,突出了曹操伟大光荣正确的形象。如果这样一直流传下去,等其余的材料都散失了,曹操的形象估计至少不会那么坏。

南朝宋的皇帝刘义隆嫌弃陈寿写得过于简略,于是裴松之搜集各种材料,像弹幕一样批注上去,让皇帝看看历史的罗生门。他虽然不是故意整曹操"黑材料",但这么事无巨细的搜集,把曹操许多不为人知的一面也都暴露出来了。例如有一本《曹瞒传》,据说是吴国人写的,看这书名就对曹操不是很尊敬,里面搜罗了曹操许多"黑故事",裴松之也都一一贴出来。

和裴松之同时代的刘义庆明显不喜欢曹操,他写《世说新语》,搜罗名士言行,整理了曹操十七件轶事,大多数都是"黑"他的。后世研究者说这本书应该作笔记小说看,当不得真,如果是小说的话,这说明都是有意编出来的段子，更说明人们是有意来"黑"他的。

裴松之和刘义庆可以说为后世"黑"曹操提供了大部分素材。这些"黑材料"主要集中在以下三方面：

一是曹操从小就是个奸诈小人，不为士林所耻。

例如陈寿在书里提到曹操名讳："太祖武皇帝……姓曹，讳操，字孟德……"裴松之在下面批注"一名吉利，小字阿瞒。"这感觉仿佛有人介绍领导："这是曹局长，名讳是……"下面有人突然起哄："你不是二狗子吗？"气氛顿时被破坏掉了。

陈寿又说曹操小时候任侠放荡，人们都不把他当回事，乔玄说他将来必定安天下。很显然当时好多人看不起少年曹操，只有一个人看得起他，陈寿唯独就把这个人的话列出来，明显是为尊者讳。裴松之引用了《曹瞒传》上的一件"童年趣事"来说明曹操当年是怎样一个熊孩子。曹操的叔叔老是在曹操爸爸面前告他状，曹操故意在叔叔面前口歪眼斜，慌得叔叔告诉他爸爸说阿瞒中风了，结果曹操去见爸爸的时候恢复正常，用事实证明叔叔的话不可信。

《世说新语》里还提到曹操和袁绍去偷人家新娘子的事，在当时可能是个恶作剧，却从侧面说明曹操做人并不像陈寿说得那么光明。特别是同时代人的评价，陈寿用乔玄证明当时的精英阶层怎么看好曹操，裴松之却专门说他还去问过许邵，许邵一开始根本就不想回答他，曹操一再坚持，许邵这才说"治世之能臣，乱世之奸雄"。后世人都记住了曹操哈哈大笑这个反应，但从许邵一开始就不想搭理他这点来看，曹操在当时上层社会中并不怎么受待见。

《世说新语》里还专门举了一个叫宗世林的人的例子，他看不起曹操的为人，曹操年轻的时候，宗世林就不和他交往，等曹操官至司空，总揽朝政的时候，他得意地问宗世林："咱俩现在可以交往了吧？"哪知宗世林初心不改："我志如松柏，是不会变的。"

二是曹操为人阴狠毒辣，睚眦必报。

陈寿写曹操反董卓，散尽家财，组建义兵，英雄气息扑面而来，裴松之却在下面插入一段杀吕伯奢一家的事来，一下子让这个英雄的内裤露了出来。他杀人之后那句"宁我负人，毋人负我"很有点"宁可错杀一千，不能放走一个"的残忍味道，怎么能让人喜欢起来？

曹操掌权之后，对当年看不起自己的人都赶尽杀绝，而且还虽远必诛。例如边让言语冒犯过他，曹操杀他全家。曹操的老乡袁忠和桓邵当年也得罪过他，曹操掌权之后，二人逃到了南方交州，曹操一路追杀，杀袁忠全家，桓邵自首，跪着谢罪。曹操说："跪可免死耶？"——这简直就是"道歉有用，要警察干什么？"的汉代版。

但这则"黑材料"似乎和上面宗世林看不起曹操那一则矛盾，《世说新语》里又说曹操对看不起他的宗世林一直容忍，曹丕他们见了宗世林都要拜见。这说明曹操杀他们三个肯定有别的原因，肯定不止轻视自己这么简单，也许他们三个根本就不是死在曹操之手，不过是有人嫁祸而已。

三是曹操虚伪奸诈。

曹操为后世所称道的望梅止渴、床头捉刀故事都出自《世说新语》，现在成了成语，为大家所喜欢，其实刘义庆对这两个段子的归类是《假谲》，说的就是虚假欺诈，但这两个段子"黑"得不够狠，更多地彰显了曹操的智慧。

"黑"得最好的是，曹操经常说自己身体有两大防御功能，就跟超能力一样，一是别人如果想害我，我心跳就会加快；二是我睡着的时候不可靠近，否则，我身体会自动防御。

为了让别人相信，针对第一个功能，他骗一个卫士说咱俩演一出戏，你拿着刀靠近我，我说"哎呀我的心跳得好厉害"，然后把你抓起来，我最后肯定把你放了，然后还给你一笔赏金。卫士想不到今生能跟领导一起演戏，立刻进入状态。一切都按剧本发生了，最后押赴刑场的时候，曹操改了剧本，假戏真做，用一个卫士的生命证明了他的特异功能。针对"睡梦中好杀人"这点，这戏他自己演了，假寐时故意不盖被子，身边人为他盖上，结果被他砍死。

《曹瞒传》上也有类似故事，说他枕在侍妾身上睡觉，告诉侍妾，一会喊我。结果可能看他睡得香,侍妾没有打扰他,曹操醒后就把她杀了。更能说明他可怕的是他杀粮草官的故事,他让粮草官小斛分粮,结果士兵哗变,他又嫁祸粮草官,以粮草官的头平众怒。

这些材料未免"黑"得太过明显,"为黑而黑",这四个杀人案例,当事人都死了,撰写者从何得知背后的隐情,难道是曹操自己讲出来显摆的?显然是这些作者脑补出来的段子,就为了"黑"曹操一下。

《曹瞒传》"黑"到最后,连神话都出来了。

陈寿写曹操临死之前下令丧事从简,薄葬自己,满满的心怀天下。裴松之在下面插入了《曹瞒传》的一个故事,说曹操让手下人将一棵梨树挪到宫里,结果挖掘的时候,树根出血,曹操亲自去看,认为不是吉兆,回来就病了。似乎在说明曹操之死咎由自取,得罪上天,无所祈祷,活该!

| 四、越来越黑 |

当然,如果这些"黑材料"停留在这种程度,对曹操成神也形不成什么影响。

实际上一直到唐朝,人们对曹操的评价还是以他的功业为主。张说的《邺都引》写:"君不见魏武草创争天禄,群雄睚眦相驰逐。昼携壮士破坚阵,夜接词人赋华屋。"张鼎的《邺城引》里写:"君不见汉家失统三灵变,魏武争雄六龙战。荡海吞江制中国,回天运斗应南面。"都对曹操非常佩服。

夸来夸去也就是曹操是个英雄这么点事,但关于他的"黑材料"却花样百出。

一方面继续渲染曹操的奸诈嗜杀。《独异志》上说曹操有个很漂亮的歌伎,唱歌十分好听,但脾气也不好,属于脾气大本事也大的那种人。曹操想杀却又舍不得她的歌声,就秘密派两个歌伎跟她学习,待学好之后再杀。这很有点现代职场领导与下属勾心斗角的感觉。

大概从这个故事得到了灵感,明朝冯梦龙在《古今谭概》里创作了一瓜杀三妾的故事。曹操和手下一起在夏日喝酒,酒至半酣,曹操传令上西瓜,侍妾低头端上西瓜,曹操问:"熟不熟?"侍妾说:"极熟。"曹操当即下令斩杀小妾。第二个小妾整理一番容颜,端着西瓜进来,曹操问同样的问题,侍妾说:"不生。"曹操还是让斩杀了她。第三个侍妾举案齐眉进来,曹操问:"瓜甜不甜。"侍妾说:"甚甜。"曹操还是杀了她。然后他才给大家解释杀人原因,头两个不知道举案齐眉,回答我的问题,还用的都是开口字,唾沫星子都飞溅到西瓜上,不懂礼节,当然要杀。第三个虽然举案齐眉,回答用的也是闭口字,一切都对,但也要杀,这是因为她揣摩我的心思。

另一方面为曹操增加了新的恶行。

第一是好色。证据就是铜雀台，本来曹操修建铜雀台的主要作用是军事瞭望，由于曹植写了一篇《铜雀台赋》，上来先说："从明后以嬉游兮，登层台以娱情。"谈的都是欢乐。曹操临死之前遗愿也是让自己的歌伎都住在这个台上，初一十五为自己歌舞，本来是要彰显的曹操豁达，唐朝的许多文人却都从这里想象出了曹操的荒淫生活。

最著名的是杜牧那句"东风不与周郎便，铜雀春深锁二乔"。在他的笔下，铜雀台成了一个美女"集中营"，他发动赤壁之战的目的就是为了得到这两个美娇娘。杜牧还只是捡了一根生锈的兵器就这么多戏，那时候人们来到铜雀台怀古，更是把曹操的荒淫一通批。

他们最爱取的题目就是《铜雀妓》，他们想象曹操的生活是"高台无昼夜，歌舞竟未足"；或是批判曹操让活人为死者跳舞的荒唐，"谁言死者乐，但令生者悲"；或是想象那些女性多么可怜，"长舒罗袖不成舞，却向风前承泪珠"……冯梦龙在《情史》里说曹操这是在学汉武帝，当年汉武帝死后还经常去临幸妃子，曹操让歌伎在铜雀台上向他的陵墓而舞也是这个目的。

第二是盗墓。官渡之战前陈琳写《为袁绍檄豫州文》，这里面陈琳说曹操设置摸金校尉和发丘中郎将，亲自上阵，偷坟掘墓。陈琳这篇文章充斥着各种辱骂，这种话多是泄愤之语，当不得真。唐朝的时候笔记故事里专门把这事给拎了出来,《独异志》里专门作为一个段子来描写。说曹操发掘他人坟墓,不管新旧统统挖开,还把尸骨扔得满地都是。这个设定影响久远,不光促进了当代盗墓小说的产生,在宋代还直接产生了一个新的IP:七十二疑冢。

五、七十二疑冢

曹操死得像是个唯物主义者,实行薄葬,不封不树,他还要求埋在西门豹祠堂旁边。西门豹算是曹操之前邺城最有名气的人了,到曹魏时代已经过去了五六百年,人们还在立祠纪念,已然成为神人。与他相邻,这是需要勇气的。后来魏国的名将田豫死的时候,也要家人把自己埋西门豹祠旁边。妻子就很为难:"西门豹是古之神人,你怎么能埋在他旁边?"田豫说:"我做的事情和西门豹差不多,倘若死而有灵,他一定会善待我的。"曹操所想的肯定和田豫一致,自己问心无愧,才敢死后与神为邻。

正因为不封不树,导致坟墓不显眼。后世找不到坟墓位置,就用最坏的恶意来推测他是故意隐藏起来的,说曹操这是怕被人报复盗自己坟墓才不敢厚葬。所以他要设立七十二疑冢。

我小时候听说过一个故事:话说曹操将死之际,知道自己大限将至，就把几个儿子都派出去公干，唯独留下一个干儿子陪在身边。他对干儿子说，你准备七十二口棺材，在漳河边挖七十二座坟，我死之后，你把我放在一口棺材里，找一个坟茔把我埋了，这个位置只有你知道，谁也不要告诉。另外还说我年过花甲去世，这是喜丧，你要穿上红袍。然后他亲自给曹丕写信，要他回来。等到曹操死后，七十二口棺材一起抬出去下葬，众人看得眼花缭乱，根本不知道哪个里面埋着曹操。丧事办完，曹丕赶了回来，看见自己的干兄弟穿着红袍，不由大怒，一刀砍死他。原来曹操在信上说："在我坟前穿红袍的必然是奸贼，不要多问，立刻除掉。"——曹操临死之前再度用计谋，形成一个良好的闭环，没有人再知道曹操坟墓在哪里了。

这个故事满满的民间智慧，很有点锦囊妙计的味道，显然是老百姓编造出来的，未见到任何笔记记载，可能由于逻辑性太差，《三国演义》故事也没有收录，但这个故事流传却很广。

第一次记录七十二疑冢的人是南宋人范成大，当宋朝被金人赶到长江以南的时候，范成大出使金朝，路过邺城，他先到曹操的讲武城遗址，对曹操进行了一番鄙视："阿瞒虣武盖刘孙，千古还将鬼蜮论。纵有周遭遗堞在，不如鱼复阵图尊。"——你武盖孙刘又怎样，终归是个鬼蜮之类的英雄，这断壁残垣怎比诸葛武侯的八阵图遗址。

范成大随后见了七十二疑冢，还见到金朝人祭祀曹操，他就更加鄙视了,"一棺何用冢如林,谁复如公用此心?"你不就一个棺材吗?为啥费这么多心机呢?南宋人这么恨曹操,金国人却对曹操很敬重,范成大就注意到金国人年年来到七十二疑冢处祭祀,他这首诗后两句道:"岁岁蕃酋为增土,世间随事有知音。"——也就没文化的蕃酋才会祭祀这样的奸雄吧。曹操这时候还是有机会成神的,但很不幸,金人迅速汉化,金朝文人笔下的曹操也都是老瞒、曹瞒了,例如元好问写:"曹瞒老去不解事,误认孙郎做阿琮。"——曹操你太不了解英雄,把孙权当成了刘琮。

南宋诗人俞应符愤愤不平地要挖掘出来曹操的尸首,他写诗道:"人言疑冢我不疑,我有一法君未知。直须尽发疑冢七十二,必有一冢藏君尸。"——不就七十二座吗,我都给你挖开了,不信找不到你这个老贼。

后来有人看见就笑道:"这才是中了曹操的奸计,他的坟墓肯定在七十二座之外。"蒲松龄在《聊斋志异》里专门讲了一个曹操墓的故事,说在许昌城外,有一条河,有人下河游泳身体被断为两半,当地人就在上游设闸,截断河流,结果发现水里有一个洞穴,洞口有转轮,上面利刃如霜。洞口还有碑文,这才发现是曹操墓,大家挖开洞穴,珠宝一抢而空,还破棺散骨,把曹操尸骸扔得满地。蒲翁写得不亦快哉,仿佛为历史报了仇。

当然这只是个故事，要不也不会有前几年闹得不亦乐乎的曹操墓风波，那七十二疑冢也被现代考古证实是北朝的墓葬群，跟曹操毫无关系，但真实的历史谁又会在乎呢？

六、骂曹操成了政治正确

曹操形象的全面崩塌是从宋朝中后期开始的。

尽管唐宋之际产生了许多关于曹操的"黑段子"，但是一直到宋朝前期，至少在上层知识分子眼里，曹操的形象还是正面的。例如宋真宗命人修建曹操庙，穆修为他专门写文章肯定他的功业。还有这七十二疑冢，王安石也见过，他就没有说什么曹操奸诈的话。

当年他北上去送辽国使者，回来后专门凭吊铜雀台，他在诗里写："青山如浪入漳州，铜雀台西八九丘。蝼蚁往还空垄亩，骐驎埋没几春秋。功名盖世知谁是，气力回天到此休。何必地中余故物，魏公诸子分衣裘。"这位拗相公看到铜雀台西边有许多坟丘，他的感叹是英雄何必要在地上树碑立传，曹操这样的盖世英雄，身后还不是孩子们分他的衣裘。

与王安石同时代的苏东坡虽然也承认曹操是英雄，但说他是"阴贼险狠，特鬼蜮之雄者耳"——是个阴险的成功者；"苏门六君子"之一的陈师道写《孔北海赞》："世以曹操为英雄，虽孙仲谋甘出其下，而文举以犬豕视之。"——在孔融眼里，曹操猪狗不如，这话大概从曹操那句："生子当如孙仲谋，刘景升儿子若豚犬耳！"借用来的，以子之矛攻子之盾。

这时候曹操的罪状可不光是嗜杀、好色、奸诈这么简单，而是更上一层楼：窃国。

司马光《资治通鉴》这种帝王教科书里就公开抨击曹操："以魏武之暴戾强伉，其蓄无君之心久矣。乃至没身不敢废汉而自立，岂其志不欲哉？犹畏名义而自抑也。"——曹操这个家伙这么坏，从来没把皇帝放在眼里，却不废帝自立，不是他不想，而是他恐惧天下言论，不敢这么做。换句话说就是他很坏，但是要脸。朱熹读曹操文章，看到曹操以周公自居，不禁冷笑一声："他也是做得个贼起，不惟窃国之柄，和圣人之法也窃了。"——不光是窃国，还打着圣人的名义窃国。

上升到这样的高度，已经不具有辩论的可能性了，谁要是替曹操说话，那就是替反贼张目，那你是不是也要做反贼？从北宋后期开始，骂曹操是政治正确的一种表现了。宋代以后诗词里提到曹操，很少见魏武、曹公这样的称呼，都是曹瞒、老瞒、老贼。

例如贬曹操褒刘备："阿瞒长驱压吴垒，饮马长江投马箠。英雄只数大耳儿，仿佛芒砀赤龙子。"把赤壁之战的曹操比作投鞭断流盲目自信的苻坚,而刘备宛如刘邦重生,才是真英雄。这还都是好的,更厉害的是铜雀台怀古,不光骂他好色,还将他荒淫与无耻一起骂:"汉家一片当时土,肯为奸雄载歌舞。"——好好的汉家土地却为你这种奸雄来做歌舞场地。还有"至今砚墨抱遗羞,千古奸雄秽青史。"砚台和笔墨都为写过曹操的名字感到羞耻,很有岳庙前那则对联"白铁无辜铸佞臣"的意思。

这时候写诗的人已经顾不上真不真实了,元朝诗人杨维桢在《题二乔观书图》写曹操:"君不见阿瞒老赎蔡文姬,博学才辩何所施,天下羞诵胡笳词。"在他的想象里,曹操赎回蔡文姬就像他打江东为了二乔一样。他跟李商隐一样,已经完全脱离事实,全凭想象来"黑"曹操了。不过这还真怪不得他,这时候三国故事从说书人的嘴里移动到舞台上(元杂剧),曹操作为故事里最大的反派,什么丑恶行径都做得出来。

元杂剧里的曹操简直就是一个小丑,他在故事里的作用就是衬托刘、关、张三兄弟的英勇,当他和刘、关、张同一阵线的时候,就是慧眼识英雄的豪杰,例如在《虎牢关三战吕布》里,曹操力排众议,保举三兄弟。在《张翼德三出小沛》里,曹操出兵帮助张飞打吕布,这时候他就是曹丞相。而在《莽张飞大闹石榴园》里,曹操成了要害忠良的奸臣。在《阳平关五马破曹》里,曹操成了穿儿子衣服逃命的懦夫。

《曹操夜走陈仓路》里，曹操连智慧都没有了，张飞抓了张鲁，诸葛亮在张鲁脸上写满了辱骂曹操的话，然后故意放跑张鲁，张鲁去见曹操，曹操一看他脸上的字，不由大怒，立刻杀了张鲁。这已经完全架空历史了，还把曹操的智商贬得一文不值。

这样的故事传播开去，曹操的形象怎么能好？

但是元杂剧如果这么无脑地"黑"下去，倒是让精英阶层一眼就看出虚假来，估计很快就会出现"翻案"的作品来。但是很不幸，《三国演义》出现了，这本书的厉害之处是把曹操的"黑段子"都融入真实的历史背景里去，完全系统化了。所谓三分虚构，七分写实，但是不加研究，谁能分出哪些是虚构哪些是演义？关羽成了"义绝"，诸葛亮成了"智绝"，而曹操成了"奸绝"——形象已经不可挽回了。所以清朝的皇帝一方面把关羽捧到最高，另一方面把曹操踩到最低，连曹操的老家都不敢承认有这么一号老乡了。

他这样的形象非但成不了神，做鬼也不舒服。

《聊斋志异》里写有人在阴间兼职阎罗，经常突然死去四五天，去阴曹地府上班，然后再悠悠醒来。别人问他去那里都干点什么，他一个手下说："别的不能提，但是昨天晚上去把曹操拎了出来，打了二十板子。"蒲松龄很奇怪，曹操死了这么多年了，他的罪行那么明确，阎罗也换过十几届了吧，为什么不罚他去投畜生，或者上刀山？这么偶尔打一顿算什么？难道为了让他零星受罪吗？对神鬼事如此精通的蒲翁也没给出答案。依我看，曹操那是不服他在民间如此冤屈，不断上诉，阎罗也不知道该怎么判决，只好就这么关押着吧。

可怜可怜。

吕布：三国"暖男"

一、祸起萧墙的代名词

王安石任宰相推行改革的时候，吕惠卿和曾布是他的左膀右臂，帮他说服皇帝，推行新法。但后来两人先后背叛王安石，特别是吕惠卿，为了构陷王安石，不惜拿出两人的私人书信进行攻击。苏东坡不禁有点幸灾乐祸，可能两个人的名字让他想起了三国历史上的名人吕布，于是他写了一首诗《董卓》："公业平时劝用儒，诸公何事起相图。只言天下无健者，岂信车中有布乎。"——都说天下没有健儿了，谁会想到董卓身边还有吕布。他把王安石比成了董卓，吕慧卿和曾布便是让他祸起萧墙的吕布。

其实苏东坡被排挤出京到徐州任太守的时候也想到了吕布，他是拿自己和吕布相比："而今太守老且寒，侠气不洗儒生酸。优胜白门穷吕布，欲将鞍马事曹瞒。"说自己尽管又老又穷，一身酸腐之气，但也不会像吕布在白门楼那样向曹操摇尾乞怜。后来洪迈在《容斋随笔》里拿吕布临死前的丑态和田横相比，盛赞田横五百壮士，宁死不降。吕布一身本领，却只会摇尾乞怜。

这是吕布人生形象"黑化"的开始。

虽然《三国志》里陈寿也说吕布"轻狡反复，唯利是视。"——反复无常，目光短浅，唯利是图。但同时也肯定了他的虎之勇："便弓马，膂力过人，号为飞将。"擅长骑马射箭，臂力过人，称为飞将军——这可是李广当年的称号。

而且宋朝之前，众人的关注点多是吕布的英勇。裴松之注里就提到了"人中有吕布，马中有赤兔"。夸奖他是人中的英杰，还专门提到吕布大战黑山军的时候，吕布和他手下将士一起冲锋陷阵，所向披靡。《后汉书》里写吕布投降曹操的时候，提到了一个《三国志》里没有的细节："令左右取其首诣操，左右不忍，乃下降。"吕布看大势已去，就让手下砍他的头去找曹操领赏，左右不忍。

《后汉书》写于南朝宋时，和裴松之同一个时代，这一细节真假现在已经不得而知，但作者故意多此一笔，衬出吕布的英勇，可见当时人们并没用道德的口水淹没他的英勇。当然腹黑论者会认为这是试探，就跟白帝城托孤，想象旁边埋伏着刀斧手一样。

就连到了唐朝，提起吕布来也是夸他骑射本领高。李贺写《马诗》第八首"赤兔无人用，当须吕布骑。"他在写给一位吕将军的诗里，直接把这位将军比作吕布："吕将军，骑赤兔。独携大胆出秦门，金粟堆边哭陵树。"唐代还有人写过一篇《辕门射戟枝赋》，专门歌颂吕布的本领："矫矫吕公，凛千载之英风。立辕门而耀武，百夫之特；射戟枝而骋技，一矢称雄。"吕布被尊称为吕公，凛凛英风，一箭出而万夫惊。

吕布在唐朝这个尚武的时代，收获了他最大的光荣。但到了宋代就完全不一样了，宋代开始关注个人品行，赵云这个默默无闻的武将开始被人关注，树为标杆，吕布在道德上的污点开始被无限放大，最终遮蔽住他所有的光芒，让他只成为一名赳赳武夫。

吕布在徐州投靠刘备，对刘备说："我与卿同边地人也。"——咱俩都是边疆一带的人。这话虽然有套近乎之嫌，但说出了两个人的共同境遇，两个人比不得袁绍、曹操之流，树大根深，家大业大。刘备是涿州人，吕布是五原郡九原县人（内蒙古包头市九原区），两个人都是白手起家，刘备还有一个"中山靖王之后"的帽子可以戴戴，吕布所能凭借的，只有自己这一身本领了。

两个人的遭遇也很像，刘备先后依附公孙瓒、陶谦、曹操、袁绍、刘表……最后打着帮助的旗号灭掉了刘璋。吕布依附丁原、董卓、袁绍、张邈、刘备……数易其主，其深层原因还不都是因为自己没有根基。

但是他和刘备的结果不一样，刘备最后成功了，他却失败了，所有人对于刘备的经历总体感觉就是：创业艰难，一路走来，甚是不易。而对失败者吕布评价则是：此人反复无常，早就种下了失败的因子。

所以在故事里，吕布每一次改换门庭都被污名化，杀丁建阳投董卓是因为一匹赤兔马（当然还有一些钱财），杀董卓投王允是因为美女貂蝉。这两次杀"老板"更换"工作"，成功把他塑造成一个见利忘义、有力气没脑子的傻家伙。

| 二、一生都在被利用 |

其实吕布"换工作"就是为了有一个更好的前程。

他本身是边疆地区的一个穷小子，在那个年代，他这样的人，前程只能靠自己一刀一剑在战场上杀出来。他正是凭借弓马娴熟和骁勇善战才被并州刺史丁原赏识，但这样的前程是很不牢固的，朝廷那些刀笔吏的一句话，就能置他死地。

如果不是十常侍之乱，何进征召丁原到洛阳杀宦官，他这一生最大的可能就是战死沙场马革裹尸。但是这次来到洛阳，他见到了人生的另外一种可能。

吕布杀丁原一向为人所诟病，但是丁原真的就比董卓正义吗？

丁原是并州刺史，董卓是凉州刺史。两人都受何进之召前来诛杀宦官。一个听到何进被杀逗留不前，一个带着三千人马进入洛阳城，到北邙山去营救被宦官劫持的皇帝。

这时候董卓还不是历史上弄权嗜杀的莽汉形象，他还有很高尚的政治情操。中平五年（公元188年），朝廷就曾征召过董卓到洛阳来任少府，董卓拒绝了，固然是有不想放弃兵权的想法，但更主要的原因是当时宦官权势正盛，他不想和这些阉人在一起。等到第二年何进召他来杀宦官，他当即就带着三千人马赶来了。

何进被杀的时候，他率军日夜兼程赶到洛阳城，当面斥责贪官崔烈，又呵斥百官："诸位公卿身为国家大臣，不能匡正王室，致使国家动荡，天子流落在外，你们哪有让我退兵的理由！"这时候的他凛凛正气，邪气不侵。再后来他任用名士，为受党锢之害的人平反，也是众望所归。

反观丁原，行动上也就进行了外围骚扰，派出小股部队装成盗匪，烧杀掳掠。他在对下属的统领上也不如董卓，他的并州刺史在中平五年刚接任的，跟董卓这种西凉土著将帅不一样，士兵对他的忠诚度肯定不高。《三国志·吕布传》上说："吕布虽骁勇，然无谋而多猜忌，不能制御其党，但信诸将，诸将各异意自疑，故每战多败。"也就是说吕布尽管骁勇，但其手下派系林立，各自猜忌。吕布这个土著在并州军中做统领尚且如此，丁原这个空降的领导当时的情况就可想而知了。

丁原并州刺史这个位置本来就是董卓的，由于董卓带兵去征讨边章韩遂在凉州的叛乱这才卸任。也就是说董卓很可能是吕布的老领导，所以董卓才有机会拉拢吕布，吕布对董卓也就更多一份亲近之心，所以才有后来的吕布反水。

后来的演义故事从一开始就把董卓定位成擅兴废立，企图篡位的奸臣，吕布的这次投靠就显得非常不堪，用自己主人的头去换取荣华富贵。为了凸显吕布"三姓家奴"的身份，还把吕布设定为丁原的干儿子，然后到董卓那里还是干儿子，不但以下犯上，还以子弑父，不但不忠，而且不孝。

实际上他在丁原那里的职务是主簿，这是一个文职，说明吕布是有文化的，并非只是赳赳武夫。他到董卓那里，肯定是基于形势判断作出的抉择，如果说得高尚一点，他是为了在诛杀宦官的道路上发挥更大的作用，于是选择了董卓，这叫弃暗投明。

可惜董卓这里并不是"明"，董卓利用吕布就是为了兼并丁原的军队，势力壮大之后，他肆无忌惮废立皇帝，玩弄朝政，企图代汉自立，作恶比宦官有过之而无不及。董卓表面上对吕布很尊重,以父子相称,但一旦喝醉了酒,就对吕布痛骂,甚至刀剑相加,最可怕的一次,因为一点小事,拿起手戟就扔了过去。董卓的手下也轻视吕布,董卓派吕布跟随大将胡轸与孙坚作战,胡轸扬言要杀了他。

在这样的情况下,吕布竟然管不住下半身,和董卓的侍婢私通,这事一旦暴露,不知道董卓怎么惩罚他,于是惶惶不可终日,于公于私,吕布只能铤而走险,和王允结盟,诛杀董卓。吕布这次叛变往小了说是为自己的安全和尊严,往大了说是为了诛杀国贼,忠君爱汉。

王允也看不起吕布,杀了董卓,他对吕布的态度是"素轻布,以剑客遇之",根本不把吕布视同盟友,不过是把他当成一名剑客。后来董卓手下反扑,王允被杀——这一次终于怪不得吕布了。

其实吕布的故事完全可以换另一个讲法。他从小就学得文武双全,一心辅佐皇室,但报国无门。先是投靠丁原,丁原这个人鼠目寸光,妒贤嫉能,吕布一怒杀了他,投靠董卓。他以为董卓是国之干城,没想到董卓却想着代汉自立,于是吕布毅然和他断绝父子关系,上演了一出"我爱我爹,但我更爱大汉"的惊心动魄的大戏。

故事这样演,吕布就完全是另一番形象了。但可惜,演义故事里无端生出个美女貂蝉来,吕布成了王允连环计里的一枚棋子,为了美色出卖自己干爹,成就三姓家奴的名号。

之所以出现这种情况,是因为吕布后来在历史上的表现太不像好人了。后来他一路被人利用,先是被袁绍利用消灭黑山军,再后来被陈宫利用反曹操,最后占据徐州,又被陈登父子接连忽悠,最终投降曹操被杀。

他这一生贯穿着出卖和被利用,也就难怪演义故事把他写得如此不堪了。

| 三、在故事里的进化 |

其实吕布在元朝的三国故事里形象并没有那么不堪。

例如在杀害丁原这件事上,《三国志平话》里,吕布说丁建阳(丁原字建阳)多次侮辱他,于是自己一怒之下就杀了他。所谓"君使臣以礼,臣事君以忠",丁建阳不尊重自己,吕布杀了他也不算什么。元杂剧《虎牢关三战吕布》里还把丁原侮辱吕布具象化表现了,说得很是有趣。

说吕布拜丁建阳为父,一天丁建阳让吕布给他洗脚。吕布看见丁建阳左脚上有一个肉瘤,就问:"这代表什么?"丁建阳说:"足生一瘤,有五霸诸侯之命。"吕布有此一问,实则是因为自己脚生双瘤。听丁建阳一说,吕布想,你生一瘤就这么骄傲,老子生双瘤,福气比你更大,怎能在你手下?当即端起洗脚盆,一盆打死丁建阳,骑着卷毛赤兔马跑了。

可见这时候人们并没有把杀丁建阳和董卓的诱惑联系起来，吕布杀丁建阳只是受不了侮辱和自我价值觉醒（认识到自己两个瘤子的珍贵），跟董卓无关，更跟赤兔马没有关系。在这些故事里，赤兔马本来就是丁原送给吕布的，在《三国志平话》里，吕布投董卓是因为董卓赦免他杀主之罪。

而后来吕布杀董卓也并不是因为他一步一步进入了王允的连环计，而是因为他要追求自己的爱情。

首先吕布和貂蝉的关系并不是《三国演义》里那样，貂蝉是个"心机女"，吕布沉迷于美色不能自拔，结果被美女利用。

早期故事里，两个人是恩爱夫妻。例如《锦云堂暗定连环计》上说，貂蝉本是个宫女，后来灵帝将她赐给丁建阳，丁建阳将她送给自己的养子吕布，就这样二人走到了一起。

《三国志平话》里二人也是夫妻设定，但并没有说是丁建阳赐给吕布的，而是两人青梅竹马结发为夫妻。原本生活得幸福美满，因为丁建阳在临洮作乱（丁建阳不是什么好人），两人失散，貂蝉流落到长安，来到王允府上。貂蝉半夜烧香祈祷夫妻团聚，被王允遇见。听说两人关系，王允计上心来，答应吕布，让他夫妻团圆，然后又乘吕布出差的时候，把貂蝉送给董卓。吕布出差回来，帽子已绿，一气之下杀了董卓。

整个故事里，吕布是最大的受害者，最卑鄙的当属王允无疑，为了自己所谓的家国大义，糟践人家夫妻感情。经此离别，吕布夫妻得以团圆，吕布简直像杨过一样，根本不在乎妻子这段经历，两个人更加恩爱。

后来在下邳吕布被曹操所围，陈宫劝吕布去截曹操粮草，貂蝉说："奉先不记丁建阳临洮造反，马腾军来，咱家两口儿失散，前后三年不能相见。为杀了董卓，无所可归。走于关东，徐州失离。曹操兵困下邳，倘分军两路，兵力来续，若又失散，何日再睹其面？"吕布一听，干脆不去了，遂有了白门楼之厄运。

作者写这段的时候或许是为了突出吕布耳根子软的毛病，但为我们现代人塑造了一个"暖男"吕布。故事里貂蝉还对吕布盟誓说："生则同居，死则同穴，至死不分离。"这简直是长恨歌"在天愿作比翼鸟，在地愿为连理枝"的翻版。

而且在元杂剧里，吕布绝不是一个只有拳头没有脑子的家伙，相反，他是一个文武双全的英雄。

《锦云堂暗定连环计》里王允说吕布"吕温侯昂昂智勇兼全"。《虎牢关三战吕布》里吕布自称"幼而习文，长而演武"。《张翼德单战吕布》里吕布说自己"文通三略，武解六韬"。《三国志大全·吕布自叹英雄》说吕布文武双全，文能"武经八阵图，黄公六卷书，龙韬豹略俱谙熟。灯前扫就平蛮策，一夜江神涕泣归。试天时知风路，运筹帷幄，决胜机谋"，武能"超北海如平谷，挟泰山如同拾芥，搏猛虎似柳穿鱼"。吕布有这般本领，他心中的抱负是"敢向月中擒玉兔，要捉天边毕月鸟"。但现实中却是"我张开万丈骊龙口，吐出千年照殿珠。只怕时人不识荆山璞，空交人抱恨唏嘘"。他自比骊龙，吐出明珠，却恨自己这块和氏璧没人赏识。吕布这番唱词，哪里有半点无脑武夫的样子，分明是一个万丈雄心却无处施展的大英雄。

所以吕布的故事还可以重讲一遍，他从小生在边疆，和貂蝉青梅竹马，两个人结成恩爱夫妻。原本过着男耕女织的平静生活，但是树欲静而风不止，遇见了战乱，夫妻二人失散。吕布为了生活投靠在丁建阳门下，但是丁建阳却看不起他，对他屡屡侮辱。吕布忍无可忍，杀了丁建阳，一路逃亡，被人抓住。董卓赦免了他的罪过，他就投靠董卓。但是他发现董卓根本也不尊重他，人人都看不起他。就在这时，他得知了妻子在王允家里，求见王允。王允知道后，认为这是一个除掉董卓的好机会，假意答应，却把貂蝉送给了董卓……经过一番折腾，终于夫妻团聚。

这样就成了一个凄美的爱情故事，但可惜这个故事再怎么写，也无法写到大团圆的结局，因为正史上的吕布终归是要被杀的，而貂蝉，终要落入他人之手。

四、从"傻白甜"到"心机女"的貂蝉

吕布的全面污名化是从《三国演义》开始的，罗贯中把赤兔马改成了董卓的，把貂蝉和吕布的夫妻设定取消了，这样吕布就在两次叛变中丑态毕露，为利杀丁原，为色杀董卓，在别人布好的棋盘中亦步亦趋，处处为他人作嫁衣。

这个夫妻设定的改变，伤害的不只吕布，还有貂蝉。

身为四大美女之一，貂蝉和那三位不一样的是，她是完全虚构的。而且貂蝉这个名字听起来很有个性，实际上非常敷衍，因为貂蝉在那个时候是帽子的名字。

据说这种帽子最早是赵武灵王胡服骑射的时候跟胡人学的，后来赵惠文王特别喜欢戴这种帽子，还做了一些改进，秦始皇灭赵国的时候，引进并进行了改制，这种帽子成了近臣专用。西汉和东汉因袭这种服制，戴这种帽子的都是皇帝的近臣，非富即贵，所以当时的读书人估计都梦想戴上貂蝉冠。

后来西晋的时候，因为赏赐泛滥，导致帽子后面的貂尾不够用，就用狗尾来顶替，因此出现了一个成语叫狗尾续貂。

诛杀董卓的王允官居司徒，自然也属于头戴貂蝉之辈，宋朝有个诗人说"力斩乱臣凭吕布，舌诛逆贼是貂蝉"。我们看多了《三国演义》的人，看到这两句诗肯定第一反应是：哇！原来真的有貂蝉。实际上这个貂蝉指的就是头戴貂蝉冠的王允们，跟美女不沾边。

这个脑洞的来源，可能是正史上吕布与董卓的一个婢女私通的事，清朝的梁章钜在《浪迹丛谈》里说，《汉书通志》上记载曹操曾经给董卓送过一个叫刁蝉的美女，企图迷惑董卓。这么说实施美人计的是曹操了。《汉书通志》已经不可见，是不是记载了这么一个事不得而知（鲁迅先生还进行过查证，也没发现），如果真有，美人计、刁蝉、私通领导的婢女、掷戟、刺杀董卓……《三国演义》连环计的因素已经具备了，只要重新加以组合就可以了。

其实最初编故事的人也知道貂蝉是一顶帽子的名字，例如《锦云堂暗定连环计》上专门提到貂蝉的原名是任红昌，之所以改名貂蝉是因为在汉灵帝的皇宫里掌管貂蝉冠，这么说就合理了。但后来故事传来传去，大家更容易记住貂蝉这个性的名字，任红昌泛泛的名字就被人忘了。

名字改了，她在连环计的作用也在一点一点改变。

《三国志平话》貂蝉还是不知不觉中被王允利用，元杂剧《锦云堂暗定连环计》里貂蝉倒是主动了一点，但那是被王允要挟的。王允得知她和吕布的关系，高兴得连连大叫，这里的对话颇能显出这些道貌岸然之徒的无耻来。

王允先是说："孩儿，你若肯依着您父亲一桩事呵，我便着你夫妻每团圆也。"——他先不说什么事，先抛出条件来诱惑。

貂蝉还能说什么，只能是："老爷休道是一桩事，就是十桩事，您孩儿也依的。但不知是那一桩事？"

王允于是开始了洗脑，大意就是春秋时有个人叫专诸，他的妻子鼓励他去当刺客，杀了吴王僚。本朝开国有人叫王陵，他妈妈被楚军俘虏，宁可被项羽烹杀也劝儿子事汉朝。这两位虽然都是女子，却名留史册，万古流芳。现在有这么一个机会摆在你的面前，你要不要？——这潜台词就是你要不答应，也要被烹了。

王允还说了一句特别恶心的话："你休顾那胖董卓一时春点污，博一个救帝主万代姓名香。"虽然在董卓那里受点侮辱，但最终你换来的是万代美名。

貂蝉哪儿还有别的选择，只能是："父亲，我随你。"

到了《三国演义》里，二人夫妻名分没有了，貂蝉主动要为国谋划，貂蝉从"傻白甜"摇身成为"口甜腹黑"的"心机女"。为了让故事连贯，吕布是有正妻的，称为严氏，貂蝉最终为吕布所得，只能是一名小妾。但这也造成了故事里人物性格前后不一，貂蝉在连环计里手段高明,后来却默默无闻,丝毫没有发挥贤内助的作用。

但不得不说,在《三国演义》连环计里的貂蝉比元杂剧里的貂蝉要出彩得多,收获了无数"粉丝"。

清朝初年的毛宗岗修订《三国演义》,他就对貂蝉十分喜欢,他称貂蝉为女将军,将貂蝉的功劳放在十八路诸侯和刘、关、张之上。在批注里说:"十八路诸侯不能杀董卓,而一貂蝉足以杀之;刘、关、张三人不能胜吕布,而貂蝉一女子能胜之。以衽席为战场,以脂粉为甲胄,以盼睐为戈矛,以颦笑为弓矢,以甘言卑词为运奇设伏,女将军真可畏哉!"

作为女间谍,毛宗岗把她和西施比,认为貂蝉远比西施高明:"为西施易,为貂蝉难。西施只要哄得一个吴王;貂蝉一面要哄董卓,一面又要哄吕布,使出两副心肠,妆出两副面孔,大是不易。我谓貂蝉之功,可书竹帛……则汉室自此复安;而貂蝉一女子,岂不与麟阁、云台并垂不朽哉?"言下之意,如果不是王允把一手好牌打烂了,汉室复兴,貂蝉应该图画麒麟阁,名登凌云台,跻身功臣行列。

后来吕布在濮阳出城作战,回头来,却见守城人已经投降,逃命而去,陈宫保着他的家小跟随,毛宗岗还关心的问了一句"不知貂蝉可在其中?"

后来在下邳陈宫劝吕布去截曹操粮草,说反对话的是老婆严氏,吕布进屋又和貂蝉商量，毛宗岗看见这个名字，高兴的在下面批了一笔"貂蝉别来无恙？"仿佛貂蝉是他的老朋友了。

只不过这里的貂蝉已经完全没有连环计时的智商，她不劝吕布听陈宫的计谋，反倒说了一句："将军与妾作主，勿轻身自出。"和大老婆说的话如出一辙，仿佛真的如贾宝玉所说，嫁了人的美女，好好的一颗宝珠成了死鱼眼。

后来吕布在白门楼被杀，曹操将吕布家小送到许都，毛宗岗又批了一句"未识貂蝉亦在其中否？"关切之情溢于言表，貂蝉的戏份在《三国演义》到这里就结束了。

但文人们的好奇心却没有结束，在各种戏曲故事里有许多脑补的结局。想来关二爷曾经身在曹营，曹操用各种糖衣炮弹拉拢他，《三国演义》里说还送了关羽美女十几个，貂蝉自然也有可能成为其中之一。

但是关二爷不是吕布，特别是明清时期，英雄必然是"性冷淡"，特别是关二爷这样一个神一样的忠义英雄，怎么会受红颜的蛊惑？所以面对美女，关二爷只能举起刀来。

明清之际，就流传许多这样的戏，例如《关公月下斩貂蝉》《关羽斩貂蝉》《桃园记·关斩貂蝉》，从题目看就明白，关二爷杀了貂蝉。

关二爷为什么杀貂蝉？

因为这时候关二爷是一颗冉冉升起的新神，一切都要为他"伟光正"的形象让位,面对美女,不杀不足以彰显其武圣人的威风,不杀不足以粉饰《华阳国志》那点丑闻。

总结各种故事,情节大同小异,都是曹操将貂蝉送给关二爷(也有的是说关二爷直接抓住了她),想要麻痹关二爷的英雄志,关二爷在一个月圆之夜将貂蝉叫过来(你就不能白天谈吗),关二爷大义凛然问她天下谁是英雄啊?貂蝉就夸奖他们刘、关、张,关二爷就生气了,骂她水性杨花,明明吕布是英雄,你不夸他,却来奉承我(这不抬杠吗,你是人人敬仰的大神,不夸你夸谁呢),不守妇道,貂蝉哀求,关二爷才不管呢,举刀杀了她。

《三国志玉玺传》还有一段关二爷的心理描写:"眼前貂蝉心不平,容颜貌美心灵慧,忘义无情非好人。相迷董卓恩辜负,贪恋温侯误事因。不记丈夫当世杰。又来奉承吾三人。留之我入迷魂阵,日后终须遗臭名。不如及早叫她死,免得他年作祸根。"唱得很明白,关二爷真正的原因是怕自己把持不住,重蹈吕布的覆辙。这也就算了,就在这个故事里,貂蝉苦苦哀求关二爷让自己去修行,关二爷竟然用了一计,说我要看书,你把灯剔亮点,可怜的貂蝉以为关二爷要红袖添香夜读书,结果她转身之际,关二爷背后一刀——"眼中珠泪犹含滴,粉面油头已落尘。"

故事里说当时三军将士听了这事,无不"欣羡关公多美德,绝色佳人不动心"。竟然都为关羽拍手叫好，没一个替貂蝉叫屈（其实这些都是猥琐文人的意淫，自己一辈子穷酸，见不得美女，就恨不得有人出来杀光所有美女）。这事还被作为关二爷的一个英雄事迹在别的戏里传唱，例如《古城记》上就唱道："俺弟兄方上虎牢关才把英显，擒了吕布、斩了貂蝉，直杀得众将销魂、诸军丧魄，一个个胆寒心战颤。"合着杀了貂蝉跟擒了吕布一样都是值得吹嘘的事。

想想关二爷的武器叫青龙偃月刀，明月之下，青龙偃月一举，寒光闪处，美人头滚落，这也难怪青龙偃月刀叫冷艳锯，的确够冷血，也的确是断艳之锯。鲁迅说中国的所谓英雄们从不缺乏屠戮妇婴的伟绩，关二爷这一刀可真是一笔最好的注脚。

后来的人们也发现这样写不但彰显自己的猥琐，还显得关二爷特别不堪，他们设法将关二爷杀貂蝉的故事合理化。

我小时候在一本《山西民间文学》上看过一个故事，说关二爷得了貂蝉，在明月之下越看越觉得美丽，怎么办呢？就闭上了眼睛，结果手中青龙偃月刀没拿稳，掉在地上，落在貂蝉的影子上，关二爷这刀有斩影断首的本领，于是貂蝉人头落地。

虽然关二爷看美女提溜着一把刀有点不合理，但好在故事里关二爷对美还有反应，杀人属于误杀，读来还有一点人情味。

明朝有出杂剧叫《关公与貂蝉》直接让貂蝉自杀，说貂蝉和关羽讲述当年连环计诛杀董卓之事，然后自杀明志，表明自己的贞洁，这出戏里关二爷成了一个听众，这样一来，英雄没了心理负担，美女也得以全名，似乎两全其美，但为什么一个女英雄就不能过上幸福的生活呢？

川剧《貂蝉之死》给出了一个颇为有趣的答案，说关二爷和貂蝉产生了爱情，两人新婚之夜，刘备对关羽产生了怀疑，认为他被曹操收买了，桃园结义产生了裂痕，为了保全他们兄弟的大业，貂蝉慨然赴死。

还真是佩服作者的脑洞，看得我都想再设计一个故事了——话说关二爷身在曹营之际，曹操使出美人计，要貂蝉勾引关羽在汉之心，结果两人擦出爱情的火花。这时候恰好传来刘备的消息，关二爷有心投奔大哥，奈何曹操看管太严，没有机会离去。于是心生一计，假意和貂蝉缠绵，似乎忘却了桃园结义。曹操放心，关二爷乘机逃跑，貂蝉明知关二爷在利用自己，但被关二爷的远大理想所感动，设法帮他，上演一出盗令箭那样的故事。临别之际关二爷在马上对貂蝉说："七尺之躯，已许我大哥，再难许卿。"——若不是这个故事听起来跟蔡锷与小凤仙的故事有点重合，我就写出来了。

其实当时一些有见识的文人就很不忿这样貂蝉必死的情节，罗贯中在《三国演义》不采录关公斩貂蝉的故事，显然也是不相信。毛宗岗在他批注的《三国演义》就说："最恨今人讹传关公斩貂蝉之事。夫貂蝉无可斩之罪、而有可嘉之绩。"

明朝有个叫诸葛君的，太反感这些污蔑貂蝉的戏了，就专门为貂蝉做了一部戏叫《女豪杰》，把貂蝉的故事进行专门肯定，想必写得荡气回肠，可惜这个故事没有流传下来。清朝倒是有个说唱的本子《十问十答》，讲的是貂蝉和关羽的一番问答，故事里貂蝉先是按照曹操要求勾引关二爷，关二爷要杀她，貂蝉就说出实情，她在曹操身边就是想借机刺杀他。关二爷说你说出来就不能回去了（你要不杀人家，人家能说出来吗），貂蝉就要出家，正在这个时候，西王母降临，说貂蝉原本是她的侍女，现在该回去了——这大概是貂蝉最好的结局了。

当然也有更好的选择，据说十年浩劫时期有人曾于成都北郊拾得一块古碑。上面写着："貂蝉，王允歌姬也，是因董卓猖獗，为国捐躯……随炎帝入蜀，葬于华阳县外北上涧横村黄土坡……"这里的炎帝显然是关帝所误，按这么说，貂蝉是作为关二爷的家眷送到成都的，但是，关二爷在当时也就是个侯爵，怎么敢称关帝？他大哥昭烈帝怎么能饶得了他？关二爷称帝是在清朝的事了。显然这古碑是好事之徒伪造的。

也有人抬杠说，你怎么知道这里的炎帝是关帝所误，万一是先帝所误，万一这里指的是刘备呢……这么说来，这里面的事可太多了，原来是大哥掠人之美，信息量太大，我一时接受不了……

孙权和他的神棍们

一、我爱神棍、更爱永生

孙权如同现代家长口中"别人家的孩子",自然是源于曹操那句著名的"生子当如孙仲谋"。

《三国志》里,孙权一出生就被认定不是凡人,这主要表现在他的长相上。孙权十五岁的时候,孙策平定江东,向汉献帝进贡称臣,朝廷派使者刘琬来赏赐,孙策让他的四个弟弟过来拜见刘琬。刘琬回来后说:"孙家兄弟虽然个个俊杰,但是都不长命,唯独孙权相貌不俗,骨骼非凡,将来必然大贵,而且寿命也长。"

当然后来的一切都被他说中了,但是他之所以能关注到孙权,是因为他的相貌太独特了。孙权长得碧眼紫髯、方颐大口,《江表传》上说他一出生孙坚都吓了一大跳,认为这是大富大贵的相貌。

但这还不是最主要的原因,更彰显孙权富贵的一个特征是,孙权上身长下身短。当年逍遥津一战,张辽把东吴方面打得落花流水,曾经和孙权擦肩而过,因为不认识,错放了他。《献帝春秋》上说,张辽后来问吴国的降卒:"那个上身长下身短,长着紫胡子的人是谁?"得知是孙权后,后悔莫及。

两个人匆匆一见,张辽就记住了上身长下身短这个特征,可见孙权这身材比例有多不协调。这身材放到现在恐怕能愁死人,但在那个时候,这可是大贵之相。

现在民间谚语里还有"上身长坐中堂,下身长走忙忙"这样的话,因为上身长就表示一个人坐着的时候比别人都高,这样在气势上就胜了一筹,算命的逻辑就是这样的人命里就该坐着,反观那些下身长的人,两条大长腿,活该你一辈子去跑来跑去。

正是基于这样的推理,刘备当年见了孙权一次,回来就说:"以后再也不要见他了,这人身材上长下短,必然要为人主。"这事记载在《山阳公载记》上,可惜张辽不懂这个道理,否则不管真假,必然要击杀这个短腿的家伙。

按照天命者的逻辑,孙权就是靠他的颜值继承了父兄衣钵,征服了东吴江山，然后败曹操于赤壁，退刘备于夷陵，最终登基称帝。而且正如刘琬所预言的，孙权的寿命很长，活了七十一岁，比他的两个敌人曹操和刘备活得都长。在曹操和刘备都死后，他又活了三十一年，但是他却没能统一天下，反倒让自己的子孙成了晋朝的降臣。

陈寿就说他"性多嫌忌，果于杀戮，暨臻末年，弥以滋甚。至于谗说殄行，胤嗣废毙，岂所谓赐厥孙谋以燕冀于者哉？其后叶陵迟，遂致覆国，未必不由此也"。说的就是他猜忌心太重，晚年后院起火，在继承人问题上又摇摆不定，诛杀大臣，罪及无辜，埋下了灭亡的祸根。

除了这些，他最不务正业的事是崇信鬼神。

当年孙策冒天下之大不韪也要杀了道士于吉，因为他不信这些邪术，更害怕道士用这些邪术和自己的政权对抗。孙权也杀了许多术士，但是和哥哥杀人的理由不同，他杀人是因为这些人不能教给他真正的不死之法，有种求之不得，因爱生恨的怨念。

孙权没有秦始皇的功业，却有秦始皇一样的长生梦想。他听说了秦始皇派徐福求仙的故事，据说徐福带着童男童女到了蓬莱神山得到不死药，就住在那里没有回来，现在那个仙岛上住着几万人家。更为离谱的是，传说这些不死民们还经常到会稽县买东西，而且会稽县的人也有遇见风浪漂流到那儿去的。孙权就动了心思，派将军卫温、诸葛直带兵万人出海去找，这架势是要把徐福给抓回来。

卫温和诸葛直就带着人出去一趟，徐福没有找到，却走到了夷州，也就是今天咱们的台湾岛，带了一些人回来。他们试图告诉孙权，根本没有什么仙岛，鬼迷心窍的孙权自然不信，认为两人是在搪塞他，直接将二人下狱诛杀。

手下没有完成任务要杀，对于那些投靠他的术士，不管表演得多么花里胡哨，一旦不能给他实惠，他分分钟翻脸。《三国志》里专门为他手下三个神棍吴范、赵达、刘惇作过传记。这刘惇笔墨不多，吴范和赵达二人的人生结局很相似。

这两人是孙权手下的工作人员，两人的本领都是预言，不过吴范用的是占星，赵达靠的是算筹。

先看吴范的占卜有多么神奇。

建安十二年（公元207年），孙权准备去讨伐黄祖，吴范建议不要去，因为时机不对，不如明年去，明年刘表会死，黄祖也会被你生擒。孙权不听，果然失败。次年再去，果然如他所言，刘表死了，黄祖被抓了。

建安十七年（公元212年），吴范告诉孙权刘备两年后就要入主蜀中了，但是不久有人探听来消息，说刘备被刘璋打得落花流水，他自己可能都活不了，孙权就笑话吴范这次没有蒙对。但是不久便传来刘备得胜的讯息。

吴范这本领对于一个军事家来说那可是太宝贵了，因为这意味着第一时间掌握情报。后来吕蒙设计去袭击关羽，很多人都反对，只有吴范坚持可行，并预言关羽被捉，后来证明了他的神机妙算。

当然作为一个预言家，他之所以选择孙权这个领导也是经过权衡的，他在孙权还是将军的时候，就告诉他将来必然身居帝王之位。这个马屁拍得孙权很是高兴，当即表示，到那时一定封你为侯。

但是这些预言灵验与否孙权并不真的在乎，孙权想要的是吴范的占星术的技术，不光要鱼，更要渔。或是因为天机不可泄露，或是因为吴范这预言基本靠蒙——我猜多半是如此，他没有什么可以教给领导的。孙权对他很不满，等到孙权晋封吴王的时候，吴范跑过来说："领导你当年承诺封我为侯的。"孙权一笑，令人弄了个侯的绶带给他，意思相当明显：你给我的都是空口白话，我也给你一个空头支票。

后来孙权还真准备封他为都亭侯，大概想做个交换，但是吴范还是没有教给他任何技法，在最终起草诏书的时候，孙权删了他的名字。

赵达的命运比吴范还差，虽然他看不起吴范。

用算筹预言的人，大概就跟用电脑算命的人一样，自以为掌握了先进工具，就有点看不起吴范这种利用星星占卜的人。

赵达最神奇的事是头顶蝗虫飞过，他能算出来有多少只，有人说这没法验证啊,赵达就让人拿出一碗黄豆,他随便一算便报出多少粒,众人一一数了,果然正确。

只会算黄豆,孙权才不会理他,他和吴范一样都能预言未来,他帮孙权数次占卜,屡试不爽,孙权很是高兴。高兴之后就想让他把这技术底数拿出来,赵达当然没得教,后来还有许多儒生都想要跟他学,赵达都拒绝了,甚至一个多年好友都因此和他绝交——他自己内心肯定也苦闷,我教什么啊?

后来赵达死了,就有仇人告诉孙权,赵达有一本秘诀带到了他坟墓里,孙权立刻派人掘墓,一无所获。陈寿还挺惋惜地说他这法术从此绝了。可怜这两个预言家预言了一辈子,却没有预言出自己的命运。他们想到了一切,却没有想到帝王的贪欲这么旺盛,稍不满足,就前功尽弃。

东晋王嘉的《拾遗记》里说赵达有一个比他还神的妹妹,这个妹妹被他献给了孙权(这恐怕才是他在东吴能够立足的真正原因吧),被称为赵夫人。这位赵夫人不见于正史,但是在王嘉的笔下却是神乎其神。

这位赵夫人号称三绝。一是机绝,能在股掌之上编制龙凤图案锦缎。二为针绝,能在丝锦之上绣出万里江河,当年孙权想找人绘制一幅九州山岳图,赵达就向他推荐了自己的妹妹,看来这位赵夫人本应是画绝,但她见了孙权之后说丹青颜色易褪,不如用针绣出来,颜色久驻,还不易损坏。此图一出,她就被奉为画绣创始人,其实也算中国山水画的鼻祖了。三乃丝绝,其代表作现在还广泛使用,乃是蚊帐。话说孙权夏日想开窗乘凉,却又为蚊子所烦扰。赵夫人将长发剖为细丝,再用郁夷国所进贡的续弦胶(神奇的胶水,当时主要用来粘弓弦)粘在一起,制作成一面薄比蝉翼轻赛寒烟的"发帐"。此帐展开广纵一丈,"飘飘如烟气轻动,而房内自凉"。收起来,却又不盈一握,纳入枕中即可。孙权后来行军打仗随身携带。

赵夫人说来神奇,想必是一个聪明勤劳的妇女,只不过被文人夸张了一些,算不得神棍,可惜《三国志》没有记载,却把她的神棍哥哥说得跟真的一样。

裴松之说孙权还迷信过一个叫姚光的,这位的本领是烧不死。孙权弄了一堆干柴点燃,姚光坐在当中静静读书,很快火苗就吞噬了他,但是当干柴烧完,姚光却好端端地在看书,别说他,就连那本书都没有事。孙权拿过来那本书看了看,看不懂,这个术士的下场不得而知,想必不会很好。

看孙权和这些术士的故事,这些术士都有死而复生的套路,例如葛玄曾经掉到海里,大家都以为他死了,第二天他却自己又来了,说和伍子胥喝酒去了。后面的这半段属于神话,真正的历史恐怕在掉到河里那就结束了。

此外还有介象和介琰两个术士。介象见诸《神仙传》，介琰记载于《搜神记》。这两人都姓介，都是有法术，都和孙权打过交道，但是对于他两个人的关系却只字未提。

介象的资料相对全面一些，他是会稽人，从小学道，精通法术，他能让一里之内的人做不熟饭，让各家的狗不叫，让一城的人坐到地上起不来——这种本领都是害人的，这是个典型的妖人啊。

除此之外，他还有一个绝活：隐身术，大概方便他害了人躲藏起来吧。他走遍天下想要得到一本成仙秘诀《五丹经》，有一次在山里睡着了，醒来就见一只老虎正在舔舐自己额头，身为神人他当然不会怕老虎，他吓唬老虎："你要是天帝派来保护我的呢，就留在我身边，如果你是山神派来考验我的呢，就走吧。"老虎转身就走。

经过苦苦寻找，介象终于遇见了一个美女神仙，美女神仙靠近他，嗅了嗅他身上的气味说："你身上凡人味道太重，回去辟谷吧。"介象辟谷三年，再去见美女神仙，终于得到了这本秘诀，从此修成了神仙。

成了仙你就飞升吧，他却到了武昌去见孙权，为孙权表演种种法术，把这位皇帝迷得晕晕乎乎，忙给他盖房子，送黄金。《神仙传》上说孙权还跟他学会了隐身术，孙权这可厉害了，有这本领，不知道他为什么不去潜入蜀国杀了诸葛亮和刘禅，遁入洛阳干掉曹魏皇帝，反倒向人家称臣。

这位介象钱骗得差不多了，就要离开，《神仙传》上写他的离开很有戏剧性，孙权送给介象一筐好梨，介象吃了就死掉了，孙权把他埋葬，但是随后就有人报告在别的地方见到了介象，孙权打开棺材，里面果然空空如也。

介琰的资料相对要少很多了，《搜神记》上说他的本领也是隐身，孙权也为他盖了府邸，想要跟他学道，一天问好几次，每次去问，介琰都呈不同状态，时而为老翁，时而为孩童——显然是在敷衍孙权。后来实在躲不过，介琰说，你后宫美女太多，你太不自律（孙权应该给他撑回去："你不是自律，你是没条件吧？"），拒绝传授，孙权生气了，令人把他捆绑起来，要射杀他。但是孙权似乎忘了，这个家伙会隐身术，倏忽之间就消失了。

综合来看，我以为这俩神棍应该是同一个人，介这么少见的姓氏，俩人竟然还拥有同样的本领，显然是各路求仙的笔记故事里以讹传讹写错了。这位介先生大概跟《皇帝的新装》上的骗子一样，来骗统治者，孙权虽然欲望多，但是并不愚蠢，他最终没能全身而退，被孙权干掉了。当然我们凡夫俗子看到的是砍头，在修道的徒子徒孙们笔下就成了土遁而去，所以才有了上面的那些故事。

真正全身而退的术士叫王表。

《三国志》上记载，这位王表住在临海郡的罗阳县，他言谈饮食与平常人一样，但有个能隐身的特异功能，他隐身之后就让自己的婢女纺绩代表自己说话会客。

孙权当即派人去请，唯恐这位神仙不来，孙权专门刻了辅国将军、罗阳王的印绶前去，直接封赏。要知道张昭为他们孙家爷仨工作了一辈子也就是辅吴将军，这让那些出生入死为他奋战的将军作何感想？但是孙权就这么赏赐了。王表和他的婢女纺绩坦然接受了这个职务，就一起出发了，一路上接见各级官吏，谈笑风生，遇见名山大川，还让婢女纺绩祭祀祈祷，把众人唬得一愣一愣的。

孙权更是对他深信不疑，专门为他修建别墅，王表可能也有点观测天气的本领，预言水旱灾害都很灵验，孙权更是深信不疑。后来孙权最为宠信的潘皇后死了，朝廷大小官员不断前去请王表祈福，王表怕露了马脚，偷偷溜走了。

孙权也没有心情去追究这事了，因为很快他自己也死了。他死的时候埋葬地方叫蒋陵，这名字听起来很奇怪，因为这里埋葬着他亲手捧起来的一个神。

二、蒋子文：恶棍成大神

蒋子文本是东吴治下秣陵县尉，也就相当于现在的一个县公安局局长,作为一名基层干部,他为人无赖,嗜酒好色,还经常吹嘘自己骨骼清奇,死后必然为神。好在他为官还算敬业,有一次追逐盗贼到钟山脚下,和盗贼搏斗过程中,被盗贼打伤前额而死。虽然因公而死,但怎么看这都普通人平凡的一生,照现代话说,顶多算干出了一些不平凡的事。

但是没有想到,他在死后闹出的动静,惊动了整个长江以南。

先是有同事在路上见到死了的蒋子文,他骑着白马,拿着洁白的羽毛扇,跟生前一样。这个同事吓了一跳,赶忙就跑,蒋子文追上他说:"我要在这里做土地神,来保佑你们这些凡夫俗子,你回去告诉他们赶快为我立祠,否则,会有大麻烦。"——这哪儿是神啊,这就是个收保护费的流氓。

这个同事也没有当回事,结果这年夏天发生了瘟疫,就有老百姓偷偷祭拜蒋子文。但是蒋子文要的可不是偷偷祭拜,他又附在巫师身上说:"我要保护孙家,请官方为我立下祠堂,否则,我将派小虫子钻你们耳朵。"孙权这时候想必还年轻,不信这怪力乱神,结果很快就发生了虫子钻人耳朵致死的事,百姓更加害怕,赶忙祭祀。

孙权还是不信,结果蒋子文下了最后通牒:"再不给我立庙,我将放火。"于是这一年,接连发生大火,一天能发生十几起,甚至烧到了孙权宫殿。孙权不能不当回事了,就为蒋子文在钟山立庙,封他为中都侯，连他弟弟蒋子绪也封为长水校尉，随之又因钟山和自己爷爷的名号犯讳，把钟山改名为蒋山。从此以后灾害停止了，蒋子文的信仰也就起来了。

以上记载均来源于《搜神记》，这个故事全面展现了孙权对鬼神从不信到信的转变，都是神仙倒逼啊。事实上，这可能也反映了孙吴对待巫术政策上的变化，孙坚和孙策对待巫术是全面打压的，孙坚初露头角就是靠镇压自称阳明皇帝的会稽妖贼，孙策当年也力排众议斩杀于吉，到了孙权这里，单纯打压非但禁绝不了巫术，反而丧失了民心，与其堵不如疏，善加利用可能效果更好。

也就在这样的背景下，孙权利用了蒋子文，他抬举蒋子文，号称他是保佑孙氏江山的，而蒋子文这个无赖也得以名利双收——人和神最终走向了合作。孙权没有想到，他的东吴江山最终易主，蒋子文的信仰却在王朝更迭中越来越大。

蒋子文在东晋赢得民心是因为帮助谢玄在淝水之战打败苻坚。当时前秦的苻坚率领百万之众来攻打东晋，号称投鞭断流，但是战争的结果却让人大跌眼镜，苻坚被东晋方面打得落花流水，仓皇而逃。我们现代人分析时都爱说苻坚怎样使民心不稳，东晋谢安如何指挥若定，但在当时人看来，东晋之所以能赢得这场战争，蒋子文的保护是一个非常重要的因素。

《晋书》上说司马道子在战争之前到蒋子文庙前祈祷，蒋子文发挥神力，山上草木都化为人形，所以苻坚在江北看来才会"草木皆兵"，这么说来，后面的风声鹤唳也是蒋子文神力作用的结果。

流民帅苏峻作乱，也曾到钟山蒋子文面前祈祷，许诺画上红胡子、紫蹄马、碧盖和朱络车，但是蒋子文不为所动。待到后来东晋的救援部队郗鉴到来，也到庙里祈祷，蒋子文说："我保佑你平定叛乱。"郗鉴很快就赢了这场战斗。

后来天师道孙恩起兵，桓玄反叛，蒋子文的屁股都坚定地坐到了东晋这一边。孙恩叛乱的时候，有教徒跑到蒋子文庙里，蒋子文神像竟然弯弓搭箭射死了他，桓玄叛乱的时候，蒋子文亲自显身，面斥桓玄。

他对东晋这么忠心，东晋的埋葬者刘裕一开始却对这个神仙很不感冒。刘裕还在东晋任太尉的时候，手下有个大将毛修之，他看到蒋子文庙里有好牛好马，不由分说强征过来，刘裕一点也没有怪他。等到刘裕建立南朝宋，当了皇帝，直接把对蒋子文的祭祀作为淫祀加以禁止。这个一向强梁的神仙，也没有对刘裕进行任何报复，反倒乖乖地潜伏下来。到了刘宋后期，刘裕的后代们没有了创业者的自信，又开始祭祀蒋子文，从此，蒋子文的信仰历经齐、梁、陈，再也没有被打倒过，香火越来越旺。

宋、齐、梁、陈还不断为他加官晋爵，南齐的最后一位皇帝萧宝卷甚至封蒋子文为皇帝，可笑的是他自己最后被削去了帝号，历史上被称为东昏侯。有趣的是南朝梁的时候，梁武帝萧衍笃信佛教，禁止杀生，还让蒋子文也吃上了素食，让蒋子文信仰里掺杂了一种佛教因素。

一直到了隋唐一统，北方崛起的皇族对南方这个神仙不感兴趣，他的影响才变得没有那么大。北方到南方当官的人还经常把对蒋子文的祭祀作为淫祀加以禁绝，导致这个神仙信仰起起伏伏，虽然信徒一直不断，但香火再也没有那么旺盛了。人们对他的印象越来越淡，以至于他后来和十殿阎王的秦广王合体，成了阎罗王。

他之所以能够成为阎罗王，和他作为神的属性变化有关。

上面所说蒋子文的各种神迹完全是战神特征，这是国家层面统治者的需求，单单这个功能还不足以令其信仰扩散，所以他必须有和老百姓实际利益相关的效用才行。他在一开始播瘟疫、撒虫子、放火都是恶神的行为，那属于原始资本积累时期，等到他坐上大神的宝座，必须要转型，转型就要有帮手。

《搜神记》上说他看上了一个叫刘赤父的人，要请他做自己的主簿，上任的前提是要死掉，刘赤父以各种理由请辞，什么上有老母在堂，下有幼子待哺的话都说了，奈何他已经是被选定的人，蒋子文绝不通融，不久这位倒霉的刘先生就"上任"去了。

这个故事类似于《聊斋志异》上的《考城隍》，同样是阴司招聘公务员，同样是不想去，但那个故事是关二爷主考，就很通融，一直等到对方母亲去世，才让他上任。

有时候蒋子文也想显得人性化一点，但结果该死还得死。

《搜神后记》上说王导（东晋开国丞相）的儿子生病，王导梦见有人给了他百万钱要买走自己的儿子，随即家丁挖地就发现了百万钱，王导心情大为郁闷。儿子的病越来越严重，正忧虑的时候，忽然来了一个人，身材高大，披甲持刀，自称："我是蒋子文，听说你儿子病重，我来为他续命。"王导赶忙命人准备酒饭，此人连吃数升，吃完起身说："你儿子命数已尽，救不得了。"说完不见踪影。

这估计也是他要招聘的人，还送了重金礼聘，上门吃顿饭想要表示一下自己的仁慈，但结果还是不可逆的。

后来他就更人性化了，对自己看上的人，还派乐队来接。

《中宪大夫都察院右佥都御使白川刘公墓志铭》上说，墓主人曾梦见蒋子文赠他丈八蛇矛，空中一阵盘舞。后来他生病，临死之前就看见蒋子文带领乐团前来接他。这位显然是蒋子文的座上宾了，传授他丈八蛇矛，还派乐队来接，不知道这位后来担任什么职务。

不光招聘的时候说一不二，他给自己女儿选婿也是如此。

说有三个倒霉蛋喝醉了酒，进了蒋子文庙，看见蒋子文旁边有几个女子，相貌端正，就口无遮拦说要娶这样的老婆，结果当天晚上他们就梦见蒋子文显身说感谢提亲，不日请去娶了舍妹，三人吓了一跳，赶忙到蒋侯庙里哀求，但为时已晚，不久三个人就一起呜呼哀哉了。

不得不说蒋子文这工作作风简直就像抓壮丁，看上的人必须死，可以给你家属钱，可以礼乐相待，但教你三更死，你就活不到五更天，这些故事为后来他成为阎王爷奠定了基础。

当然如果只会拉壮丁，人们对他的信仰可能也就慢慢淡了，但他还要出面保佑诚信供奉自己的人。

《搜神记》上说有个女子被老虎衔去了，其丈夫由于向来供奉蒋子文，一面拿刀追赶，一面口唤蒋侯帮忙，结果就见一团黑影在前面带路，引他一路走到老虎窝里，大老虎还没有回来，这里只有一窝小老虎。于是他杀了老虎，守窝待虎，等着老虎妈妈回来，最终杀了虎母，救了自己老婆。当晚他们就梦见蒋侯显身说："这次是我帮了你。"夫妻俩赶忙杀猪祭祀。

蒋子文在面对自己喜欢的人时，就完全是另一种风格了，事见《搜神后记》。

逢年过节，蒋子文庙里都会有大型娱乐活动来祭祀神灵，会稽鄮县有个叫吴望子的美女，她和乡邻一起去蒋子文庙里看热闹，她们沿着河岸正走着,河里驶过来一艘华丽的大船,船上就连艄公也衣冠楚楚,主人更是贵不可言。那主人问吴望子:"你们去哪里?"得知望子去向后说:"我也要去哪里,来坐船吧。"吴望子婉言谢绝了,那船倏忽不见。等到吴望子走到蒋侯庙,看见庙里泥塑,大吃一惊,因为正是刚才见的那些人,那船上的主人便是蒋子文。蒋子文还跟她打招呼:"你怎么来得这么晚?"还给了她两个橘子。随后吴望子回到家,想要什么便有什么从天而降,蒋子文变着法宠着这位美女。后来,吴望子父母为她许配了人家,蒋子文就再也不来了。

恶神蒋子文当起来"舔狗"也这么可怜。

蒋子文就这样一点一点奠定了自己的群众基础,在六朝信仰全盛时期,蒋子文就跟后来的关二爷一样,简直无所不能。

例如求雨。《南史》上说梁武帝在蒋子文庙前求雨,求了十天不降雨,皇帝怒了,要烧了蒋子文的庙宇,就在这时候,一朵乌云宛如伞盖飘了过来,笼罩在蒋子文庙上,瞬间瓢泼大雨下来了——看来对付这种恶神还得这种恶法子。

再如封官。南齐的权臣綦母珍之有一面铜镜,镜子后面写着"三公"两个字,他以为自己将来官至此位,就经常到蒋子文庙里去祈祷自己升官。只不过当时科举制度还没有被发明出来,蒋子文也就保佑一下升官,成不了后来关羽那样的科举神,看来连神仙也超越不了自己的局限性。

但是蒋子文有一点关二爷比不了，蒋子文的妹妹都在神界混开了。

三、小姑神：寂寞美人

孙权封赏蒋子文的时候，还捎带手封赏了蒋子文的弟弟蒋子绪，不过这个蒋子绪后来泯然众人，不再有人记得他。但是蒋子文的妹妹后来却在神界混得风生水起，因为庙在青溪，所以被称为"青溪小姑"。

南朝宋刘敬叔在《异苑》里记载说，青溪小姑是蒋子文的三妹，她的庙里有棵大树，枝繁叶茂，鸟儿成群。有个官二代谢庆闲来无事用弹弓打鸟消遣，打死好几只。当天晚上就梦见一位衣冠楚楚的女子质问："这是我养的鸟儿，你为什么射杀？"谢庆当年便死了。

这位谢庆的背景相当了不得，他爸爸乃是当年淝水之战的前线总指挥谢玄，他儿子乃是大名鼎鼎的诗人谢灵运。这么一个世家子弟，就因为射杀了一只鸟，说弄死就给弄死了，可见这青溪小姑多么强悍。

青溪小姑似乎对他们谢家情有独钟，《搜神后记》上说谢家有个英俊少年出家做了僧人，路过青溪小姑庙，进去看了一眼，当晚就梦见青溪小姑女神驾临，说："从此你就是我的人了。"随后便死掉了。

这两个故事都说明小姑神并不是一个楚楚可怜的小姑娘，而是跟早年的蒋子文一样，可以随意召唤他人生命。

她后来也在转型，在南朝梁吴均的《续齐谐记》里，她也开始和帅哥玩暧昧。

说的是南朝宋时，有个会稽人赵文韶在建康做官，秋夜思乡，坐在青溪桥上唱歌，唱的是《西乌夜飞》："日从东方出，团团鸡子黄。夫归恩情重，怜欢故在旁。"

一曲唱罢，蓦然抬头，一个身穿青衣的婢女出现在面前说："王家娘子听了您的歌，心有戚戚，想和您见一面。"

因为王尚书的家便在附近，赵文韶听是王家娘子也不以为意，答应相见。很快一个十八九岁的女子来了，长得很有姿色，赵文韶便问家住何处，这小姑娘随手一指王尚书家，赵文韶就更不怀疑了。

赵文韶又为王家娘子唱了一首《草生磐石》，清扬动人，王家娘子命婢女取来箜篌，亲自为赵文韶弹奏，还让婢女唱《繁霜》一曲："歌繁霜，侵晓幕，何意空相守，坐待繁霜落。"

唱的也是寂寞，于是两颗寂寞的心相通了，王家娘子当晚便留宿在此，两人春风一度，自然是你侬我侬。次日四更天，王家娘子要走，赵文韶依依不舍，拿出银碗和琉璃勺相赠，王家娘子也拔下头上金簪留作纪念。

天亮后,赵文韶偶然走到清溪小姑庙,吃惊地发现自己赠送给王家娘子的东西放在香案上,再看那尊神像,正是自己昨晚遇见的王家娘子。他这才知道自己和女神搞了一夜情,不过他也挺幸运的,女神只想和他临时凑合一下,否则早把他收走了。

当然更主要的原因是女神自己也变得温柔了,这时候在歌颂神仙的《神弦歌》里,小姑神的形象是这样的:"开门白水,侧近桥梁。小姑所居,独处无郎。"还有一首是:"日暮风吹,叶落依枝。丹心寸意,愁君未知。"

在这两首歌里,这位女神完全是一副独居水边,郁郁寡欢的样子,引人遐想。

正因为她的这个特征,六朝过后,虽然清溪小姑信仰消退,后来的诗人却爱用她来形容寂寞的女子,李商隐写过:"神女生涯原是梦,小姑居处本无郎。"明朝的柳应芳写过:"小姑家住秣陵西,惯听城头乌夜啼。向为无郎嫌出入,不知门外是青溪。"

这位夺人生死的女神成了寂寞美人的代名词。

周瑜：从英雄到才子是一种沉沦

苏东坡在《念奴娇·赤壁怀古》里对周瑜的形象有过经典的描述："遥想公瑾当年，小乔初嫁了，雄姿英发。羽扇纶巾，谈笑间，樯橹灰飞烟灭……"

其实苏东坡这首词不能作正史看，周瑜和小乔结合是在建安三年前后，赤壁之战发生在建安十三年，中间整整差了十年，怎么能是初嫁呢？

苏东坡这么说，完全是为了树立周瑜风流倜傥的形象，周瑜的形象在当时的关键词就是英俊儒雅、少年得志，所以苏东坡寥寥数笔就勾勒出他温文尔雅、从容不迫的形象来。但是大家都知道，尽管苏东坡名满天下，但后世人一提到羽扇纶巾想到的是诸葛亮，那么诸葛亮这是怎么偷走周瑜的这两个"装备"的呢?

说"偷"对诸葛亮太不公平了,因为无论是在官方的论调还是民间舆论里,诸葛亮的形象地位都比周瑜高得多。

先说官方的,唐初建国,设立武庙,诸葛亮位列武庙十哲,周瑜不过是陪祀的六十四分之一,诸葛亮是有资格吃冷猪肉的,周瑜只有站着看的份。

在民间,关于诸葛亮的各种神话如死诸葛吓走活司马、诸葛亮禳星、八阵图等故事在唐朝已经开始流传,诸葛亮已经成神。其故事在文人笔下,已经经过无数渲染。

而周瑜呢?他在民间故事里可能做过雷神,《水经注》上说"江水对雷水之北侧,有周瑜庙,亦呼大雷神",也就是说周瑜在当时做过雷神。难怪《晋书》上记载东吴征伐关羽的时候"天雷在前,周瑜拜贺"。周瑜这是死后化作雷神,前来拜贺了。但周瑜这雷神形象影响太小了,后世几乎不再提及。

他身上的闪光点似乎只有两个:赤壁之战、风流倜傥。所以诸葛亮完全没必要从周瑜身上偷东西。把羽扇纶巾的形象拿走,是因为诸葛亮把赤壁之战的功劳抢走了一半,而诸葛亮之所以成功地拿走一半,是因为周瑜身上风流倜傥的闪光点被放大,遮蔽了他作为武将的光芒。

一、被挑逗的音乐名师

周瑜不光长得帅,还弹得一手好琴,在当时就有民谣"曲有误,周郎顾",只要曲子弹得不对,周瑜就会过来给你更正。庾信写过一个歌女弹琴,引用这个典故,"悬知曲不误,无事畏周郎。"这个歌女知道自己弹得都正确,完全没有必要害怕周瑜,在庾信的想象里,周瑜是一个不苟言笑的考官,谁弹得不对都要受到他的批评。

这个时候周瑜弹琴的形象还是严肃苛刻的,但是很快,"画风"就变了,隋朝的江总看歌伎弹琴,写道:"弦心艳卓女,曲误动周郎。"将周郎改曲和琴挑文君联系起来,周瑜的形象立刻发生了变化,从严苛的老师变成了风流的少年郎。周郎的回顾成了一件令人欣喜的事。于是便有了李端《听筝》"鸣筝金粟柱,素手玉房前。欲得周郎顾,时时误拂弦"。为了得到周郎的回顾,这位少女不断弹错音。"曲有误,周郎顾"成了"琴挑周郎",于是唐诗里周瑜就不断回头,和无数少女上演了爱情戏。

刘禹锡《纥那曲》就写道:"周郎一回顾,听唱纥那声。"周瑜被少女的歌声所感动,回眸欣赏;张祜《筝》写道:"坐中知密顾,微笑是周郎。"这时候的周郎连头也不回了,微微颔首就成了歌女的妙赏知音。

到了宋朝，贺铸填过一阙《诉衷情》，写的便是周瑜的爱情，最后两句说"时误新声，翻试周郎"。用的还是"欲得周郎顾，时时误拂弦"的老梗，但这首词在当时影响不小，让《诉衷情》这个词牌多了一个别名《试周郎》。这个时候的文人笔下，周郎顾已经和音乐没有关系了，苏东坡写两个跳舞的女子，最后也说："但得周郎一顾，胜珠珍。"也就是说周郎看我一眼，就胜过无数化妆品。这个时候，周郎顾已经成了美女认证的一个品牌了。

于是宋朝多情的美女不再这般遮遮掩掩，有大胆的已经不再等着周郎顾，而去主动"顾周郎"了，张炎为一个舞女写诗，就说她"佯羞却把周郎顾"。

当然这些文人还没有忘掉周瑜是有家室的，而且他的老婆还是三国著名美女，这就更增加了话题性。

文学作品里提到他俩，一开始还是英雄美人的颂歌，如宋朝邓肃写诗："五湖范蠡携西子，三国周郎嫁小乔。"周瑜配小乔恰如范蠡和西施，都是英雄美人。宋朝的韩元吉《读周瑜传》说："但得小乔歌一曲，未须辛苦向荆州。"也就是说如果有小乔这样的美女相伴，没有必要去辛苦打仗。也有人反其意而用之，说"莫为小乔淹壮志，千军白羽生堪麾。"不要为儿女情长让英雄气短。

但是在诗歌里，周瑜的英雄气却慢慢消退完毕，从英雄美人变成了才子佳人的套路。宋朝就有人写诗:"小乔应嫁周郎。云英定遇裴航。"云英和裴航是唐传奇中的神仙眷侣,却拿来形容小乔和周瑜。还有人直接将他们二人代入到神话里,朱子厚的《谒金门》里写道:"闻道小乔乘凤玉,仙裳飘雾縠。来嫁吾门公瑾叔,天上人间愿足。"小乔和周瑜成了乘龙快婿里的男女主角。

这个时候的周瑜已经不是纵横疆场的英雄,简直成了偶像剧里的男主角。

南宋词人赵长卿甚至在一首词里说:"况周郎、自来多病多情。"按说周瑜多病也不错,周瑜三十六岁就病死了,但他说周瑜多病多情,这不成了《西厢记》里的张生了吗。

这哪里还有半点英雄气概,所以在底层民众眼里周瑜就完全变了样。

《太平广记》里辑录过一则周瑜鬼魂的故事,很有趣。说是有个叫萧腾的人到襄阳去做官,走到羊口岸,遇见一个戴着白纱帽,穿着黑色裤,身上还披着长袍的人,这人想要和萧腾同行,萧腾拒绝了。走了几里路,这人又追了上来,想要搭船,萧腾就怀疑他不是人,自然又拒绝了。但是萧腾的妻妾表现出了异常,会毫无征兆地唱歌大笑或者悲伤啼哭。等萧腾到了襄阳,妻妾们的病情就更厉害了,而这个人每天都过来一次,后来甚至住到了萧腾家里,每天骑着狗唱歌吟诗,搞得鸡犬不宁。萧腾问他是谁,他回答说自己是周瑜。说完还唱歌讽刺萧腾："逢欢羊口岸，结爱桃林津。胡桃掷去肉，讶汝不识人。"——我和你认识在桃林岸，相亲在桃林津，胡桃剥开丢下肉，竟然不认识我这等高人。萧腾和他斗法，几次都失败了，最后请来一位高手，这才降服了他，这鬼物显出原形，是个老乌龟。

乌龟成精自称周瑜，大概也是羡慕周郎很有女人缘吧，所以他才会去祸害萧腾的妻妾。

《梦林玄解》是宋朝邵雍写的关于解梦的书（也有说是葛洪写的），书里说男子梦见周瑜是大凶之兆，少年夭折，壮志难酬，但是女人梦见则是大吉，因为这表示要生一个英俊的儿子。这基本上就代表了当时民众心目中周瑜的形象了：英俊潇洒、天不假年、但是很有女人缘。

这么一个形象很难再把他和战场上指挥若定的形象联系起来，于是元杂剧《周公瑾得志娶小乔》里，周瑜成了一个郁郁不得志的穷酸书生，鲁肃做媒让他娶了小乔，和孙权成了连襟（作者这里搞错了，把孙策错当孙权），从此依靠裙带关系飞黄腾达，走上人生巅峰。这一看就是迂腐书生的意淫，显然是在迎合观众的口味。

二、赤壁战功被人抢

周瑜武将形象在退化，同时他赤壁之战的功劳一直有争议，这点在唐朝已经出现端倪，杜牧那句著名的"东风不与周郎便，铜雀春深锁二乔"便是证明。

在杜牧的眼里，赤壁之战的胜利对于周瑜来说完全是幸运，和他本人的实力似乎关系不大。唐朝尚且如此，到了宋朝，蜀汉在民间故事里的影响越来越大，地位越来越高，周瑜的这份功劳就慢慢吸走了。

诗歌里提到周瑜语气就全变了，"一举灰飞赤壁船，托名助汉岂私权。如何不放蛟龙雨，欲断刘家一脉传。"便是说周瑜只为东吴一家考虑，格局太小，还想囚禁刘备，谋断汉室，真是个卑鄙小人。

还有人说："周郎人道古英雄，汉室颠危合奋忠。万里中原犹未复，一视赤壁偶成功。"周瑜也就侥幸在赤壁打了个胜仗，只保全了一个地方政权，对于汉室毫无功劳，算不得什么英雄。

同时赤壁之战前，刘备派诸葛亮出使东吴，全程参与了赤壁之战的谋划，在民间印象里，这么一个伟大而又聪明的头脑怎么能不出主意呢？

至少从宋朝开始就流传一个故事，说是诸葛亮出使东吴的时候，和周瑜在镇江的算山谋划，两人都说自己有了破曹计，各在手掌写字，一起伸出，都是一个火字，于是定下了火攻的妙计。这座山本名蒜山，因为遍地长蒜，自此之后，这座山就取名为算山，谋算的算。

事见宋朝王象之的《舆地纪胜》，他还说唐朝之前这座山都写作

"蒜山"，但是唐朝以后在陆龟蒙的诗里成了"算山"，因为他歌咏的就是周瑜的赤壁之功，诗里写道："周郎计策清宵定，曹氏楼船白昼灰。"——他的诗里只提到了周瑜却没有说诸葛亮，或许在那个时候，民间传说还没有诸葛亮参与，但是在宋朝，诸葛亮不但参与，而且还起到了关键的作用。

这个作用就是借东风！不是说"东风不与周郎便，铜雀春深锁二乔"吗？你周瑜侥幸成功全靠东风，这东风便是诸葛亮所借。

于是乎，赤壁之战中诸葛亮的关键作用就凸显出来了，这样一来在赤壁之战中周瑜只不过是个出力的，诸葛亮才是胜利的关键。《三国志平话》里周瑜的形象也完全变了。在平话里，曹操大兵压境，孙权让人去请周瑜，周瑜却只知道喝酒，"每日与小乔做乐"，完全不理会国家大事，孙权让人送给周瑜一船金银珠宝绫罗绸缎，作为领导给下属送礼，也是奇葩了。但周瑜收下礼物，依然故我，毫不理会。最后孙权让诸葛亮和鲁肃一同来请，诸葛亮大讲国家利益，周瑜均不言语。最后诸葛亮说曹操这次来就是为了大乔小乔。周瑜一听要动自己的女人，立刻拍案而起，表示和曹操势不两立。

但周瑜在单独面对曹操时还是智商"在线"的，他的反间计和苦肉计都很成功，《三国志平话》里还把草船借箭的故事写到了周瑜身上（实际上真正做这件事的是孙权）。但是一旦对手换成刘备，周瑜立刻变成一个白痴。赤壁之战后，周瑜在黄鹤楼摆下了鸿门宴，邀请刘备，结果刘备在酒席上一番恭维，现场为他写了一首歌："天下大乱兮，刘氏将亡。英雄出世兮，扫灭四方。乌林一兮，锉灭摧刚。汉室兴兮，与贤为良。贤哉仁德兮，美哉周郎！"把周瑜夸得忘乎所以，高兴得喝酒弹琴，完全忘了设宴的目的，最后他喝醉了，刘备全身而退，周瑜酒醒之后，气得把琴都摔了。

这一段故事，后来的《三国演义》版本都删了，在当时却很流行，还有一出元杂剧《刘玄德醉走黄鹤楼》来演绎此事。接下来便是刘备过江招婿，元杂剧也有一出戏《两军师隔江斗智》，说是斗智，其实就是诸葛亮远程操作"碾压"周瑜的故事，于是便有了"周郎妙计安天下，赔了夫人又折兵"的著名笑话。

在三国故事里，在刘备集团面前，不独周瑜，整个东吴方面都沦为了丑角。周瑜的形象就这么定了型。一直到后来，到了罗贯中手里，《三国演义》里尽量把周瑜的形象合理化，写出了风流儒雅年少得志的英雄形象，但是在面对诸葛亮的时候，周瑜还是沦为陪衬，可怜周瑜在故事里再也没有机会翻身了。

鲁肃：被污蔑的战略家

| 一、我把你当朋友，你拿我当傻子 |

"三尺龙泉万卷书，皇天生我意何如？山东宰相山西将，彼丈夫兮我丈夫。"这是关汉卿所著《关大王单刀赴会》里鲁肃出场的定场诗，这四句写得甚是大气。随后鲁肃进行了自我介绍，他要摆下鸿门宴来请荆州的关羽过江赴宴，筵席上讨要荆州，关羽给了便罢，不给便要动手。他自以为妙计，和乔国老商议，哪知道乔国老问他："你知道火烧博望坡？你知道隔江斗智吗？你知道收西川吗？"鲁肃竟然都不知，请乔国老为他讲解一番，乔国老讲了蜀国的这些英雄事迹，劝他死了这条心。鲁肃却不干，执意要请关羽。

于是关羽单刀赴会,在酒宴上英雄气概吓傻了鲁肃,鲁肃说话都结巴了,但还是拿出来合同说事,说当年你们借荆州,是我作保,你们怎么能够以怨报德?说着还引经据典,什么"信近于义,言可复也""去食去兵,不可去信""大车无輗,小车无軏,其何以行之哉"。

结果关羽拿出来自己的刀说:"我这刀头一次杀了文丑,二次杀了蔡阳,三次就要杀你了。"说完拉着鲁肃做人质,全身而退。

临走关羽还送了两句话:"百忙里称不了老兄心,急切里倒不了俺汉家节。"

整个故事里,鲁肃前期盲目自信,当事则迂腐颟顸,临了又乱了阵脚,最后被关羽嘲笑,完全成了一个丑角。

这一段后来被《三国演义》收录,单刀赴会也成了表现关羽忠义英勇的一个名场面。

鲁肃可以说是三国历史上在故事里被"黑"得最惨的一个,特别是单刀赴会,这压根不是关羽自己的独角戏,鲁肃也是英勇的主角。

时间是在公元 215 年,刘备已经夺取了四川,孙权索要荆州,刘备自然不给,孙权就派吕蒙武力夺取长沙、零陵、桂阳三郡,刘备亲自从成都赶到公安,让关羽武力夺回。孙权也亲自出马,派鲁肃屯兵益阳,双方剑拔弩张,形势一触即发。鲁肃作为孙刘联盟的提倡者,提出和谈,为表诚信,双方的兵马都驻扎在百步之外,只有会谈人单刀赴会。

按照《吴书》的记载,鲁肃在谈判桌上据理力争,关羽手下一个人还抢白:"夫土地者,惟德所在耳,何尝之有?"后来小说里给这个人取了个名字:周仓,他的工作是为关羽扛刀。关羽斥责他:"这是国家大事,休得多嘴,快快给我退出!"明叱周仓,暗吓鲁肃!小说里鲁肃已经不能再说话了。但是在《三国志》里,鲁肃不但斥责了此人,还质问了关羽一番,这番话倒是跟关汉卿杂剧里说的意思差不多,关羽也没有靠武力霸凌,而是哑口无言。

《吴书》是吴国一方面的记载,或许不足为信,但这次会谈的结果是双方平分荆州,说明鲁肃根本没有示弱,关羽也没有那么逞强,双方都是从大局出发做了让步。

《三国志》上说,在此之前,每次发生疆界纠纷,鲁肃都对关羽各种好言宽慰。之前答应借给刘备荆州也是鲁肃大力提倡的。

可能是这些记载让后来的文学创作者产生了误会,把鲁肃当成了一个胆小懦弱而又忠厚老实的人,其实不然,鲁肃那不是怕关羽,而是在尽力维护孙刘联盟的平衡,践行自己规划的战略。

他才是东吴最大的战略家。孙权当年称帝,戴上冠冕的时候就想起的第一个人就是鲁肃,他说:"鲁子敬早就为我谋划好了这一天。"

孙权晚年评价鲁肃说他有"两快一短",所谓"两快",一是当年献榻上之策，为东吴做出战略规划；二是曹操南下之时，力劝孙权不要投降。而这"一短"便是让孙权借荆州给刘备。他作为领导只看到了他收获最大的两项战略，却没有看到这"一短"也是鲁肃的战略，只是被孙权自己亲手破坏了，还把它当成鲁肃的缺点。恐怕当吴、蜀两国被各个击破，他们孙家仓皇辞庙的时候才会明白鲁肃这个战略的伟大。

二、会玩谐音梗的傻子

其实在两晋南北朝，鲁肃的身后世界里，刘备集团的"粉丝"还没有元朝那么多，鲁肃的故事风格完全是另一种样子的。

《搜神后记》里说晋朝有人叫王伯阳，其家宅东边有一座坟墓，据说是鲁肃的。王伯阳的妻子去世了，他就把鲁肃墓修整一番，把妻子安葬在这里了，他以为鲁肃已经身死国灭，风流消散，不用惧怕了。没想到的有一天，他正在上班，忽然看见一个衣着华丽的人，乘坐肩舆破门而入，后面跟着上百个骑马的侍从。这人上来就说："我是鲁子敬，坟墓在此二百余年了，你怎么能无缘无故坏我家宅？"回头看左右道："怎么还不动手？"左右侍从上前，一把将王伯阳拉下来，用刀砍了百余下，这才住手。王伯阳不久便死了。

这个故事还有一个版本，记载在刘义庆的《幽明录》上，说死的人不是王伯阳妻子，而是王伯阳本人，他儿子为他修建坟墓，却在挖土的时候发现两具棺材，两个孩子将棺材移到乱葬岗，把自己老爹安葬在这里。结果当晚，孩子就梦见鲁肃过来说："你爹还得再死一次！"接着就看见王伯阳过来说："鲁肃天天打我，要我走。"后来，两个孩子见父亲灵位上有血渗出来，想来是被鲁肃杀害了。

这两个故事都说明鲁肃的鬼不是个善茬，一般人惹不起。

鲁肃生前也的确是豪侠仗义之辈，他家是当地土豪，周瑜曾经来借粮食，鲁肃家里有两囷粮食，鲁肃直接指着一囷粮食就赠送给他，两人从此成为莫逆之交，"指囷相赠"也成为形容朋友慷慨相助的一个成语。

唐朝有诗人歌咏此事："轻财重义见英奇，圣主贤臣是所依。公瑾窘饥求子敬，一言才起数船归。"

后来的读书人穷困时去借粮食，也经常拿鲁肃来说事，宋朝词人陈著找朋友借粮食，写诗感谢："吾徒例有绝粮事，世俗何从索米来。邂逅指囷如鲁肃，分明流饭自天台。"把朋友比作鲁肃。

南宋诗人把借粮食和借荆州联系起来，"龙虎鹓雏总可人，当阳倾盖便关金。荆州尺寸都相付，始是当年子敬心。"显然是说借荆州跟借粮食一样，都是缘于鲁肃的忠厚之心。明清之际的王士禛也写过："鲁公最忠烈，慷慨借荆州。"但是这话明显说不通，如果鲁肃借荆州是忠厚，那刘备不还荆州岂不是奸诈？

再说了，人家这么忠厚，你们好意思在杂剧、在小说里这么"黑"一个忠厚人？

好在还有一出元杂剧《周公瑾得志娶小乔》，这个故事里完全展现了鲁肃忠厚的一面。

故事里周瑜是个落魄书生，鲁肃前去探望，劝周瑜谋取功名："凭兄弟文武全才，必有峥嵘之日也。"同时还关心周瑜的婚姻大事，他说按说乔公有两个女儿，长女已配孙权（杂剧作家搞错了，应该是孙策），现在还有小女，我去为你求婚。周瑜表示自己家中贫寒没有彩礼，鲁肃说得甚是豪爽："若乔公但言彩礼，您哥哥一面承当也。"随后他来到乔公府上，一番鼓动，乔公答应了，但是提出一个条件，要周瑜先有功名后成婚配。鲁肃回来告知周瑜，周瑜听了之后面露难色，鲁肃又举了历史上各种成功案例，鼓励他，还答应送他三千斛粮食作为彩礼。后来周瑜弃文从武，赢得孙权赏赐，也抱得美人归。

整个故事里由于没有刘备集团出现，情节虽然比较扯，但鲁肃和周瑜表现还算是正常，展现了鲁肃慧眼识才，忠厚助人一面。

可惜到了《三国志平话》里，鲁肃连忠厚也没有了，只剩下了愚蠢。

平话里，鲁肃一没有战略，二没有计谋，好像他的存在只是为了牵引故事情节。别人说什么他只会傻呵呵地笑，孙权骂鲁肃："刘表死了，我让你去荆州吊孝，结果你引了诸葛亮过江，赤壁一战，我们虽然破了曹操百万军，却折杀了数十个名将，让刘备坐收渔翁之利，诸葛亮又气死我的爱将周瑜，你还要做什么……"说得鲁肃成事不足败事有余的样子。

平话里写单刀赴会，鲁肃的形象还不如关汉卿杂剧里的样子，在杂剧里他好歹还有计谋，在这里他完全就是个傻子。他把关羽叫过来，为他演奏音乐，宫商角徵羽五音，只有羽声不响，鲁肃就喊："羽不鸣！"连喊了三次，显然是诅咒关羽无命，堂堂鲁大夫成了个玩谐音梗的脱口秀演员。关羽也不是善茬，一把揪住鲁肃，打破他的护心镜，说："你说羽不鸣，今日叫镜先破。"——这里的镜显然也是谐音子敬的敬，关二爷用另一个谐音梗破了鲁肃的谐音梗，然后骑上马回了荆州（竟然不是乘船来的）。

传统行业都讲祖师爷，中国的脱口秀可以把鲁子敬奉为祖师爷了。

宓妃：女神的进化

| 一、美女的命运 |

甄宓其实是两个人，甄宓＝甄皇后＋宓妃。

前者是曹丕的甄皇后（追认的），后者则是洛水之神，甄皇后本是三国一介凡女，而宓妃则是上古神话里仙女。这样的两个人怎么在故事就合到一起了？

因为美丽。两个人都是传说里倾城倾国的绝代美女，也都因为自己的美貌让自己一生历尽坎坷。

宓妃有多美？司马相如在《上林赋》里说她"绝殊离俗，妖冶娴都，靓妆刻饰，便嬛绰约，柔桡嫚嫚，妩媚㜲弱。曳独茧之褕绁，眇阎易以恤削，便姗嫇屑，与俗殊服，芬芳沤郁，酷烈淑郁；皓齿粲烂，宜笑的皪；长眉连娟，微睇绵藐，色授魂与，心愉于侧"。

虽然看不太懂，但也能感觉出来这都是好词，前面的不用管，关键是最后一句"色授魂与，心愉于侧"。翻译一下就是美色诱人，让人神不守舍，难以把持。

张衡在《思玄赋》里形容洛神是"咸姣丽以蛊媚兮，增嫮眼而蛾眉"。也是说美得令人忘掉自我。而宓妃的经历也证明了这一点。她的来历可不简单，这个"宓"字就带着家族荣光。

因为"宓"字是个通假字，通"伏"。伏羲的伏。

在传说里，伏羲和女娲是一对兄妹，为了人类的繁衍两人结为了夫妻，而宓妃就是他们夫妻的结晶。三国时如淳注解《上林赋》就说："宓妃，伏羲氏女，溺死洛水，为神。"作为领导的孩子，她竟然淹死在了洛水里，在哪儿跌倒，就在哪儿成神，所以她成了洛水之神。

而洛水原本是有神的，名叫洛伯。《竹书纪年》上说他还曾经带着人去和河伯打过一架。

把这两个事串起来看，脑补一下，可能是洛伯看着宓妃太美，于是不由自主把她拉到了洛水里，从此两个人快乐地生活在了一起。但是黄河之神河伯冯夷看上了她，为此河伯和洛伯发动了一场战争，自然是洛伯败北，从此这个神就很少出现了。宓妃从此就落入了河伯手里。

但螳螂捕蝉，黄雀在后，另一大神羿出现了，屈原在天问里说："帝降夷羿，革孽夏民。胡射夫河伯，而妻彼雒嫔？"说天帝派遣羿来到人间，帮助夏民消除忧患，他为什么箭射河伯，夺取他的妻子洛嫔？这里的洛嫔就是宓妃（东汉人王逸注解时就是这么说的）。也就是说宓妃最后又和羿走到了一起。

从这些虚无缥缈的故事里，可以看出洛神宓妃因为自己的美貌，感情经历是何等的曲折。我猜，大概她在跟了羿之后，改了个名字叫嫦娥，得到不死药之后，赶快吃掉，宁可碧海青天夜夜独守寂寞，也不愿意被强者裹挟随波逐流。

甄氏的命运和洛神像极了。

《三国志》和裴松之搜集的注解记载了甄氏从小劝父母不要积攒金银珠宝，劝姐妹不要看热闹，要多读书多做女红等事迹，就为了证明她不但美丽，而且懂事，当然她也有神迹，晚上睡觉，经常有个神仙来为她盖被子。

但是长得那么美，懂得那么多道理，被那么多人爱，并不能过好这一生。

她跟宓妃一样，这一生的命运都被强者所裹挟。她嫁给第一任丈夫袁熙肯定是因为袁家势大，被看上就没有选择。可以参见孙坚当年娶吴氏的事，吴氏便是三国演义里的吴国太，孙权的妈妈。《三国志》里说一开始吴家人不乐意，孙坚非常生气。最后是年轻的吴氏说："何爱一女以取祸乎？"——怎么能因为我一个人给家里带来祸患呢？于是就嫁给了孙坚。

甄氏当时的处境肯定也是如此，她只能用自己的美貌为娘家换来一张护身符。但没想到这护身符并不牢固，很快就被另一个强者撕碎了。

当邺城陷落，袁家被连根拔起，按说覆巢之下没有完卵，但是当曹丕拿着剑闯进袁家后宅，擦去甄氏脸上的灰尘时，就立刻惊呆了。按照《世说新语》里袁绍妻子刘氏的说法："咱们不用担心被杀了。"很快曹丕迎娶了甄氏，袁绍家不少女眷都仰仗她的美貌得以存续。

两年后，她的第一任丈夫袁熙被辽东太守公孙康所杀，人头送到曹操帐下，这个时候甄氏成为曹家新妇，面对曹丕得意的笑，她内心不知是否闪过一丝凄凉。即便有过，恐怕也立刻被恐惧之心给掩盖了，必须小心翼翼才能活下去。笔记小说《采兰杂志》上说宫里出现一条绿蛇，口吐赤珠，甄氏从这条蛇盘出的形状，悟出来一种发型"灵蛇髻"。灵蛇虽然是假的，但甄氏在后宫日日刻意装扮取悦丈夫之事应该是真的。《三国志》说她十分孝顺婆婆，这都是内心求生欲所致。

尽管如此，她最终的下场还是被曹丕赐死。正史上说因她对曹丕的新宠有怨言，但经历过那么多风浪，她怎会这么不小心呢？《**魏晋春秋**》上说她是被曹丕的郭皇后构陷，受冤而死，死后还用糠塞住她的嘴，让她死后也无处申冤。就连算命的周宣都为她打抱不平。

周宣是当时的术士，最擅长解梦。有一次曹丕说："我梦见宫殿上的瓦掉下来，变成了鸳鸯，这是什么征兆？"周宣回答："这是后宫有人暴死。"曹丕说："刚才我只是开个玩笑，不是真的。"周宣说："梦本是臆想，你刚才一说，便和做梦一样。都可以用来占卜。"话音刚落，就见有太监禀报："后宫有女子内讧，彼此残杀。"曹丕对周宣甚是信服。后来曹丕听信谗言，发出赐死甄氏的密令，他对周宣说："我梦见一股青烟拔地而起。"周宣当即回答："恐怕有个高贵的女子冤死了。"曹丕一听，赶忙要收回成命，但为时已晚。

这怪力乱神的事当然是假的，但就像周宣说的，所有臆想皆由心生，既然说了出来，反映的背后逻辑都是真的。显然大家对甄氏的死充满了同情。

她跟宓妃一样都是拥有美丽却无法自己把握命运的女子。

│ 二、身后是非 │

但是即便死了，两位美女还是无法掌握自己的命运。

各种流言蜚语纷至沓来。

最有名的故事是一女乱三曹。据说曹操要大屠邺城，让人把甄氏叫过来，结果别人告诉他你儿子已经捷足先登了，曹操恨恨地说："我辛苦打袁绍不就是为了她吗？"用曹操父子的争风吃醋来侧面证明了甄宓的美貌。孔融这个刻薄的家伙还出来打趣曹操，给曹操写信调侃："武王伐纣，以妲己赐周公。"把曹操比作周武王，把甄氏比作妲己，把曹丕比作周公。曹操还一脸雾水，我怎么没听过这个故事？孔融说："你不用听说过，你们家正在上演。我从你们家的事上推断出来的。"

对后世影响最大的是曹植的故事，就在甄氏死掉的第二年，曹植从洛阳回封地，经过洛水的时候，遇见了洛神宓妃，写下了一篇《洛神赋》，对洛神的美貌进行了有史以来最详尽的描绘，他也表达了自己的爱慕之情，但人神道殊，两人最后只能分别。

这是曹植对洛神的一篇想象之作，在他之前，许多文人都表达过对洛神的向往。

例如屈原在《离骚》里说"吾令丰隆乘云兮，求宓妃之所在，解佩纕以结言兮，吾令謇修以为理"。屈原为了得到宓妃，让雷神丰隆乘云去找，让謇修（伏羲手下的臣子）去做媒。《淮南子》里对成仙后的想象是"妾宓妃，妻织女"。张衡在《思玄赋》里让"载太华之玉女兮，召洛浦之宓妃"，要让宓妃过来服侍自己。最绝的是杨雄，他从宓妃的美貌里看出了红颜祸水的意思，在《羽猎赋》里竟然要"鞭洛水之宓妃"，在《甘泉赋》里他也要"屏玉女而却宓妃"。这显然是一个渣男求之不得后的变态心理（当然更高级的解读是为了讽谏）。

从这个角度来看，曹植写《洛神赋》也没有什么稀奇的，不过是文人对神女的意淫而已。但是才高八斗的他写得太好了，成了千古佳作，偏偏又写在甄氏去世不久，于是大家就把甄氏和宓妃联系起来了。唐朝李善在注解《昭明文选》的时候讲了一个故事，当年攻陷邺城的时候，曹植就喜欢上了甄氏（事实上那一年他才十三岁，够早熟的），但哥哥已经得手，他只能弹琴寄相思。等到后来甄氏死去，曹丕竟然把甄氏生前一个枕头送给曹植。曹植带着这个枕头回去了，走到洛水边，甄氏出现了，说这个枕头是我嫁给曹丕前送给他的，今天送给你，按说我应该来自荐枕席，一补生前遗憾，但是我被郭后杀死，死状太惨，不忍让你看见。说完就不见了。于是曹植就写下了《感甄赋》，把甄氏比作洛神。后来甄氏的儿子魏明帝曹叡觉得这个题目太露骨了，对妈妈的名声不利，于是就改成了《洛神赋》。

这个故事显然也是在抒发对甄氏之死的同情，但这个把甄氏和洛神联系起来的点子太妙了，再加上曹植《洛神赋》太过著名，这个故事就此发酵起来。一个才高八斗却郁郁不得志的王孙，一个艳绝天下却被构陷惨死的后妃，这两人之间的故事想想就让人充满了同情，于是这样的故事就越来越多。李商隐在诗里就不止一次提到这事,"贾氏窥帘韩掾少,宓妃留枕魏王才。"(《无题》)"宓妃愁坐芝田馆,用尽陈王八斗才。"(《可叹》)"君王不得为天子,半为当时赋洛神。"(《东阿王》)在他笔下,洛神宓妃和甄氏已经是同一个人了。

不光诗里这么写,唐传奇里还让宓妃现身说法,按照《传记·萧旷》的故事,萧旷在河边弹琴,有美女出来相会,自称洛神,萧旷本着认真负责的八卦精神问道:"听说洛神就是甄宓,曹植那篇《洛神赋》,本名就是《感甄赋》可是真的?"洛神说:"对,当年我爱慕曹植文采,结果被曹丕杀死,魂魄出在洛水之上,与他一见。"萧旷又问:"那曹植现在去哪儿了?"言外之意,你们两个现在应该快乐地生活在一起了。哪知道甄宓说:"他现在已经是遮须国国王了。"才高八斗的曹植竟然成了这么一个神奇国度的国王。

但也有故事里不认可这一说法的,《酉阳杂俎》里说洛神是一个醋坛子打翻的女人,有个叫刘伯玉的男人,经常在妻子段明光面前朗诵《洛神赋》,还说:"得妻如此,此生无憾,夫复何求。"段明光一听,勃然大怒:"不就是个水神吗?淹死到河里就成了,我也能。"于是投河而死,七天之后给丈夫托梦:"你不是想娶洛神吗?我已经死了。"刘伯玉吓得一辈子不敢过河。段明光在河里,继续酿醋,看见长得好看的就要大发风浪,看见长得丑的就风平浪静,搞得过河的女子都很尴尬，漂亮的害怕船翻，故意毁坏妆容，丑的害怕别人笑话，也要弄坏妆容。当时都出现了谚语："欲求好妇，立在津口。妇立水旁，好丑自彰。"

整个故事听起来像个段子，应该是当时人用来调侃的。到了清朝，有人从这个段子上得到灵感，写了另一个宓妃的故事。《耳食录》上说，这段氏死后成为的不是洛神，而是一个妖神，兴风作浪日久，渐渐坐大，开始欺负真正的洛神。洛神宓妃无奈只好向遮须国国王曹植求救——毕竟这事都因曹植那篇文章而起。曹植派出大军帮宓妃抵抗，但是段明光却打起了游击战，你来我退，你退我犯。遮须国距离洛水太远，不能一绝后患。于是宓妃以楚楚可怜的模样向人间一个侠义之士求救，该侠义之士到军营里查看近年来战死的士兵，用法术请他们的亡灵出来组成军队。侠义之士亲自率军队讨伐段明光，连战连捷，最终俘虏了段氏。并把她五马分尸。（鬼哪儿来的尸？）宓妃答谢了侠客很多珠宝，侠客在尘网二十年，当了大官之后急流勇退，开始修道，后来就和宓妃一起快乐地玩耍了。

宓妃在这里的设定还是很弱，虽然不被强者裹挟了，但还是要仰仗强者的帮助。康熙年间有个戏曲《洛神庙》，故事里甄宓死后"兼司世上姻缘，若遇有情人，海枯石烂，准许你朽骨重生，逢着负心的雨覆云翻，便教他披毛永堕"。甄宓作为洛神还管着月老的事，能让有情有义的死而复生，让负心薄幸的变成畜生，这权力已经超过月老了。

既然可以安排姻缘，她自己的姻缘当然也可以安排，《聊斋志异》里她为自己安排了刘桢。这刘桢是建安七子之一，邺下风流人物，曹丕还是太子的时候请众人饮酒，甄氏出拜，众人赶忙跪拜，唯独刘桢与甄氏对视，结果曹操听说了，对刘桢这种不懂礼貌的行为大为生气，将他收入监狱，差点判了死刑，后来经过曹丕求情，改成劳役。

蒲松龄大概觉得刘桢太冤了，就在人群中多看了一眼，就坐牢了，于是专门写了篇《甄后》的故事，说这刘桢的后世身名为刘仲堪，在洛阳苦读，甄宓来找他，说："答谢你当年多看我一眼。我今天来报恩了。"刘仲堪还问："你不怕曹丕吗？"甄宓痛骂："贼父庸子，提他作甚。"于是两人共度良宵，春风一度之后，甄宓离去，再没回来。

刘仲堪得了相思病，甄宓后来给他送来当年曹操后宫的一个女子作为替代品。有一天这女子街上碰见一条狗，这狗咬住她就不放，费了好大劲才打走。这女子吓得脸色惨白，说："那狗是曹操后身……"堂堂魏武大帝竟然成了狗——充分说明曹操在民间的形象这时候完全崩掉了。

而甄宓再不是先前被强者牵着走的形象，这也是她多年奋斗的结果。女性彻底的胜利是不再单方面作为男性的欣赏对象，而要成为欣赏主体去品评男性，例如，为什么洛神不能是个男的？

明朝末年，才女柳如是和才子陈子龙交好，陈子龙在为柳如是写的诗里就说"虚怜流盼芝田馆，莫忆陈王赋里人"。就把她比作洛神，但是柳如是却不以为然，她说："你们男人就爱对女性品头论足，今天我要为女性张目，我要写上一篇文章，评论一下你们。"随后她就写出了一篇《男洛神赋》，不过这男洛神是以她男朋友陈子龙为原型写的，后来陈子龙参加抗清起义军，兵败时投河而死，大概他也成了洛神吧。

三、男洛神

实际上在传奇故事里，还真有一个男洛神，《洛阳伽蓝记》里说北魏孝昌时候，天下大乱，洛阳人骆子渊被征发到彭城去当兵，他的战友樊元宝回老家探亲。骆子渊就写了一封家书，让他带回去。他告诉樊元宝："我家就住在灵台南边靠近洛河的地方，你到了那里自然有人见你。"

这个灵台是东汉时的国家天文台，到了北魏估计还在使用，是个地标性建筑。樊元宝回到洛阳就去了那里，但是灵台南边空荡荡的，并没有人居住。樊元宝正不知道怎么办，一个老人出现了，问他来这里做什么。

樊元宝说明原委，老人立刻高兴地说："骆子渊是我儿子。"说着带樊元宝来到自己家里。说来也奇怪,刚才还荒无人烟的地方,忽然就有了一座大宅子。樊元宝跟着他走进去,宾主落座,老人还让下人上酒。就在此时,樊元宝看见一个婢女抱着一个死孩子从厅堂前过去,樊元宝很是惊讶,但也不敢多问。

很快酒上来了,那酒竟然是红色的,但很是美味。顺便说一下,葡萄酒在西汉就流传到中原王朝了,但当时非常珍贵,贵人才能饮到,樊元宝大概以为自己喝的是葡萄酒吧。

樊元宝和老翁相谈甚欢,因为樊元宝告辞的时候,老翁还依依不舍,二人结下了深厚的友谊。

但是樊元宝刚一出门,老翁忽然不见了,他的家也瞬间消失,眼前只有滔滔东流的洛水,最诡异的是这洛水中还有一个刚刚淹死的小孩子,小孩子鼻子里还流着鲜血,就是刚才看见的那婢女所抱的孩子。樊元宝满腹狐疑回到彭城,去找骆子渊,这人仿佛已经人间蒸发了,没有人知道这个人,更没人知道他去哪儿了。

故事的最后,作者说:"元宝与子渊同戍三年,不知是洛水之神也。"两个人在一起三年,樊元宝竟然不知道他是洛神。

这个洛神怎么看都不像是善神,他们家族取小儿性命,饮人类鲜血,这个故事出现在兵荒马乱的北魏孝昌时代,那时候的洛阳太后毒死自己的儿子,将军叛乱……洛阳成了一个修罗场,这洛水之神自然也呈现出这么凶恶的一面,但是身为洛神,为什么要去当兵?他大概也是要在这人间走一走,看看世间兵戈离乱,将来好在神界有一番作为吧。

只可惜,这位男洛神就在此昙花一现,在《耳食录·宓妃》的故事里,他成了宓妃手下一名将军,但是统兵无能,在和段明光的战斗中屡战屡败,最后宓妃罢免了他,请来了外援——那位侠客。这时候骆子渊在神话故事里已经沦落为衬托别人高大形象的一个配角。

到了唐朝,武则天也拿洛神做过文章,武则天那会想要称帝,就有人为她献上祥瑞,说在洛水边捡到了一颗石头,上面刻着"圣母临人,永昌帝业"八个字。因为自古便有洛水出神图献给大禹的故事(著名的河图洛书),这事非同小可。

武则天一看,这是洛神向我献媚来了。当即带领群臣来河边拜祭洛水神,她给洛神封了个官"显圣侯",还禁止在洛水上打鱼垂钓,保护洛水生态——也算是这位女皇投桃报李了。

只可惜武则天并没有提及洛神是男是女,是甄氏还是宓妃,大概这都不是她关心的点,作为封建王朝地位最高的女政治家,只要洛神保佑自己就行了,其他的都可以忽略。

武则天登基称帝之后,她还和洛水发生过一段故事。《独异志》里说,有一年天下大旱,武则天就让高僧昙林法师讲《仁王经》,以求感动苍天,降下甘霖。

当时来听经的人特别多,昙林法师特别关注两位须发皆白的老人,他暗中观察了很久,知道两位不是凡人,就派手下暗暗告诉他们下课后一叙。

讲经完毕,昙林法师说:"二位不是凡人?"两个老人赶忙承认:"我们是洢水和洛水里的龙,一心向佛,所以前来听经。"昙林法师说:"那你们知道我在这里讲经的目的是为了求雨吗?"

两条龙说:"下雨要有玉帝圣旨的,没有圣旨,我们无论如何也不敢下。"昙林法师问:"怎样才能让玉帝下令呢?"两条龙说:"给他写一封奏章,但是这奏章必须由修道之人来写。"

昙林赶忙报告给武则天,武则天就让人把修道的孙思邈请来,这位药王向玉帝修书一封,果然当晚大雨滂沱。

看来什么洛神、龙王都不管用,关键时刻还得看人间圣手的。

其实哪里有什么神,人类从来都是自己的神。

四、针神夜来

看各种野史,曹丕的后宫里可真是人才济济,光仙女就有两位。除了甄宓,还有一位薛灵芸,这位在民间传说里赫赫有名,被奉为针神,被称为"夜来"。

东晋《拾遗记》记录了这位"神女"的故事。

话说薛灵芸父亲原本是常山一带的亭长,属于曹魏的基层工作人员。薛灵芸年轻的时候,晚上自己家里点不起烛火,就和邻居家的妇女们一起燃麻蒿高照,在灯下做活计。

由于长得太美,附近的少年经常前来偷窥她,而在笔记故事里,神女是不可能被看到的——但是不被看到大家怎么知道她是个美女呢?这个逻辑笔记故事作者就不管了。

反正这个隐形而又著名的美女名气越来越大,当地的太守都听说了。太守于是亲自去见了见,面对领导,薛灵芸还是能被看见的,太守一见,惊为天人,当即下了聘礼——他不是为自己,而是为当时的皇帝曹丕下了聘礼,随后他把薛灵芸送到洛阳。

薛灵芸只能拜别父母上路了,临走的时候,她哭着告别父母,上了车还哭个不停。太守让人用玉壶盛她的眼泪,眼泪掉到玉壶,竟然都变成了红色,从常山到洛阳,一路走来,壶中积攒的泪水凝结如血——这是人吗?这怕不是个妖怪吧。

曹丕听说了,派出十辆车来迎接她,这十辆车都美轮美奂,堪比现在的玛莎拉蒂,车有两大特点:第一是音响。这车的车轫之前挂着龙凤衔百子铃,行走起来,铿锵和鸣,声振山野。第二是这驾车的青牛乃骈蹄之青牛，什么叫骈蹄？就是这牛长了马的蹄子，马的速度，牛的力量，跑起来日行三百里。这牛乃是外国进口，来自尸涂国——这个国家的名字怎么这么不吉利呢？不过听起来倒是个神秘的国度。

派出这么豪华的车辆还不算，曹丕还让人在道路两旁燃烧石叶之香。这也是进口的香料，来自光听名字就觉得很神奇的腹题国。这香料既然名叫石叶，也就是石头上的叶子，这叶子重重叠叠，宛若云母，烧出来的香料能辟邪。

一路上烧这么名贵的香料，这该多费钱啊，但是曹丕不管，为了美女芳心，这点钱算什么。

薛灵芸走到距离洛阳十里的地方，曹丕又玩出了新花样。他让人在沿路每一里制作一个铜华表，高五尺左右，好让手下随时向他报告美女走到哪里了？

曹丕已经等不及了，这最后十里路正好是在夜间行走，为了不耽误薛灵芸夜间行路，他派人沿途点燃烛火，十里路不带熄灭的，迎接她的车辆来来往往，都掀起了雾霾，遮蔽星月，不过当时人不知道什么叫雾霾，还取了一个很有诗意的名字"尘宵"。

曹丕在洛阳专门修建了一座三十丈的高台，绕着台子摆列蜡烛，名为烛台，远远看去宛若星辰落到了人间。

终于，她来了，曹丕乘坐着雕车玉辇亲自迎接，他看见自己安排下的排场如此隆重，不禁有点小激动，说："过去都说'朝为行云，暮为行雨'，但是今天不是朝，也不是暮，既不是云，也不是雨。"——于是乎曹丕为薛灵芸改了个名字：夜来，意思是晚上来的。薛灵芸这个小地方来的灰姑娘就这样被带到了豪奢之地。

当时有人写诗记录此事："青槐夹道多尘埃，龙楼凤阙望崔嵬。清风细雨杂香来，土上出金火照台。"

最后这一句本意是说在地上修筑铜柱（土上出金），有人说这句诗预言了曹魏的灭亡。

因为汉朝五行属火，曹魏五行属土，按照五行相生的道理，火生土，所以曹魏能够让汉献帝禅让。但是土生金，既然土上都出金了，岂不是有一个五行属金的王朝要替代他？这属金的自然是晋朝。

这显然是后人强行附会的，不说别的，单是曹魏时期能把七言诗写得这么成熟就不可信，我们现存的最早最完整的一首七言便是曹丕所作的《燕歌行》，他写出来的味道是这样的："秋风萧瑟天气凉，草木摇落露为霜，群燕辞归鹄南翔。念君客游思断肠，慊慊思归恋故乡，君何淹留寄他方？"

这句句押韵的风格，读起来还真是爽利。

薛灵芸就这样成了夜来美人，自然深受曹丕喜欢。

曹丕对她怜惜到什么地步？有外国友人敬赠给他火珠龙鸾之钗，他送给夜来。这么贵重的东西，他却担心夜来的头承受不了这样压力，经常关心地问："这钗子是不是太重啊？"

要知道薛灵芸可是穷苦人家出身，这点重量算得了什么？而且她还有一门绝活，年轻的时候不是经常和大家一起做女红吗，练下了好手艺，缝制的衣服十分得体。而且，她晚上缝制时竟然连蜡烛都不用点，暗夜丝毫不影响缝制，这用针的水平堪比东方不败了，所以她在后世被奉为针神。

合着曹丕费了这么大劲，就为了给自己娶一个裁缝。

当然裁缝容易找，但是这么美的裁缝不多见。曹丕曾经修建过一座凌云台，后人传说，这"凌云"便是"灵芸"，这台子便是为他的这位裁缝所建。

所以她的故事在笔记小说是流传越来越广，后来的许多文人都在诗里提到她。红泪成了一个典故。李商隐和朋友送别就写道："水仙欲上鲤鱼去，一夜芙蓉红泪多。"

但这都是神话，实际上，薛灵芸的确是一个贫贱出身的美女，在后宫里靠着自己美貌和女红赢得宠信。但这宠信只是一时的，很快她就被别人取代。她和另一个美女莫琼树的宫斗故事足以将她的神女形象打落凡间。

莫琼树人长得美，又善于化妆，她喜欢将面颊两旁贴近耳朵的头发梳成薄而翘起的形状，远望如蝉翼，后宫纷纷效仿，堪比当年甄氏的灵蛇髻。

莫琼树很快就吸引了曹丕的关注，赢走了薛灵芸所有的宠信。薛灵芸和其他失宠的美女决定调戏莫琼树一番，在她发油里放了香油，正是盛夏时节，她和曹丕走在一起，苍蝇、蚊子各种飞虫都被吸引过来，围绕着莫琼树嗡嗡飞个不停。后来曹丕得知真相，大为生气，罚薛灵芸等一干美女一天不吃饭。

看来神女的故事都是后人编出来的神话，在权力面前，她们不过是宫斗戏中让人笑话的谈资罢了。

"重生者"蔡邕：身后是非谁管得

《殷芸小说》上记载了一个传说，张衡死的那个月，蔡邕的妈妈怀孕了，而且这两个人长得很像，所以蔡邕是张衡的后身。

《殷芸小说》是南朝梁时的一本书，当时正是佛教兴盛的时期，转世轮回这样的传说大为流行，所以就让张衡轮回了一下。实际上，张衡死在东汉顺帝的永和四年（公元139年），而蔡邕出生在东汉顺帝的阳嘉二年（公元133年），也就是说张衡死的时候，蔡邕已经六岁了，他这转世灵童来得未免着急。

虽然很荒唐，但我很喜欢这个传说。如果真的是张衡轮回的话，那就很好地解释了蔡邕为什么这么天才。

一、带着才华重生

蔡邕作为张衡的重生者，他具备了张衡所有的文学才华，后世提起此时的汉赋，必然将两个人并举。一般都说蔡邕在张衡的基础上丰富了汉赋的内容，拓展了汉赋的表达技巧。人，当然是要进步的嘛。

除了文采，蔡邕还精研经史，勘定教科书——儒家经典。由于当时的著作主要靠手抄，出现鲁鱼亥豕这样的错误在所难免，加上有俗儒故意穿凿附会，导致版本不一，五花八门，解释起来也众说纷纭，莫衷一是。蔡邕梳理文字，正本清源，制定出标准内容，镌刻成碑，立在太学门口，昭告天下，后世称为《熹平石经》。一时之间，前来观碑摹文者每天上千人，街道都堵塞了。

不过，张衡在历史上更牛的一个身份是科学家，他的地动仪和浑天仪，后来的封建王朝历史上没有人能望其项背。但作为后身的蔡邕，虽然也有人说他精通天文，但未见有多大成就。或许张衡想要体验不同的人生，作为重生者的蔡邕完全抛弃了张衡理科生的人设，变成了一个文科生。除了文学作品和经史研究，蔡邕的天才全部挥洒在了音乐和书法上，在这两方面被传得神乎其神。

在书法上，蔡邕取前人之长，提倡八分体，同时还独创了新的书法类型：飞白体——他在鸿都门下待诏，见匠人刷墙而悟出来的一种书法。

这些只能说明他是书法界的高手，更神奇的传说，说他的运笔之法影响了千年书法史。

现在提起书圣，我们都知是王羲之，却不知王羲之运笔之法得之于卫夫人，卫夫人师承钟繇，钟繇是蔡文姬的弟子，而蔡文姬是跟爸爸蔡邕学的。蔡邕的笔法呢？得自天授。话说蔡邕在嵩山学习，偶入一间石室，在这里他得到了一本天书，上面的字都散发着光芒，蔡邕一看，这是周朝的史籀和秦朝的李斯的笔迹啊，高兴得连连大叫，三天不吃饭，学会了运笔之法。

这完全是武侠小说入深山得奇遇的套路，但是这事堂而皇之地记录在唐朝张怀瓘的《书断》上，也不知道他作为一个唐朝人，从何得知这些。可见唐朝之前，蔡邕在书法史上的地位完全是开山鼻祖级别的了。所谓得自神人云云，不过是因为他作为集大成者自成一派，已经看不出师承了。

在音乐上，蔡邕的神话就更多了。他的书法得自天授，他的音律竟然得自鬼谷子。《太平御览》辑录过一个传说，蔡邕去深山寻访鬼谷子所居，这山里有五曲，每处都有鬼谷所住之灵迹，蔡邕感幽灵之力，在每个地方制作一弄，三年之后曲成，出山之后，世人无不为其音律折服。

蔡邕的天才不光在音乐创作上，还在音律鉴别上，他能在琴声里听出弦外之音。他去朋友家里做客，没有进门就听见朋友弹琴，但是这琴声里隐隐有杀声，他赶忙回家，事后才得知朋友弹琴时看见了螳螂捕蝉，不由得将这份杀心融入琴声了。后来武侠小说常有用乐声杀人的桥段，大概灵感就来源于此，按照这个套路，蔡邕应该是绝顶高手了。

蔡邕不光耳朵好，眼光也好，他简直是乐器的伯乐。

一截桐木本来已经塞进灶下开始生火了，蔡邕从燃烧的声音里听出这木头的音色不同凡木，从火中取出，做成流传千古的焦尾琴。

他流亡途中，住在柯亭驿站，见这里用竹做椽，回来后跟人说这椽子里第十六根可以做笛子，人们取下来，制成笛子，果然音质卓越。这个故事记载在《搜神记》上，是个神话，但是《晋书》上说桓伊用的笛子便是柯亭笛，他曾用这笛子在建康的青溪桥为王子猷弹奏过《梅花三弄》。

而王子猷是王羲之的五公子，魏晋风流上到处都有蔡邕的身影。

二、重生也没过好这一生

如果像《殷芸小说》记载的那样，张衡死的那个月，蔡邕妈妈怀孕。我不禁想，作为一个天才，他为什么这么急着重生呢？他肯定有什么前生未了事，要以蔡邕之名去完成。

但张衡这一生过得还算顺风顺水，他年轻的时候供职于南阳太守手下，后被朝廷派专车接到京城任职，在太史令这个职务上一干就是十四年。尽管官位不大，但是他在这个位置上搞出了地震仪和浑天仪这样流传千年的仪器，现在还摆在博物馆彰显民族的文化自信。晚年外封河间王的国相，回到朝廷后又担任尚书。

按说不该有什么遗憾，但是细读《后汉书》，有这么一个细节：汉顺帝问张衡天下人所痛恨的是什么，张衡本来要仗义执言，结果宦官们一起拿眼睛瞪他，张衡吓得不敢说话，随意应付了两句，尽管如此还是遭到了宦官们的构陷和污蔑。这件事恐怕成为张衡心里永远的痛，所以他要重生一次，他要把这一辈子没敢说的话说出来。

但是蔡邕时代的宦官已非张衡时代的宦官了。

当年汉顺帝身边的宦官之所以猖狂，是因为汉顺帝是靠宦官政变才得以上位的，他以为自己重新来过，换了皇帝就会好，没想到历史很快就重演了。

根子还是汉顺帝那会种下的。汉顺帝死后，梁太后摄政，外戚坐大，其兄大将军梁冀权势熏天，人称跋扈将军。兄妹二人先立三岁的刘炳为帝，刘炳当年便死了。又立了八岁的刘缵为帝，因为不好控制，梁冀直接将他毒死。后来改立了十四岁的刘志为帝，是为汉桓帝。汉桓帝不甘心做傀儡，依靠宦官诛杀梁冀，功劳最大的五个人单超、徐璜、左悺、唐衡、具瑗被封为侯，人称五侯。太监的权力再一次登上顶峰。

这一年蔡邕二十六岁，他还在家乡读书，但是他的名气已经传到了五侯耳中。五侯之一的徐璜替皇帝下令征召蔡邕入京，要蔡邕为他们演奏音乐。蔡邕走到偃师知道了真相，他虽然有平生未了的心愿，但也不能自投罗网，于是掉头回去了。

在家乡，他又住了十年。这十年中发生了著名的党锢之祸，眼看着陈蕃、李膺、范滂等许多名臣都被下狱，遭受酷刑，蔡邕大概很庆幸自己当年没有入朝为官。

终于，公元168年，汉桓帝死了，汉灵帝即位。当年就发生了第二次党锢之祸，宦官们发动政变，诛杀陈蕃、窦武等一干大臣。

蔡邕大概认为这时候风波已经过了，他接受举荐，开始出来当官。他先在地方上干了两年，四十岁的时候来到京城任职，在东观任校书。东观是东汉的国家图书馆和档案馆，蔡邕的工作是一名资料整理员。

这一干便是六年。这六年他整理儒家经典，镌刻了《熹平石经》，为《东观汉记》补上了《十志》。如果不是汉灵帝秘密诏问，他的人生估计还会平静地过下去。

只因当时灾害频发，就如同《三国演义》一开篇所写的那样，天降各种异象，一会屋顶掉大蛇，一会下冰雹，一会地震，一会母鸡变公鸡……面对种种怪事，灵帝大概觉得蔡邕懂得多，就想从他那里得到一个解释。

这次询问和当年汉顺帝的询问何其相像，不同的是，顺帝当年是当众询问，灵帝是秘密询问。蔡邕终于等到了这次机会，于是他写了《对诏问灾异八事》，对当时朝政弊端秉笔直书，其中不乏后宫弄权，宦官干政之说。

很快宦官们就知道了，他们虽然不会解决问题，但是会解决提出问题的人。蔡邕立刻被赶出京城，全家被流放到今天内蒙古包头附近的五原安阳县。

本来第二年遇见了大赦天下，他可以回来了。但是宦官集团不肯放过他，蔡邕亡命江湖。就在流亡期间，他从火里救出一块桐木，制作成了焦尾琴，从屋顶房梁的竹子上，看到了柯亭笛。他还见到了王充《论衡》书稿，大力推崇，让这部书得以流传。但是他这个人才却没有被人发现，他就这么流亡了十二年。

一直到后来，袁绍诛杀宦官，董卓入京，把持朝政。董卓这个传说中残暴成性的军阀却成了蔡邕的伯乐，他要求蔡邕到朝廷里来，蔡邕拒绝了，这时候的他只想安安静静地生活。结果董卓觉得自己没有面子，很生气："不来就杀你全家。"蔡邕只好上任。

董卓虽然在历史上名声不好，但对蔡邕是真好，三天之内，蔡邕的官职从祭酒一路升迁到中郎将。然而好景不长，董卓被王允设计杀害。蔡邕的伯乐就这么没了，他不由叹息了一声。

这一声叹息，让王允不高兴了，认为蔡邕的立场有问题。蔡邕赶忙认罪，说愿意接受惩罚，您在脸上刺个字也行，砍我的腿也行，您留我一条命，让我把《汉书》十志写完。王允一声冷笑："当年汉武帝不杀司马迁，留下了一部谤书《史记》，现在怎么能留下这样的人再写文章呢。"于是蔡邕死在了狱中。

他这一生，在宦官面前谨小慎微，两次党锢之祸都没有伤及分毫，流亡江湖十二年还能苟全性命，最终却死在了一个士大夫手里。

三、彼皆人主咱其奴

蔡邕被杀在当时引起一片惋惜之声，人们并没有因为他在董卓手下工作过而诟病于他。曹操这样坚定的"反董派"，从不以蔡邕在董卓手下当官为意，他称自己和蔡邕是管仲和鲍叔牙之交。所以后来他才要设法把蔡邕的女儿从匈奴赎回来，除了保留文化，更是对老友在天之灵的一个交代。

孔融也是蔡邕至友,蔡邕死后,他非常痛心。手下一个虎贲将士长得和蔡邕很像,孔融每次喝醉,就对着这个虎贲将士絮絮叨叨:"虽无老成人,尚有典刑。"——故人不在,还有样子可循。

《后汉书·蔡邕传》上说蔡邕死后,他的家乡河南陈留间都悬挂蔡邕画像作为纪念。可见蔡邕当时很受人敬仰,但是流传到后世,因为和董卓这段关系,人们对蔡邕就有了微词。

例如,范晔在《后汉书》里把蔡邕和马融的传记放在一起,恐怕不光因为他们俩都是经史学家,更因为马融依附于梁冀,这一点和蔡邕为董卓所提携性质相同。但范晔也对蔡邕表现了同情,毕竟蔡邕是出于无奈,而马融是甘心投靠。到了《颜氏家训》,颜之推就说"马季长佞媚获诮,蔡伯喈同恶受诛"——马融因为谄媚权贵为世人所羞,蔡邕则因为依附恶人而被杀。

这时候尚且如此,到了宋朝,民族矛盾激化的时候,蔡邕这个缺点就更被无限放大了。蔡邕被传说成忘恩负义的"渣男",出现了一个故事《赵贞女和蔡二郎》。

故事里的蔡二郎便名蔡伯喈(伯喈是蔡邕的字,"伯"本该是老大之意,不知为何要称为二郎),说的是蔡伯喈上京赶考(生生把科举制度提前到了东汉),留下妻子赵五娘在家里奉养双亲,蔡伯喈到京城便高中状元,娶了宰相的女儿,乐不思蜀,早忘了家中的父母妻子。赵五娘在家里奉养公婆，公婆死了之后，她用裙子包土为二老筑了一座坟。天感其孝，降下一个琵琶，赵五娘背着琵琶上京寻夫。蔡伯喈不肯相认，还纵马踩踏赵五娘，这时候一个惊雷劈死了蔡伯喈。

这个故事只是借了蔡邕的人名，不管是历史背景还是故事情节都与真实的蔡邕完全无关，若把蔡邕替换成陈世美现代人可能更熟悉，实际上这个故事也正是《铡美案》的前身，不过后来把惊雷改成了包青天的那口龙头铡。

故事虽然荒唐，但在当时流传非常广，影响非常大。陆游当年路过一个赵家庄，便听得一个盲乐师在唱这出故事，陆游自然知道这和真正的蔡邕毫无关系，但是又能如何，他出来解释也不会有人听。他写了一首诗感叹："斜阳古柳赵家庄，负鼓盲翁正作场。身后是非谁管得，满村听说蔡中郎。"

到了元朝，有人发现了这个故事的荒唐，杂剧作家高明改写了这个故事，重新取名为《琵琶记》。蔡伯喈上京赶考，虽然入赘丞相府，但思念家中妻儿。妻子上京寻夫，两人相认，蔡伯喈禀告丞相，丞相应允他夫妻相认，于是蔡伯喈带着新欢旧爱一起回家为父母上坟。完全是大团圆的结局。

这就完全是贺岁片的套路了，所以也更受大家欢迎。这个故事在明朝流传很广，朱元璋都说《琵琶记》"山珍海错，贵富家不可无"。但这样的故事，对蔡邕的形象翻转真的有用吗？

当时还有一出大团圆结局的杂剧叫《醉思乡王粲登楼》，说的是建安七子之一王粲和蔡邕的故事。

蔡邕和王粲，历史上两人是提携和被提携的关系，当年名不见经传的王粲第一次去拜见蔡邕，蔡邕家里正在搞聚会，一屋子上流社会名人，听到王粲的名字，蔡邕撂下其他人，倒履相迎。还将自己的藏书悉数赠予王粲。

元杂剧里，蔡邕成了宰相，一出场先来一首定场诗："龙楼凤阁九重城，新筑沙堤宰相行。我贵我荣君莫羡，十年前是一书生。"完全一副封建老干部做派。

王粲是他故人之子，前来投靠于他。蔡邕看他一脸傲气，有意让他遭受一下社会的打击，便邀请曹植对他进行了一番嘲笑。临了偷偷让曹植送他金银，派他到南方刘表那里寻找出路，后来王粲官拜兵马大元帅，风风光光回到京城，去见蔡邕，想要报复一番，曹植说出当年蔡邕的苦心，王粲赶忙跪地谢恩。

故事基本上还是胡说八道的套路，只不过借用了三国人名，和真实的历史没有半点关系。不过这个故事里的蔡邕已经从忘恩负义的"渣男"变成了用心良苦的大叔。但是，以这种胡编乱造的方式翻案，帮不了蔡邕任何的忙，看到这样的故事，谁会把他和东汉那个蔡邕对上号呢？

真正有用的翻案还必须把故事放到当时的历史环境里去，这一点《锦云堂暗定连环计》这个杂剧就特别好。

在这个故事里，蔡邕成了王允连环计里的关键人物。他侍奉董卓，实出无奈，自然"身在董营心在汉"。故事一开始，太白金星来到董卓家门口，要点化董卓，希望他忠心保汉朝，不要妄生不臣之心。他大笑三声，大哭三声，骂董卓早晚要死。董卓出门去看，太白金星朝他头上扔了一匹白布，便升天而去。打开这白布，两端各是一个"口"字，中间有两行字："千里草青青，卜曰十长生。"董卓的谋士李儒不解其意，只能找蔡邕来解。

蔡邕一看便知道，"千里草"是个"董"字，"卜曰十"是个卓字，这两端的"口"字显然是个"吕"字，加上这匹布，那自然是吕布了。于是他就向董卓解释道："这布长一丈显然是十全之意，意思是，太师要登大宝，全靠吕布啊。"董卓一听哈哈大笑。

蔡邕这里应付了董卓，转头去找王允，对他作出了真正的解释："这布足足一丈，表示董卓气数已足，早晚要死，此言写在上下两个'口'的布上，表示董卓必然死在吕布之手。"

这个时候王允还没有想起来用貂蝉布下连环计，是蔡邕提出来，说你要用连环计，先挑拨董卓和吕布的关系，用吕布杀了董卓。至于怎么使用，那是你的事了，天色不早，告辞！

蔡邕在这个故事里简直是神仙的代言人，他几乎是这个连环计的战略家，提出这么一个规划，战术的事，就是你王允考虑的了。

王允当晚自然遇见了貂蝉，定下了连环计，拉拢了吕布，一切都在计划之中。但是到了关键的一步，谁去把董卓请出家门，引入他们的包围圈呢？这时候蔡邕又出场了，他来到董卓府上，说群臣已经筑好了受禅台，请你前去接受汉家天子禅让。

董卓高兴地就要出门，拿出朝服，却见上面都是虫蛀鼠咬的窟窿眼，李儒在一旁说不能出去了，这不是什么好兆头。蔡邕说这表示太师要弃旧换新，以后穿龙袍了，这太师服没用了。董卓一听觉得很对，穿上就要出门，走到门口，却见蛛丝在门口结了一张网，李儒说不能去，这表示自投罗网。蔡邕说："这是鼎新革故，您以后要住皇宫了，这太师府留他何用。"总之这一路上，遇见种种征兆，蔡邕舌战李儒，都一一掩饰过去，最后李儒气得自杀，而董卓在蔡邕的带领下一步步掉入了陷阱。

故事里的蔡邕聪明绝顶，大气沉着，很有后来三国故事里诸葛亮风范。

很可惜，后来《三国演义》里把蔡邕的戏份去掉了，蔡邕在大街上抱着董卓尸体大哭，毛宗岗还点评说蔡邕这是在哭董卓对他的知遇之恩，蔡邕成了一个不通大义的书呆子。

  好在现在人看三国故事时很少关注到他，他闺女蔡文姬的人气倒比他高得多，而蔡二郎负心薄幸的形象也被陈世美所取代。倘若他真是张衡的后身，他也许会发出一声牛顿那样的感叹："我能算出天体运行的规律，却无法算出人心的疯狂。"

三国天师演义

一、庄子传道

张角几乎推翻了整个东汉王朝,其作为不在陈胜之下,只可惜《史记》之后再无太史公,无论是陈寿还是范晔,他们那支笔盯住的只有王侯将相,对掀起一个时代风浪的张角,不能如司马迁为陈胜那样作一篇《世家》出来,以至于这个惊天动地的人言行模糊不清。现代人读史只能从忠臣孝子"屠戮妇婴的伟绩"中寻求星星点点的故事。

就因为造反失败,张角的形象就被定格成了一个妖人。

《三国演义》里第一个出场的人物就是张角,书里竟然说他是个不第的秀才,活活把科举考试提前了四五百年。张角入山采药,遇见一个绿眼珠、婴儿脸的老头，老头把他带到山洞里，送了他三卷天书，名为《太平要术》，还叮嘱他好好学习，救助世人，但不得心存邪念，否则要遭报应的。张角忙问："仙人是哪位？"老头说："我是南华老仙。"化作一阵清风而去。

南华老仙是谁？好在李白《大鹏赋》里提到过他，说："南华老仙，发天机于漆园。吐峥嵘之高论，开浩荡之奇言。"显然这是庄子啊。陶弘景《真诰》上说庄子拜长桑公子（西周时的一个神仙）为师，炼出北育火丹，服下后升天而去。庄子在唐朝被追封为南华真人，南华老仙这个名号就得于此。

可是唐朝的名号为什么在东汉就用上了？隋唐的科举都能提前，庄子身为一个神仙，怎么就不能穿越回去收一个徒弟呢？

那么这本《太平要术》大概就是他成仙后的作品，按照庄老师一贯的逻辑：有用就是没用，没用就是有用。这所谓的"太平"就是不太平，不太平就是太平。

他传授给张角这本书，就是要他在大汉朝掀起一场腥风血雨。什么告诫不得心存邪念，不过是此地无银三百两，我还就怕你没有邪念呢，庄周老师一转身就露出一个邪恶的微笑。

张角果然没有辜负他的期望，"苍天已死，黄天当立"这口号千载之下还是听得人血脉贲张。

只可惜他失败了，一面被描述成妖人，一面又成为故事里刘、关、张炫耀功绩的资本。《三国志平话》《三国演义》里，刘、关、张兄弟三人手撕黄巾军，简直如同现在的抗日神剧，所向披靡，基本上哥仨带着五百人就把黄巾军给扫荡完了，中间还捎带手救了董卓一命，董卓却看不起哥仨，为后来的故事埋下伏笔。

看到这里，不由突发奇想，或许南华老仙给张角签名赠书的目的就是为了给刘、关、张三兄弟一个机会，否则一龙二虎怎么能风云际会，怎样当上县尉？不当上县尉怎样鞭打督邮……

有趣的是，南华老仙这本书似乎还有别的版本，除了送给张角，还送过于吉。

《三国演义》二十九回，道士于吉见孙策时就说自己当年入山采药（和张角一样）在曲阳泉边得到神书《太平青领道》百余卷——书名多一个字，卷数却多了好多，看来这本书讲得更详细了。

于吉得到的这本书似乎本领不大，也就能指导治病救人，刮风下雨什么的。孙策让于吉求雨，下了一场暴雨之后，还是把他烧死了。但是不要以为于吉比张角弱，他跟张角一样，奉行"与汝偕亡"的精神，我虽然死了，但是我要拉着你们陪葬。陪葬张角的是东汉王朝，陪葬于吉则是孙策。

于吉死之后，阴魂不散，孙策走到哪里都能看见于吉的身影，最后于吉从镜子里幻化出身影，吓得孙策拍镜大叫，最终死去。于吉之所以没有拉着整个江东一起陪葬，大概是南华老仙要下一盘更大的棋。

《三国演义》一开始就说南华老仙是"碧眼童颜"的老头，"童颜"说他是神仙，童龄永驻，这"碧眼"却是一个伏笔。孙策死后，掌权的是孙权，孙权的特征之一就是"碧眼"，看来他也是南华老仙的人啊。毛宗岗父子整理《三国演义》，大概也发现了这一草蛇灰线，就把二十九回的章目定位"小霸王怒斩于吉，碧眼儿坐领江东"——这当然是我的胡说八道。

实际上毛宗岗点评里一再提到，于吉兴风作浪不是神仙所为，说孙策是死于许贡门客，而不是什么于吉鬼魂。他还说如果于吉能杀孙策，那为什么南华老仙不下凡把自己徒弟张角给救了？

而且从正史来看，这个于吉多半是个骗子。《后汉书》上宫崇给汉顺帝献上《太平青领道》，这是他师父于吉（也写作干吉）在曲阳泉水边所得，当时有关部门就认为这是妖妄之作，不予理会。孙策杀于吉是正确的，保不齐他会成为张角第二。而于吉索命肯定是方士们编出来的神话。西晋人所作的《江表传》里就有了这个版本，不能不说谣言跑得比正史还快。

毛宗岗点评孙策，就说"孙策不信于神仙，是孙策英雄处"。但孙策可不光不信于吉，他还差点诛杀过一个"神仙"：左慈。

《三国演义》里写张角是鄙视的,视同妖人,对于吉是不置情感的,对左慈则完全是颂扬的,因为他戏耍过曹操,符合罗贯中尊刘贬曹的立场。

二、左慈:房中术超人戏曹操

在《三国演义》里,曹操册封魏王,孙权选了大柑子四十担作为礼物送给曹操。挑担的役夫半路歇息,左慈就出现了。他的形象是瞎了一只眼,瘸了一条腿,戴着白藤冠,穿着青懒衣,要帮役夫挑担,结果他挑过的担子都轻了。到了邺城,曹操掰开柑子,却是有壳无肉,这时左慈求见,他拿过柑子掰开,里面都是香甜果肉。曹操顿时明白自己见了神仙,赶忙请上座。

左慈要酒要肉,曹操赶忙奉上,结果左慈喝了五斗酒,吃了一头羊,还是没饱。曹操吓得大惊:"你这是什么神仙?这么能吃?"左慈就吹起来了:"我在四川峨眉山里学习道术三十年,有一天听见石壁里有人叫我名字,回头看却不见人,就这么过了几天,忽然霹雳一声震天响,石头裂开,露出一本书。名为《遁甲天书》(跟于吉张角一个套路)。这书分为三卷:天遁、地遁和人遁。天遁就是跨云跃风;地遁就是穿山透石;人遁就是云游四海,飞剑掷刀,取人首级。我这本领这么大,你要不要跟我去学啊?"(明嘉靖本《三国演义》第四十九回"七星坛诸葛亮祭风"里说诸葛亮对周瑜说:"亮虽不才,曾遇异人,传授《八门遁甲天书》。"上可以呼风唤雨,役鬼使神;中可以排兵布阵,安民定国;下可以趋吉避凶,全身远害。看来诸葛亮遇见的那位异人就是左慈了。)

这是神仙上门营销了啊,曹操说:"我也想急流勇退,但是朝廷离不开我啊。"

左慈说:"我帮你选好人了,刘玄德是大汉皇叔,由他来主持朝政就行了。你要不答应,我马上飞剑断你人头。"

曹操一听,难怪,你是在四川修道的,和刘备是一伙的。下令把左慈抓住,就跟玉皇大帝捉住孙悟空一样,先是打,左慈丝毫不痛,然后是饿,饿了七天,左慈面色红润。曹操没有办法,只好先关押着。

有一天曹操请客吃饭,左慈竟然跑到筵席前来了。他问曹操:"你想吃什么?"曹操说我想吃龙肝,你有吗?左慈在墙上画了一条龙,袍袖挥处,龙肚子开了,左慈伸手就从龙肚子里拿出龙肝来,还淌着鲜血呢。接着又给曹操变了一朵牡丹花出来,然后又在水池里给曹操钓出十几条松江鲈鱼出来吗,还现场给曹操表演种姜。最后竟然又倒了一杯酒要祝曹操万寿无疆——他似乎忘记了自己原来说的飞剑取人头的事。倒是曹操还记得,他害怕酒里有毒,让左慈先喝。左慈拔下头上簪子,把酒杯从中间一分为二,像潘金莲一样说:"你若有心,吃我这半盏儿残酒。"曹操大怒,那酒杯化作白鸠飞走了,左慈也不见了。

曹操派许褚去追,许褚见左慈穿着木屐漫步,他怎么打马也追不上。追到山里,迎面过来一群羊,左慈走到羊群中,不见了。许褚把羊杀光就回去复命了。他一走左慈就复活了,所有的羊也活了。曹操听闻左慈没死,画影图形,全国捉拿,结果一下子出现了三四百个左慈,于是曹操本着宁可错杀一千不能放走一个的态度将他们全部斩首。结果这些左慈头断之处,各出一道清气,飞入天空,凝聚成一道,化作一个左慈,骑上白鹤,飘然而去。

曹操还要放箭,结果那些无头之尸竟然都站起来要打曹操……曹操手下文武百官吓得趴在地上不敢动弹,这情景看得读者血脉贲张,认为曹操这个奸贼果然要遭报应了,结果一阵风刮过,僵尸就没有了。

左慈在书里就再也不提了,合着这么大本领的神仙也就是个满嘴跑火车的主,上来神乎其神,要飞剑斩人头,结果没能斩人头不说,倒让曹操斩了他四百个头,最后骑着鹤逃跑了。

左慈这些事还真不是罗贯中瞎编的,他的故事在《搜神记》《神仙传》和《后汉书》里都有记载。只不过这时候,尊刘贬曹的风气尚未形成,所以他也不是刘备派过来吓唬曹操的,而是曹操的座上客,其余的情节大同小异，都是曹操要杀他，他就用各种法术逃脱曹操追捕的事。

《神仙传》上说他到荆州投靠刘表，刘表也有杀他之心，于是他又跑到东吴，当时东吴的当家人正是孙策，自然看左慈不顺眼，也要杀他，左慈赶快跑掉了。当然，神仙的事，能叫跑吗？左慈是显露神通，把孙策和刘表给吓住了。合着这位也是三姓家奴，靠行骗为生，被人识破就换个地方，最后没得骗，就到天柱山里炼九转丹去了。

左慈的师父是李仲甫，李仲甫在《神仙传》没有多少笔墨，最大的本领就是隐形和变化。有一次变成一只鸟，还被一个捕鸟的罗网给扣住了。北宋《云笈七签》里说太上老君让李仲甫收左慈当徒弟，这就了不得了，等于左慈是被上天选中的人。

这事真假姑且不论，但能让后人一直拿出来编故事，说明左慈在当时的确名气不小。

他当年在邺城可是三大神棍之一，另外两位是郄俭和甘始，曹丕的《典论》和曹植的《辩道论》里都专门提到这三位。曹植说他们都号称自己有几百岁了，牛皮吹得震天响。

这三个人都在邺城掀起过一阵潮流。先是郄俭，他的专业是辟谷，但是辟谷可不是啥也不吃，要吃茯苓，喝水。结果，邺城的茯苓价格上涨数倍，有个叫李覃的人学习辟谷，吃茯苓喝凉水，拉肚子差点拉死。

然后甘始来了，这位大哥吹牛从来不打草稿，号称自己已经二百岁了，靠炼气得长生，他对曹植说他的老师叫韩世雄（这位神人别的地方没有见过），师徒俩在南海炼黄金数万斤投在海里——这么有钱你还来曹操手下当公务员啊？他还说自己有一种神药，填到鱼嘴里，这条鱼就可以在开水锅里游来游去，丝毫无伤。曹植一听，煮豆燃豆萁，豆在釜中泣，有了这药，豆就不用哭泣了，说给我来点。他说这个药在万里之遥，一时半会取不过来——牛皮差点露馅。但是没关系，话虽然荒诞不经，信的人可不少，他在邺城开馆授课，可能他讲授的课程有很多仿生学的内容，搞得全城的人走路都鸱视狼顾（司马懿说不定就是他的学生呢），有个叫董芬的祭酒气闭不通，差点憋死（可能走火入魔了）。

然后就是左慈了，他最擅长的是房中术，整个邺城的人更是趋之若鹜，一个叫严峻的太监都来学了，一时传为笑谈。曹丕对这种人都是很鄙视的，他对他们的评价是："古今愚谬，岂惟一人哉！"——这玩意上当受骗的人可真不少啊。

曹丕没想到的是，左慈要骗的不光是那个时代的人，他的故事还要继续流传下去，骗更多的人。他如果知道，就在晋朝人写的故事里，他父亲魏武大帝就被这个骗子整得团团转，恐怕要气得无师自通信奉起唯物主义。

《三国演义》里虽然最后左慈那些僵尸被风吹散了，曹操还是吓病了。好在魏国方士多，他们请来另一个神人：管辂。

三、管辂：万物皆可算

无论从正史上的《管辂传》，还是裴松之引的《管辂别传》，又或是各种志怪笔记来看，管辂在法术上都没有那么多花里胡哨的东西，他专攻一科：算卦。通过算卦让自己炼就一副慧眼，能够在纷扰现实中拨开迷雾看见真相。

管辂从小长得丑，古人称貌丑叫"貌寝"，不知有什么典故，但从字面上看，似乎是丑得只能在家睡觉的意思。但小管辂虽然貌寝，晚上却不肯睡觉，每天夜里看星星。父母让他睡觉，他说："家鸡野鸟都知道天时，我要为人类夺尊严。"就这样，通过刻苦学习，管辂终于成了万事一卜便知的神人，利用这项技能，他做了许多好人好事。

有个妇女的牛丢了，管辂就用占卜之术帮她找回。有人的妻子丢失了，管辂指着一个卖猪的人说："你打他一顿就找到了。"这个人以为卖猪的是隔壁老王，上来就打，结果猪跑了，跑到一个院子里，卖猪的追过去，这人也追过去，就看见自己的妻子在院子里呢。

通过占卜，他有公冶长一样的本领，能够听懂鸟语。有一次，在一个县令家，一只喜鹊一直鸣叫，管辂说喜鹊是在说它看见的一件凶杀案，有个女子杀了丈夫。果然一会就有人来告状了，所诉案情与管辂占卜的完全一致。

通过占卜他还拥有了一双慧眼，常常能透过表象看见本质。当时有个县令家中女眷无故受惊，相继得病。管辂去算了一卦说："你家北屋西头有两个死人，一人张弓射箭，一人手执长矛。矛刺人头，所以家中女眷头痛，弓射心胸，所以女眷感到惊惧。"县令让人挖开地基，果然有两具尸体，移走尸体，就没事了。

还有郭氏三兄弟，三人都患有脚疾，管辂占卜说："你家中暗藏一座坟，坟内有个冤死的女鬼，她是你们的婶婶。当年闹饥荒，她家中有几升粮食，有人为了夺她这点粮食，把她推到井里。她在井里没死，还挣扎了一会儿，井上的人扔下一块石头，砸死了她。她孤魂冤痛，这是在向你们报复呢。"三兄弟一听，吓得磕头认罪。

这虽然是个鬼故事，却反映了乱世之中百姓的生活，升斗小民，为了几升粮食就能向自己的亲人痛下毒手。整本《三国志》讲了那么多"英雄"的丰功伟绩，却在一个鬼故事里不经意间透漏了小民的悲哀。

大概因为这样的事情多了，传出管辂能看病的美名，所以曹操有次生病，就专门请了他。管辂来了之后就说了一句话："此幻术耳，何必为忧？"——这都是假的，你害怕什么。一句话点破左慈的把戏不过是纸老虎的事实。

作为一个占卜专家，他当然也会预测未来。

例如他在朋友家里做客，看见一只斑鸠落在房梁上悲鸣，管辂说，一会要从东方来客人，一老一少，给你带来一头猪和一壶酒，但是会有事故发生。果然一会儿有客人来，一切都如同他预言的那样，小孩拿着弓箭射斑鸠，结果弄伤了自己的手，流了很多血。

还有一次，他遇见两个人，管辂说你们近日要有大灾，要漂流海外。这两个人大概没听懂漂流海外啥意思，还以为要出国了。结果后来喝醉酒掉到河里淹死了，尸体漂流，大概是到了海外。诸如此类的事情还有很多，每一件都让人咋舌，但看得多了，也不觉得稀奇，因为他只能预言，却不能干涉事情的走向，倘若活到现在，炒个股什么的还有用，在古代重农轻商的时代，贱买贵卖的事他也不屑做，因此这样的本领最多也就在政治场上趋利避害了。

例如他给吏部尚书何晏解梦，何晏好几次梦见一群苍蝇围绕着他的鼻子飞，怎么赶也赶不走。管辂说："鼻子是脸上的山，这是艮位，苍蝇这种恶臭的东西围绕你鼻子飞，说明你命不久矣。"何晏听了很不高兴。管辂回到家，舅舅还说他，你怎么这样跟领导说话，管辂完全不在乎："跟一个快死的人还客气什么。"

果然没过多久，司马懿发动高平陵政变，何晏和大将军曹爽都被诛杀了。

既然能看清局面，管辂就和司马家族的人走得挺近，正元二年（公元255年），他四十七岁。弟弟说大将军这么看得起你，你是不是要做大官了。管辂说："我天天给别人算卦，对自己的命运也很了解，我这人寿命也就四十八岁，若能度过此劫，最多做到洛阳令，若不能，就只能去阴间为官了。"第二年他就死了——这才叫真正的自知之明。

不过，这里有一个漏洞，公元255年四十八岁，那么他出生在207年，左慈戏曹操发生在称魏王的216年，这个时候管辂才九岁，不可能出来给曹操看病。

这肯定是罗贯中搞错了，其实曹操身边有个大神，足以抵抗左慈，这个大神名叫张鲁。

四、张鲁：最后的赢家

张鲁是在公元215年被曹操收编的。在这之前，他可是汉中的统治者，差点要自称汉宁王。

陈寿说张鲁"以鬼道教民"，用鬼道统治百姓。张鲁自称师君，入道之人交五斗米作为投名状就算是入教了，学道者称为鬼卒，小头目称为祭酒，张鲁还创了一个静室，生病的人在静室反思自我，对祭酒进行忏悔。祭酒负责帮助病人祈祷，把病人的犯过的错写成文字，一份放到天上，一份埋在地下，一份沉于水中，是为告知三官（天官、地官和水官），由三官赦免罪厄。如果病人很幸运地好了，这就是上天赦免了你的罪恶，给你重新来过的机会；如果没好，说明你心不诚，上天没有宽恕你。反正没有办法证伪，老百姓对这种天衣无缝的逻辑从来就没有抵抗力，纷纷归附，张鲁的大米也就越收越多，他的地位自然越来越巩固了。

但这么一个号称通天的人，在曹操的兵马面前完全不堪一击，乖乖做了顺臣，好在曹操对他不错，封他和他的儿子们为侯。

陈寿看不起他，称他为米贼。同时代的史学家鱼豢也看不起他，在《典略》里说张鲁那一套"实无益于治病，但为淫妄，然小人昏愚，竞共事之"。对治病根本毫无效果，然而小民愚昧，都糊里糊涂上当。他们大概见过张鲁或者其后人怎样在权力面前俯首帖耳，比起我们凡夫俗子有过之而无不及，所以才对他们那一套如此不屑。

张鲁虽然被传为神人，但也是人间烟火里熏陶过来的。陈寿一面说这五斗米教由他爷爷张陵所创，其子张衡继承，张鲁接着修。但是一面又说当时益州的领导刘焉派张鲁和张修去攻打汉中，两人占据汉中后，张鲁杀了张修，夺了他的地位，才拥有了教众。鱼豢在《典略》

里也说"熹平中，妖贼大起，三辅有骆曜。光和中，东方有张角，汉中有张修。骆曜教民缅匿法，角为太平道，修为五斗米道"。这五斗米教似乎是张修所创的。

这就矛盾了。

裴松之做注的时候解释，《典略》里说的这个张修应该是张衡，五斗米教乃是张衡所创。可这么一来，张鲁杀的不是张修，是张衡？难道说张鲁为了位置，杀了自己的爸爸，做了汉中的领导，那这教主的做法也太狠了。

但裴松之就这么一说，他也没有证据，不足为信。于是有人提出另外一种观点，张陵、张衡这父子二人根本就没有创立什么道派，五斗米教根本就是张修所创，后来张鲁杀了张修，夺了他的教主地位，于是编出一个神话故事，把自己的爷爷和爸爸都纳入进来，创造了一个三代修道的谎言来证明自己的神奇（任继愈先生的《中国道教史》）。这么说来张鲁竟然是东方不败，只可惜张修没有一个叫盈盈的女儿。

但是也有人提出质疑，张鲁如果这样公然夺权，教众怎么能信服呢？一定有别的原因。《三国志》里提到张鲁的妈妈，说张鲁的妈妈也懂鬼道，而且颇有姿色，经常来往益州牧刘焉家，刘焉看在其母的分上给了张鲁官做，张鲁这才有机会和张修一起杀进汉中。

从张鲁妈妈也懂法术这一点来看，张鲁家肯定是世代修道的。当然张鲁妈妈能靠上刘焉这棵大树，肯定不是靠这个，应该是靠姿色。张鲁妈妈这是带着张鲁投靠刘焉来了。

那么张鲁的爸爸张衡去哪儿了？

应该是死了，因为张鲁的爸爸死了，张修才有机会掌握了教中的权力。张鲁的妈妈无依无靠，去投靠益州牧刘焉。张鲁后来得到机会杀掉了张修，夺回了教主的宝座——这还是个哈姆雷特的故事。

不管是哪个版本，张鲁这一生都是在权力斗争的枪林弹雨中闯过来的，在曹操手下讨生活的时候肯定也是谨小慎微，最后活到自然死亡。

当然在他徒子徒孙看来，张天师才不是投降曹操的人呢。

《仙鉴》上说曹操派人来攻打的时候，张鲁用手在地下一划，便是一条大河，波浪翻滚，曹操让水军驾船进攻，张鲁再一划，水里涌出一座高山阻断去路。曹操没有办法，只好对张鲁进行招安，准备印绶给张鲁送过去，张鲁看都不看说："我是修道之人，要这些东西有什么用。"骑着一条龙升天而去。后来姜维还在山里见过他一次。

至于《三国志》为什么说张鲁投降，徒子徒孙们肯定说这个姓陈的是收了曹家的钱，为曹魏政权张目啊。

张鲁连死都死得不寻常。《三国志》说他投降第二年就死了——这也难怪在曹操被左慈调戏的时候，没有让他出来。《真诰》上说，一代天师的死才没有那么简单，他死之后四十四年，漳河泛滥，邺城发大水，冲开了他的坟墓，张鲁面目如生，大笑几声，又死了。搞得后人又忙活一阵把他重新埋葬了。

不过，跟后来一代代的张天师们各种斩妖除魔的能耐比起来，张鲁的本领都算不了什么。只是他这一声莫名其妙的笑倒是有意思，四十四年后，这是公元260年。曹操、刘备、孙权这些看似风光无限的所谓英雄，曾经手握权柄，一怒而令天下抖，但在历史长河里看，大浪淘沙，都淹没在时间漩涡中，无不身死国灭。

但张鲁不一样，他死后被尊为天师，他的后人在这个位置上世袭罔替，绵延不绝，元代还被朝廷认证。当那些英雄的往事只能付于笑谈中，王谢堂前燕飞入寻常百姓家的时候，他们家的富贵却是结结实实的。而且在张鲁及其徒子徒孙幻想出来的世界里，什么天下英雄曹刘，秦皇汉武恐怕都在自己手下瑟瑟发抖。就连关二爷后来能有今天这样的地位，最开始还不是第三十代天师张继先把他给发掘出来的。

所以张鲁这一声笑，那是沧海一声笑，惊起漳河滔滔两岸潮，谁负谁胜出，天知晓……

那么左慈戏曹操的时候，就算张鲁已经死了，还有第四代天师啊，为什么不出来帮曹操一下？这是因为，张鲁的后人跟左慈的徒弟"葛仙公"后来是要一起到天上当天师的。

《神仙传·左慈》最后提了一句"慈以意告葛仙公"。左慈把自己想要入山炼丹的想法告诉了葛仙公，这葛仙公是他的徒弟。

但是这个徒弟名字就这么奇怪吗？葛仙公，他知道自己要成仙？当然不是，这是作者葛洪对他的尊称，因为这位葛仙公不是别人，乃是葛洪爷爷辈的人：葛玄。

五、我的爷爷是天师

葛洪在《神仙传》里记载了他爷爷的本领。说葛玄跟随左慈学习，不知道是否学习了房中术，倒是幻术全都学会了。

不过他没有曹操可戏，只能逗逗朋友。朋友请他吃饭，葛玄不愿意去，朋友说不来就是看不起我，葛玄走到门口突然大叫肚子疼，随即死掉。朋友吓得摇他的头试图叫醒他，结果头断了，拉他的手，手断了。很快尸体就烂了，蛆虫都出来了。朋友吓得赶忙跑到他家里喊人，却见葛玄还在堂上坐着呢——不就是想"宅"一下吗，至于这么吓人吗？

有时候他请客吃饭，外出迎客，客人和他一起进屋，发现座上还有个葛玄（这是左慈的分身术）。他请客却不备酒席，没有肉，弄了一些砖头瓦块摆在那里，吃起来却是鹿肉；没有酒，在树上刺一下，就有美酒流了出来。在酒席上，他操控酒杯飞到客人面前，客人不喝，酒杯就不走（劝酒的好手），他一口米饭吐出来，化作一群大蜜蜂，围绕客人飞舞，却不蜇人，过了一会儿，那些虫子就都飞回他口中，还是米饭。大家说有点冷，葛玄张嘴吐出火焰，屋里立刻温暖如春。他还能指挥各种动物跳舞，能控制井里的钱币飞出来，还可以坐在火上，身体衣服都能完好无损。看来这幻术学得了师父左慈的精髓。

他最神奇的本领是画符，他画了一道符扔到水里，江水逆流，又画一道符，江水滞流。葛洪说他爷爷饱读五经，这好像要和孔子作对，孔子坐着船说："逝者如斯夫，不舍昼夜。"你偏要江水停歇。

葛玄看见江边一个洗衣服的少女，就说："我能让她跑起来。"画了一道符扔到水里，那女孩像是受了惊吓狂奔不止，葛玄再画一道符，那女孩竟然又回来了，继续洗衣服——这有点不厚道，用法术调戏少女，经书读到狗肚子里去了。

还有一次，朋友生病了，请巫师祭祀祈祷，结果巫师对葛玄不敬（同行是冤家嘛），葛玄画符驱鬼把这个巫师打了一顿，命令巫师赶忙治好朋友的病——你这么有本事，你怎么不直接去治好你朋友的病？

不光能召唤鬼，他还能召唤神，他遇见北方来的一个道士自称百岁（跟他师父左慈还差点，左慈可是号称自己三百岁的），有一次在大庭广众之下，葛玄召唤一位天使（上天之使，不是小仙女）来质问他：

"你明明七十三岁了,为什么骗人?"这位道士吓得赶忙道歉。

这还不算什么,葛玄发起飙来,别说巫师,连神都敢打。话说有一个神庙,凡从附近过的,百步之内要下车,徒步走过去,否则必有祸殃。久而久之,庙里大树上的鸟儿都成了神人,无人敢惹。

葛玄从他庙门过,就不下车,结果这个小神刮起狂风,葛玄顿时生气,一举手风便停了。葛玄走到庙里,画了一张符,顿时,树上的鸟儿都掉了下来,过了几天树也枯死了——这符堪比生化武器。不多久,庙房起火,化为灰烬,原来神灵的世界也是弱肉强食。

葛玄有一次走到一个鱼摊前,指着一条死鱼说:"让它帮我捎一封信给河伯吧?"卖鱼的说:"这鱼已经死了,怎么送?"——好像活鱼就能一样。葛玄说没问题,拿起这条鱼,将一张红纸塞到鱼肚子里,扔到水里,结果这鱼摇头摆尾游走了,不一会儿回来,还自动跳上案,吐出来一封青纸黑字的信来,葛玄拿起来看完,随手扔去,这纸如叶飞去。

葛玄好像挺喜欢跟这些神仙当笔友的,也有神仙给他写信,有个商人在中原地区经过一座神庙,庙里的住持说:"帮我捎一封信给会稽葛公。"说着把那信往船上一扔,那封信像是被钉在船头一样拿不起来,等船到会稽,葛玄过来,拿起来就走了。

这么大本领,当然要惊动当地的最高领导:孙权。这时候他已经称帝，他把葛玄请来，让他做官。葛玄这样的人自然看不上世俗的官位，孙权就让他帮忙下雨（孙策当年就让于吉求过雨），还和他一起坐船去玩，结果遇见风浪，葛玄的船翻了，没有上岸。孙权说："看来这神仙也会被淹死啊。"哪里知道，葛玄第二天满身酒气回来了，说："我昨天遇见了伍子胥，在他那儿喝多了。"孙权从此更把他当神人了，要把他留在身边。葛玄于是就来了个尸解，成仙而去。

这位葛玄在当时应该很火，干宝《搜神记》里也提到了他，但内容就简略多了。葛洪拉拉杂杂写这么多，显然很为自己有这么神的爷爷感到自豪。不得不说，葛玄后来能成为一代天师，要感谢他有出息的后代，在《枕中书》里，葛洪直接说："葛玄受金阙君命，为太极左仙公，治盖竹山，又在女几山，常驾乘虎骑也。"葛玄已经是太极左仙官，主要负责盖竹山和女几山这两个区域，有趣的是，女几山又名花果山，那这葛玄跟孙猴子还有恩怨呢。

葛玄有个好孙子葛洪，葛洪也有个好曾孙子葛巢甫，这位写书没有葛洪厉害，但在开宗立派方面比葛洪要厉害得多。他创立了道教的灵宝派，把自己的先祖葛玄说成创始人，说元始天尊把《灵宝经》传给太上道君，一代一代传到了他们葛家的祖师爷葛玄手里。灵宝派后来发扬光大，葛玄的地位也就日渐升高。

到了南朝梁的时候，陶弘景在《真诰》里说："葛玄善于变化，而拙于用身，今正得不死而已，非仙人也。"葛玄最大的本领就是不死，算不得天仙，没有什么职务，顶多就是个地仙。但是后来众说纷纭，这位山中宰相也让步了，他还专门为葛玄撰写了碑文《吴太极左仙公葛公碑》，碑文里他说，葛玄为什么被称为仙公呢？是因为有人从海上神岛给他来信，信封上写着"葛仙公收"，于是举世哗然，都把他当成了仙公。葛洪在书里也一口一个仙公叫着。再后来，又传说葛玄官至太极左仙公，这是不对的，因为这时候他还在人间，怎么能说是太极左仙公呢？他一直到赤乌七年（公元244年）才白日飞升，想必在玄都（神仙住处）已经有了官位吧。

不管陶弘景认不认，葛玄的神位一路攀升，在《历代神仙通鉴》里，葛玄已经是大罗金仙转世了，可能这他都未必稀罕，因为在《西游记》里，他位列天师。

《西游记》里有四大天师，分别是葛、张、许、丘，这葛天师便是葛玄，张天师乃是张道陵，许天师是许旌阳，丘天师名为丘弘济。

丘弘济史无其人，有人说是上古神仙浮丘公（这位虚无缥缈的神仙，他有一个著名的徒弟是仙界帅哥王子乔），但更多的人说是丘处机，这位一言止杀的全真七子之一就不用多介绍了。

四大天师还有一种说法，说除了葛云、张道陵和许旌阳，另外一位是萨守坚，他和丘处机一样都是宋朝人。其余三人都是魏晋时的人。

三国可真是人才辈出，天师一出都出仨，其中这个许旌阳跟葛天师他们家还有点关系呢。

六、许旌阳：利用孝道来修仙

许旌阳本名许逊，西晋的时候在旌阳做过县令，所以尊称为许旌阳——这事挺奇怪，都当上天师了，玉帝面前都能说上话了，却还惦记着人间一个县令这么小的官位，看来天上官位比不得人间官位来得实在啊。

许逊的名声好，他践行儒家孝悌教义，大概是举孝廉做的官，虽然正史上没有他的传记，但有人为他写过《许逊别传》，只是现在已经见不到了。唐朝《艺文类聚》引用了许逊童年的一个小故事，许逊从小就是一个苦孩子，七岁的时候爸爸死了，他和母亲相依为命，小孩子亲自耕地砍柴奉养老母。他还有一个兄长，也死了，他把家里好的桑田都让给了嫂子，自己种坏地。母亲说："你再这么下去，咱们只能去要饭了。"许逊一笑："只要母亲长寿，要饭就要饭。"事情虽小，已可见许逊做人的品行何其高尚了。

最晚在南朝宋的时候，许逊的形象已经被神化了，南朝宋刘义庆《幽明录》里就有他的故事，说他父亲死得早，他不知道祖父坟墓在哪里，想要改葬不得，引以为憾，他的真诚竟然感动了在阴间的爷爷，现身出来告诉自己的埋葬位置，于是许逊带人改葬。当时就有人说："这个家族必然要出一个小县长。"许逊后来果然做了旌阳县令，原来他这官也是上天所赐，这也就难怪他这一辈子都以旌阳为名了。不光如此，他和大将军桓温还有交集，桓温去征讨姚襄的时候，他算了一卦，说此去姚襄必败，后来果然如此。他还帮助过一个被女鬼缠住的人解脱，这种故事是六朝志怪里常见的套路，没有什么奇特的。

这说明从南朝开始，这个大孝子的故事已经开始被神化了。从唐朝开始，道教开始把他塑为典型，他的故事越来越多，也越来越系统化了。唐朝的胡慧超有《十二真君传》，宋朝《云笈七笺》里有《许逊真人传》，南宋白玉蟾还写有《旌阳许真君传》。按照这些道门高人所写，许逊的故事是这样的。

他出生就不是凡人，东吴的赤乌二年（公元239年，当时孙权是吴国的皇帝），许妈妈梦见一只金凤飞来在她怀里下了一个蛋，于是许逊就出生了。这样一来，许妈妈就知道自己这个儿子是个了不起的人物了，所以后来道家的传记里有意舍弃了许逊和寡嫂分田的故事，只说他天纵英才，还勤奋好学。年轻的时候有一次去打猎，射死一只刚生育的母鹿，鹿妈妈临死之前还去舔小鹿。舐犊之情感动了小许逊，从此他断弓折箭，不再打猎，开始发奋求学。通读经史子集，天文地理了若指掌之后，忽然觉得自己最想学的还是神仙之道。

学神仙要拜师父，他的第一个师父是吴猛。之所以选择他，是因为这个吴猛和许逊一样都是孝子，而且吴猛的孝顺之名远大于许逊，他小时候家里穷，买不起蚊帐，八岁的吴猛就裸身睡在父母身边，用自己的肉来喂蚊子，这样父母就不用被咬了。这事后来光荣入选了孝顺父母的二十四个案例，成为后世学习的榜样。父母死了之后，结庐坟边守孝，有强盗过来，他也不跑，还在那里哭，结果强盗都感动了，惭愧而去。

强盗恐怕不是被感动，而是被他打跑了呢。他的本领可不一般。

《十二真君传·吴猛》里说，当时有个叫干庆的人死了，吴猛跑过来一盆水泼在他身上，结果干庆活了。死而复生的干庆说自己被一群官差带到地狱门口等候审判，这时候就见吴猛来了，上前和地狱之主说了几句，那地狱的领导就把他放了。吴猛还一路护送他回来，所过之处，官府无不出来迎接，都对吴猛很尊敬。干庆的弟弟看在眼里，为这个世界的奇妙而惊讶，于是写了一本书《搜神记》，他这个弟弟自然就是干宝了。

干宝在《搜神记》里的确提到了这档子事，但没有说干庆是他哥哥。吴猛还有一件厉害的事，有一次刮大风，吴猛画了一道符扔到房上，风就停了。还有一次坐船，河流太急，很不安全，吴猛拿手中的鹅毛扇在江水里一划，江水立刻退去，显出陆地，吴猛下船走了过去。

法术这么厉害，还和许逊这么对脾气，真是天生的师徒啊。《云笈七签》上说得最邪乎，说许逊想拜吴猛为师，又怕人家不答应，于是供奉图像，每天早晚跪拜。结果吴猛感应到了，但是不凑巧，他就要登天成仙了。他走之前对弟子说："我飞升之后，有个叫许逊的从东南方过来，你们把我的符咒传授给他。"果然，后来许逊来了，吴猛的儿子就把符咒传授给他了——这大概是神话历史上没过门也得真传的案例了。

但《酉阳杂俎》上却说，许逊才没有这么容易成功拜师呢，当时要跟吴猛学习的人多的是，吴猛于是就对他们进行了一番考验。他买了一百斤炭，都砍成一尺长短。吴猛当晚就把这些炭变成美女去勾引弟子们，第二天他检查弟子的衣服，只有许旌阳的衣服没有变黑，这说明他没有被幻化的美女所蛊惑，孺子可教，于是吴猛就把一身本领传授给了他。看来他们这个道派很重视道德品行，要"入则孝，出则悌"，还得"好德不好色"。

学了一身本领的许逊并没有仗剑行天下，他去旌阳做了县令。当官期间，他利用点石成金的法术帮助老百姓脱贫致富，还利用法术符咒治病救人，赢得了非常好的名声。

但这是西晋末年，天下将乱。张翰感西风而思鲈鱼莼羹能买船东下，索靖见铜驼能料到不久在荆棘中，凡人尚且如此，何况许天师，许逊也辞职了。

当然他这个时候还不是天师，因为他的本领还没有那么大，他和自己的师父吴猛两个人并肩游历大好河山。两个人听说有个叫谌母的女性道法高深，就一起去学习，结果师徒成了师兄弟。

这个谌母属于天山童姥一派的高手，《墉城集仙录》上说她永远是个十来岁小姑娘的容貌，她一身的本领传自莫名其妙的神仙：孝道明王。光听这个名号就知道是为吴猛和许逊而量身打造的，谌母自然就收下了这两个弟子，教会了他们本领。谌母白日飞升之前，对他们两个说："吴猛你虽然曾经是许逊的师父，但是在玉皇大帝的人事安排上，许逊的官职比你大，他统管五品以下的仙官，你是他的手下。"

吴猛什么反应，故事里没有说。只是后来吴猛的故事就没有了，大概神仙也会生气，也许他撂挑子不干了。

除了谌母，许逊还有一个师父：兰公。这个兰公也在《十二真君传》里，他和孔子是老乡，山东曲阜人，严格践行儒家的孝道，结果感动上天，上天派了一个神仙来给他传道。这个神仙的名字也特别奇怪，叫斗中真人。大概这位神仙自己也觉得奇怪，还解释了一番，说我在太阳里面就是神仙之王，在月亮里我是明王，在斗里我就是孝悌王（这个斗大概是星斗，不是量器）。

这位斗中的孝悌王解释了一番孝悌有多重要：天有孝悌，所以日月明亮；地有孝悌，所以万物生长；人有孝悌，所以王道才成——大哥你是孔夫子转世来传道的吧？末了斗中真人说："我教给你孝悌之法，是想让你将来传给一个叫许逊的人，他要做众仙之长。"——合着兰公就是过渡一下，难怪名字都起得这么随意。兰公学会此道，终于等到自己的领导许逊出生，把本领教给了他。

但是这跟谌母的故事就矛盾了，到底是谁把孝悌大法传给许逊的呢？最后终于来了一个和稀泥的，《仙鉴》里说是兰公传给谌母，并且告诉谌母，将来要传给许逊。这么说，原来这是一场接力授徒。吴猛只能算是启蒙老师，他等于给自己教出来了一个师父，说起来也不亏，毕竟吴猛也位列十二真君里了。

没有了吴猛，许逊最露脸的事就是斩蛟。其实这本领也是吴猛教给他的，《搜神记》上吴猛用黑炭变美女试探许逊后，就带着他去杀大蛇了，故事的最后说，吴猛因为年纪大了，最后是许逊亲自上手杀的。不过他后来都做了吴猛的师父了，斩杀的对象也要升级，不再是蛇而是蛟龙了。许多涉及他的传记都要提提这茬，故事很俗套，现在许多旅游景点的锁蛟井，故事都是一个模板。

有趣的是，他的搭档后来换成了郭璞，二人一起想要阻止东晋大将军王敦叛乱。这在正史里本来是郭璞自己干的事，结果是郭璞被杀。但是许真君横空出现，在这个故事里，他为王敦解梦。王敦说我梦见一柱擎天，还把天给撑破了，许逊说木子破天，这是个"未"字啊，你还是消停点吧。

王敦要杀他俩，有许天师在，当然不会给他这个机会，两人隐身而去。来这么一出，编故事的人应该是想给这位祖师爷加点"料"，毕竟许逊从小孝悌，又被谌母传授孝悌法术，按照孔老夫子的说法，"其为人也孝弟，而好犯上者，鲜矣；不好犯上，而好作乱者，未之有也。"许真君不跟着郭璞露个脸，怎么证明自己有这种忠诚的品格呢？

正因为他被"吹"出这么多美好的品德，宋徽宗才封他为神功妙济真君，在徒子徒孙的文字里，在民间故事里，他才最终成为一代天师。

但是有个疑问，为什么后人只认准许逊一个人，拼命往他身上编故事，而不去编吴猛，不去编谌母，也不去编郭璞，为什么偏偏是他呢？

这个问题很好回答：因为他是天选之人，是真君……打住，我们用唯物主义的眼光看一看。我以为这是因为他姓许，而许家是当时的一个修仙大家族，跟葛洪他们家一样，代代修仙。

唐朝的胡慧超在《十二真君传》一开头就说："东晋尚书郎迈，散骑常侍护军长史穆，皆真君之族子也。"也就是说，东晋的许迈和许穆都是他族中的人。

许迈史有其人，在《晋书》上有传，和王羲之关系不错，也认识郭璞，年轻的时候郭璞给他算卦说："你的前途在天上，应该想想怎么白日飞升。"他一听有道理，当即拜当时的有道之士鲍靓为师学习。这位鲍靓是一位大神，他的女婿便是大名鼎鼎的葛洪。而葛洪既是鲍靓的女婿也是他的学生，这么说来许迈和葛洪还有同门之谊。许迈学了一身道法，把妻子送回娘家，自己搬到山里住去了，苏东坡写诗感叹过："许迈有妻还学道。"《云笈七签》上说后来天宫派了两个使者对许迈进行考察，认定他为地仙，他主要工作的地方是七十二福地的玉留山。

他这么不声不响走了，他弟弟许穆也开始修道，最终感动上天，西王母派了第二十七号使者紫微夫人向他传道，这可比他哥哥厉害，天庭上古大仙亲自传道，许穆不光自己飞升，他二儿子虎牙，三儿子玉斧也白日飞升而去。他这个小儿子许翙，升天之后直接在玉帝身边侍奉了，许翙的儿子许黄民后来也成仙了。这位许黄民的妻子乃是葛洪的重孙女，这两个神仙世家关系可真不一般。

这些故事都说明当时许家修道影响不小，许逊作为许家祖师爷被吹捧也是应当的，但也有人认为许逊和许迈根本没有关系。其实有没有关系不重要了，就像这神神道道的法术，当然不是真的，但问题是有人信，还有人顶礼膜拜，人家拉大旗作虎皮，咱们也就看个热闹吧。

漫谈三神医

一、华佗：一个外国人，不远万里来到中国

建安三神医，一个是华佗，一个是张仲景，一个是董奉。

张仲景为后世留下的遗产是学术上的，《伤寒杂病论》成为中医瑰宝。董奉所做的贡献是语言上的，他用自己的神话创造了"杏林"一词，从此成为医学的代名词。而华佗留给世界最多的是故事。

不必说《三国志·华佗传》里那神乎其神的医案，也不必说多少二流武侠小说里都有一个神医名叫赛华佗，更不必说《三国演义》里他在关羽、曹操身边的那些事迹。单说他学术上的脑洞，就让人叹为观止。

先是1930年陈寅恪考证华佗是佛教里走出来的人物。理由一是

《三国志》里说华佗为人破腹取肠的本领和印度神话里的故事类似；二是华佗这个名字读音和梵语"agada"相似，所以华佗的故事来自印度，只是陈寿当成了一个神医故事记录下来了。

随后又有人考证说，欧洲的解剖学鼻祖希腊人盖伦和华佗生活在同一时代，盖伦的医术就是在亚历山大城学来的，这项技术可能先传到印度，然后又从印度传到中国，华佗即便是个汉朝人，他的医术也是来自西方。

更何况种种证据表明，华佗不是汉朝人。这证据还是他的名字。

《三国志》上说华佗一名旉，而"旉"发音和"佛"相似，同时华佗的两个弟子吴普、樊阿，又和佛祖的两个弟子普贤菩萨和阿难菩萨读音相似。所以专家们推论，华佗真正的身份是——佛祖，或者至少是佛祖的化身。这名化身不远万里，西到非洲学习解剖，东到中国传教。这么说来，他创立的五禽戏其实就是少林功夫，而他麻沸散其实就是来自印度的毒品大麻。

如此说来，华佗其实是和达摩祖师差不多的传道使者，利用医术推广他的信仰，而曹操是信仰道教的，他怎么能被这个印度人说服呢？干脆一刀砍了他。

脑洞一旦打开就收不住了。

有位名叫松本明知的日本学者表示不服，他说华佗应该是波斯文里"神"这个词的谐音,在华佗这里具体含义应该是"一位精于医术的先生"。其实也不无道理,毕竟波斯人当年也是丝绸之路上的客人。只不过一下子从印度跳到波斯,如果不是明教这会还没有创立,我都怀疑华佗是明教教主了。

接着就可以脑补一部武侠小说了:华佗作为明教第一代教主前来中土,希望成立大汉分舵,他希望关二爷能担此重任,只要关二爷答应,就为他使用麻药,但是关二爷宁可忍痛刮骨也不用他的药,华佗只好作罢。随后他希望在曹操这里打开突破口,但是他不敢明说,就希望打开曹操的脑壳为他种上蛊,以后曹操就可以听命于他,没有想到曹操智商太高,识破他的诡计,把他杀了。

这当然都属于信口开河,纯属先有结论,再倒着找证据,这跟欲加之罪何患无辞有什么区别?

其实,即便华佗破腹洗肠的故事是个神话,这个神话也未必来自西方。

例如,《史记》里就说扁鹊从长桑君那里得到一种神药,吃下之后,就长出一双 X 光眼,能够穿墙看物,这跟华佗破腹洗肠的故事不是一脉相传吗?王勃在《黄帝八十一难经》里就说这医术是岐伯传黄帝,黄帝传伊尹,伊尹传扁鹊,后来隔了九世,传给了华佗。在古人想象里,自有传承,跟外国人可没有什么关系。

实际上，正因为古代巫医不分，才导致这些关于医生的记载故事性很强。例如，《三国志》是把华佗列在《方技传》里的，将华佗和会看相的朱建平、会占梦的周宣、会算卦的管辂列为一类。

华佗和这些方士们一样寿命长。

好多人因为他被曹操所杀，以为他寿命不长，其实《三国志》一开始就说华佗"时人以为年且百岁而貌有壮容"，在被曹操杀之前，他已经活得足够长了，老而不死曰仙，华佗这年龄，再配上精湛的医技，在当时也被视为神仙一般的人。

现在看来，把医疗人员和那些算命的列到一起是贬低，而在当时人看来，华佗和他们一样，都是破解了上天密码的人。所以这些医生的故事就难免出现失真或者过于夸大的现象，但不能因此就把这个人物夸张成佛祖吧？实际上华佗也有很多自己治不了的病。

例如一个军吏梅平找华佗看病，华佗说："你怎么不早来？现在我也看不了，你只有五天寿命了，快回去准备吧。"梅平果然在五天后死去了。还有陈登，他用药打下了陈登肚子里的虫子，预言他三年之后还要再犯此病，果不其然，三年后，陈登发病而死。

故事里把预言说得神乎其神，然而抛掉这些因素，不就是华佗治不了病吗？倘若他是神话里的人，怎么可能治不了。

如果华佗是假的，那张仲景也靠不住了。

二、张仲景：不为良相便为良医

《三国志》里曹操杀华佗的时候，荀彧劝谏："佗术实工，人命所县，宜含宥之。"——这是一个专业人才，宽大处理吧。曹操说："不忧，天下当无此鼠辈耶？"——我就不信，死了张屠夫就吃带毛猪吗？医生多得是，杀！

然而转眼就被打脸。

后来他的爱子仓舒病重，曹操说："吾悔杀华佗，令此儿强死也。"——我后悔杀了华佗啊，否则这孩子也不会死。但曹操时代的神医可不止华佗一个人，还有一个人叫张仲景，被后世奉为医圣，一部《伤寒杂病论》造福后人无数。

曹操为什么不找他呢？

按说曹操应该认识他，因为张仲景认识何颙，《何颙别传》上说何颙见过年轻时的张仲景，说他"君用思精而韵不高，后将为良医"。后来张仲景不光成为良医还成为医圣。何颙似乎特别喜欢做类似的预言，《后汉书》上他曾经预言曹操："汉家将亡，安天下者必此人也。"

这么说来，他既认识曹操又认识张仲景，所以曹操很有可能知道张仲景，但是也不排除何颙由于见人就夸，后来也就忘了张仲景的可能。而且曹冲死在了公元208年，而何颙这个时候已经去世快二十年了，即便何颙提过，曹操估计也忘了。

但是《何颙别传》上说王粲也认识张仲景，在王粲十七岁的时候，张仲景就对他作出预言："三十岁的时候，你眉毛当脱落。"王粲没有当回事，后来到三十岁，他的眉毛果然掉光了。

这位王粲和曹家父子一起名列建安七子，和曹操熟悉得很，怎么能不推荐呢？然而曹操就是不知道张仲景，不光曹操不知道他，《后汉书》《三国志》乃至搜罗各种三国八卦的裴松之也没有提到过他。

但是张仲景在后世名气却很大。

葛洪在《抱朴子》里说起当年的神医神技，都说："淳于能解颅以理脑，元化能刳腹以澣胃……仲景穿胸以纳赤饼。"在他的笔下，淳于意（西汉人）能做开颅手术，华佗能洗涤肠胃，张仲景能把病人胸腔打开放入药饼，他和华佗一样，外科手术的本领让今天的人都叹为观止。

《晋书·皇甫谧传》里就说："华佗存精于独识，仲景垂妙于定方。"孙思邈在《千金要方》里说："江南诸师秘仲景要方不传。"也就是说在唐朝，江南的医师们都把张仲景的药方视为珍宝，不轻易示人。可见张仲景的名气不光在传说里。

到了唐朝，才有人认识到史家对张仲景的不公平，唐朝人甘伯宗写了一本《名医录》，收录名医，分别为他们作传，其中就有张仲景。

然而这本书到了南宋也不见了，现代人只能从零零星星的史料中去搜罗这位名医的一生。

张仲景大概是南阳人，从小跟随自己家乡的张伯祖学习医术，青出于蓝，成年后，张仲景被举孝廉，在刘表手下做官做到了长沙太守。为官期间，定期为百姓治病，救人无数。

正所谓"不为良相，便为良医"，张仲景这一生差点要同时实现这两个愿望了。

然而这些记录毕竟是后人辑录，真实性已不可考，例如，当时长沙太守名单里并没有张仲景的名字。《后汉书》的作者范晔也是南阳人，他身为张仲景老乡，没有道理不知其人，也没有道理不为张仲景立传。当代有学者由此推论，根本不存在张仲景这个人。

但这么一位医学名家，名声流传了将近两千年，经这么一考证，突然没了，这也太离谱了。

如果华佗和张仲景都是假的，那董奉就更靠不住了。因为他在故事里压根就是个神仙。

三、董奉：杏子林中救苍生

董奉靠自己的医术当上了神仙，葛洪在《神仙传》专门为他作了传记。

故事里说,有个少年县令年轻时见过董奉,董奉那时候已经四十岁左右了,但是过了五十年,这位县令再次遇见董奉,少年县令已经年届花甲,可是董奉还是四十岁的样子。县令惊问他是怎么做到的,董奉还很客气地说:"不过是偶然现象,不要奇怪。"

这当然不是偶然,他不仅能让自己长生不老,还能和死神抢夺生命资源。

交州刺史杜燮中毒死了三天,董奉往他口里塞了三个药丸,杜燮死而复生,还讲了一下自己"地府三日游"的经历,他说自己被关到一个黑屋子里,正不知道该怎么办,忽然听见有人说:"太乙天神派使者宣杜燮。"他就被放了出来,看见使者拿着符节带他回来了。言下之意,董奉作为一个医生,竟然能打通太乙天神的关节,看来天庭有人才好当医生啊。

身为一个上头有人的医生,当然不光能看病,他有时候还帮着降雨,解决旱情。《浔阳记》里说他曾经斩杀过蛟龙——也不枉他认识太乙天神,太乙的徒弟看来都爱斩龙。

比之华佗董奉的聪明之处在于,他善于察言观色,董奉后来发现自己救的这位刺史想要造反,于是他先诈死,从棺材里跑掉了——看来神仙在人间的政治面前也只有逃跑避祸的份。

从此董奉就住在山里，为人治病。

《神仙传》上他让麻风病人的肌肤重生，《抱朴子》上说他用玉醴让盲人重见光明。有这么神的治疗技术，收费却便宜，他只让人种杏树，重病种五棵，轻病种一棵。就这样过了几年，漫山遍野都是杏树了，董奉又卖杏换粮食救济穷人。但是杏子多了就有人偷，董奉养了一群老虎看守，凡遇到来偷杏的，立刻关门放虎。

现在"杏林"成为医生行业的代名词，可惜董奉没有把养老虎的方法传下来，否则也不会有这么多的"医闹"了。

"木子""金刀"争雄记
——一条谶语的流传演义

一、太上老君要重生

唐永徽三年，武则天生下第一个儿子，取名李弘。这时候武则天才从感业寺重返皇宫，刚刚坐上昭仪的位置，她给孩子取这个名字，已经暗藏了她的志向。自三国以来，这是野心家们喜爱的名字。

光《晋书》里这个名字就有出现过不下五次：

"太和五年，广汉妖贼李弘与益州妖贼李金根聚众反，弘自称圣王……"

"贝丘人李弘因众心之怨，自言姓名应谶，连结党与……"

"李弘养徒濣山，云应谶当王。"

"妖贼李弘反于贰原。"

"江夏相刘岵、义阳太守胡骥讨妖贼李弘，皆破之……"

不光是在晋朝，刘宋的时候还有"淮上亡命司马黑石推立夏侯方进为主，改姓李名弘"——这位还改名字冒充李弘。

《南史》上，永元二年（公元90年），"巴西人赵续伯反，奉其乡人李弘为圣主。"

《魏书》上也有"仇城池民李洪，自称应王"——这个李洪其实也应该是李弘，因为北魏的献文帝叫拓跋弘，为了避讳，这个妖贼也得换个名字。

甚至到了宋辽，辽国也有一个叫李弘的人造反。

从魏晋到辽宋中间隔了上千年的时间，李弘是前仆后继地造反，虽然没有成功，但这不抛弃不放弃的精神也着实让帝王们头疼。

为什么李弘这么爱造反？因为他可不是一般人。

史书上说"姓名应谶"，这个"谶"自然是谶语，这个名字是被预言过的。这个预言就是"老君当治，李弘应出"，太上老君要出现平息这纷纷乱世，李弘就是太上老君的化身。

当时流传的《老君变化无极经》是这么说的："老君变化易身形，出在胡中作真经……胡儿弭伏道气隆，随时转运西汉中。木子为姓讳口弓，居在蜀郡成都宫。"太上老君变化身形，西出函谷来到胡地作真经，现在要重生到西汉，他的名字不能直接告诉你，但是你可以猜——"木子为姓讳口弓"——"木子"自然是个"李"字，名讳是"口弓"，左边"弓"右边"口"，这是"弘"在当时的写法。

《太上洞玄神咒经》上把李弘出来的世界描绘得跟天堂一样："真君者，木子弓口，王治天下，天下大乐，一种九收，人更益寿三千岁。"李弘治理下的世界，种一次能收九次，人要活上三千岁。听得我都心动。

这李弘的名字可是太有号召力了，这是一个大大的商标，老君大纛一举，在舆论上就产生出了广告效应，自然应者云集。刘勰在《灭惑论》里也狠狠地说："张角李弘，毒流汉季。"李弘在他眼里是和"苍天已死，黄天当立"那个太平道张角一样的造反者。

北魏的寇谦之在《老君音诵诫经》上就批判此事："今世人恶，但作死事，修善者少。世间诈伪，攻错经道，惑乱愚民，但言老君当治，李弘应出。天下纵横返逆者众，称名李弘岁岁有之。"以李弘之名造反的年年都有，但是太上老君本名李耳，他重生后为什么不叫别的名字？例如李目、李口什么的，为什么偏偏叫李弘呢？

要弄清这个缘由，还得再提一个人的名字：刘举。《老君音诵诫经》里面还说了："称刘举者甚多，称李弘者亦复不少。"

看来刘举是个和李弘一样的人。但是可能他闹出来的动静不大，或者没有被史官关注。关于刘举造反的记载还真不多，只在《北史》上发现两条：

北魏孝文帝拓跋宏的时候，"妖人刘举自称天子，齐州刺史、武昌王平原捕斩之。"到了北魏快结束的时候，"光州人刘举聚众反于濮阳，自称皇武大将。"——当然这次也很快被平定了。

这两条记载都是在寇谦之之后，从寇谦之的语气上看，冒刘举这个名字的不在李弘之下。

如果说李弘是太上老君的化身，这刘举又从何说起呢？

二、刘家俊秀始流行

从刘秀说起。

刘秀可是著名的谶语既得利益者，当初他征昆阳、拔邯郸，跨州据土，带甲百万。他巡视河北，走到中山有人劝他称帝，他说不，走到平棘，大家劝他，他还是不答应。走到鄗这个小地方，他太学同学彊华来找他，为他献上一本《赤伏符》的书，这书上记载了一则神秘的预言："刘秀发兵捕不道，四夷云集龙斗野，四七之际火为主。"刘秀一看，原来老天爷都催我当皇帝呢，于是就在这个县城的千秋亭里登基称帝了。

在告天的祭文里他说得还很委屈，大家劝了我几次，我本来不想当，但"刘秀发兵捕不道，卯金修德为天子"——上天的意思说得这么直白，我也就只能不好意思了。

这是《后汉书》的记载，刘秀看到这本书这么兴奋，似乎刚刚知道一样，但是他早就知道他的名字出现在谶语上了啊。在《后汉书·邓晨传》里，王莽末年的时候，刘秀和哥哥在宛城听一群人谈论"刘秀当为天子"这样的话，大家都在猜这个刘秀是谁，有人就说是不是国师刘秀？刘秀接茬说："你怎么知道不是我呢？"引来一片哂笑。

这说明至少在王莽的时候，刘秀就知道这个谶语了，但可惜的是并没有人相信说的是他，都认为是国师刘秀。而国师刘秀实际上原名叫刘歆，他在哀帝建平元年（公元前6年）改名为刘秀。

这时候他还是光禄寺大夫。

关于他改名的原因，《汉书》和《资治通鉴》都没有提。但是东汉的应劭注解说，刘歆就是因为看到了《赤伏符》这本书，才决定给自己改名，目的就是借壳上市。

偏巧的是，就在这一年的十二月，在距离洛阳五百里之外陈留县，县令第三个儿子出生了。因为该县出现了一禾九穗的祥瑞，这个县令就给孩子取名为秀，他也是汉室宗亲，也姓刘——刘秀这个商标就这样被注册了。

这么说有点邪乎，有学者考证，刘歆这时候改名，实则是因为汉哀帝这一年登基，汉哀帝名刘欣，"欣"和"歆"同音，所以才要改，跟《赤伏符》没有关系。

后来王莽登基建立新朝，刘歆（这时候应该叫刘秀）也被王莽封为国师。但刘歆是被上天暗示过的人，他的理想可是当皇帝。事实证明这不过是一场误会，刘歆最终被处死——封建迷信真的害死人啊。

刘歆的一个粉丝方士西门君惠却坚决相信国师刘秀必当天子，一直到最后被押到刑场，他还在宣传"刘秀真汝注也"。这里就有一个问题，他难道不知道刘歆要完了吗？向围观群众宣传这个，那不是自欺欺人吗？

当然不是，西门君惠之所以这么大力宣传，是因为他信的是"刘氏复兴"。其实西门君惠最早策反王莽的卫将军王涉的时候说的是："星孛扫宫室，刘氏当复兴，国师公姓名是也。"——就是说彗星扫过，刘氏当复兴，然后他才说刘歆便是应谶之人。

刘氏复兴——这才是当时的主流论调。

因为王莽当了皇帝天天作死，不是瞎改革，就是乱折腾。大家自然就怀念之前的汉朝，当时各种传言都是汉室复兴，刘氏再次执掌天下。

各路起义军打的都是刘家的旗号，绿林军拥立的是刘玄、赤眉军找了牧童刘盆子拥立其称帝，隗嚣起兵打的旗号也是"兴复刘宗"，四川的公孙述刚开始还找人打扮成汉朝的使者委任他为辅汉将军，王朗在邯郸称帝连名字都改成了刘子舆——"十余年间，外内骚扰，远近俱发，假号云合，咸称刘氏，不谋而同辞。"

这些人不谋而合打着刘家的旗号，可见刘家当时人气之旺，但这些人只是用了一个"刘"字，却不提刘秀这个名字。

其实国师公刘歆也未必信刘秀当为天子，当王涉说要拥立他的时候，刘歆却说"东降南阳天子"——史书故意这么记一笔，造成一种神秘感，因为刘秀就是南阳人，让大家以为刘歆说的就是刘秀。实际上，如果刘歆真的这么说，这个南阳天子指的也应该是绿林军拥戴的更始帝刘玄，刘秀当时还只是他手下的一个将领，而且他的哥哥刘演各方面都比他威信高，怎么也该不到他。

刘歆本人认同的也是"刘"字，而不是刘秀这个名字。

还有一点，后来更始帝刘玄猜忌功臣，担心他们抢夺自己的位置，先杀的是刘秀哥哥刘演，倘若他知道这个谶语，恐怕早就对刘秀动手了。

那么，如此说来，"刘秀当为天子"是光武帝委托同学编出来骗人的鬼话？这么说就太武断了，我以为这个说法是有的，只不过这个说法是对"刘氏复兴"的一个补充。

既然刘氏要复兴,那么自然刘家的人要做天子——刘家什么样的人做天子?

刘家俊秀之辈!

所谓天选者刘秀并不是确指一个人,而是刘家俊秀之辈当为天子,因为汉室复兴,自然刘家俊秀绝伦之人要做天子了。后来随口说成了刘秀为天子,大家也都知道这个"秀"是优秀,不是刘秀,所以都没有当回事。

偏偏光武大帝真的就叫刘秀,根据幸存者偏差的逻辑,大家自然就把此刘秀当成了彼刘秀。再加上刘秀本人的刻意渲染,伪造《赤伏符》这样的书来造舆论,大家慢慢就都忘了刘秀原来的含义了。

明白了这个逻辑,我们再说李弘和刘举。

这两个名字是从另一个谶语演化来的,这个谶语是"刘氏当兴,李氏为辅"。这是刘秀当年在宛城时,李通向他献上的谶语,意思就是刘家要复兴,我李家要做辅助。

李通说是听他爹李守说的,李守是刘歆的手下,也是天命爱好者。之所以把李氏加上去,是因为在南阳,李通家族以货殖为业,是当地第一大豪强家族。

在这块地方,刘氏复兴,自然要李氏做辅助。后来刘秀做皇帝,李通是固始侯。

这句谶语却并没有随着东汉的建国而停止，反而随着刘秀打天下的故事流传，势必也要在民间被不断提起。

例如西晋大安二年的时候，安陆人张昌造反，他就专门改了个名字叫李辰，他宣称"当有圣人出"，找了一个姓丘的人，让他改名为刘尼，奉其为天子。他用的自然是"刘氏当兴，李氏为辅"的老梗。

只不过这个口号，在有些地方变成了"刘氏当举，李氏当弘"。"举"便是举事、造反，"弘"则是弘扬、辅助。就跟"刘家秀出之人"在谶语里被简化成刘秀一样，"刘氏当举"传成了刘举，"李氏当弘"变成了李弘。

东汉的时候太上老君信仰兴起，老子被各种神化，这个李弘，自然要和太上老君联系起来。借着太上老君的光辉，李弘在这里不再是辅助，而要和刘家分庭抗礼。

三、金刀之谶横空鸣

毕竟刘"失其鹿，天下共逐之"。

"苍天已死，黄天当立，岁在甲子，天下大吉。"张角的这个谶语说得颇有檄文风采，说的便是自己黄巾军要取汉而代之。

"代汉者当涂高"更是先误导了袁术，最后落在了曹家身上。

"老君当治，李弘应出"这个谶语最初应该是从四川流传开来的。托名扬雄的《蜀王本纪》上说："老子为关令尹喜著《道德经》，临别曰：子行道千日后，于成都青羊肆寻吾。"太上老君重现于青羊肆，这里就建立了青羊宫。

《老君变化无极经》说："木子为姓讳弓口，居在蜀郡成都宫。"这个成都宫，自然是成都的青羊宫。

任继愈先生作的《道教史》上说，这里出现了李家道，李家道就是李弘的倡导者。但是很不幸，这里成了姓刘的天下，刘备在此建立了季汉。

"刘氏当举"，在这里应验。

李弘只能退避三舍，《道教史》上说，李家道从蜀地传入吴地，并在吴地兴盛，李弘的起义在两晋南北朝居多，后面就式微了。

北魏以后，主要是"刘"在战斗。

我以为一方面是寇谦之整理道教，去除"三张"（张角、张鲁、张陵）的影响，李弘自然也被划入了邪教之列。李弘这个名字的影响力大幅度下降，所以即便造反也很少再冒这个名字了。

另一方面，北方出现了匈奴人刘渊建立的后汉，南方出现了刘裕建立的南朝宋，恰好认证了"刘氏当举"的谶语，大家就都把目光投向了"刘"。

东晋的时候就有"金刀既已刻,娓娓金城中"的说法,这金刀显然就是卯金刀——"刘"啊。《南齐书》上说齐世祖用一把金刀削瓜吃,有人在旁边说:"皇帝不要用这个,外面有金刀之言。"——显然这个金刀之言,搞得皇帝很不痛快。

这是在南方,皇帝只是被恶心一下,而在北方,卯金刀则是真刀真枪了。

例如幽州刺史刘灵助"妄说图谶,言刘氏当王",拉杆子造反。

连稽胡人造反,其首领也借刘氏的威名,稽胡首领取名刘蠡升,只是他没有刘渊的命运,在云阳坚持十年,还是被打败了。

除了这些人,还有一群特殊的刘家人也纷纷揭竿而起:

北魏永平二年(公元509年),泾州沙门刘慧汪聚众谋反。

北魏永平三年(公元510年),秦州沙门刘光秀谋反。

北魏延昌三年(公元514年),幽州沙门刘僧绍谋反。

北魏延昌四年(公元515年),冀州沙门法庆谋反,自称定汉王,从自封的官职来看,八成姓刘。

北魏熙平元年(公元516年),刘景晖自称月光童子谋反……

除了姓刘,他们还都是和尚。因为这个时候佛教兴盛,太上老君可以重生人间,那佛祖也可以啊。例如法庆造反,他的口号就是"新佛出世,除去旧魔"。刘景晖自称月光童子,这月光童子就出自《佛说申日经》，经书里说月光童子将来到秦国做圣君，拯救百姓。这不就是李弘的佛教版吗？

后来杨坚建立隋朝，就找人重新翻译这本经书，将来到大秦的说法改成了来到"阎浮提大隋国内"做大国王——他先用佛教的理论为自己加持，省得以后这些造反的人再借这个名字。

既然这个名义被你占了，那我们继续喊自己原始的口号："刘氏当兴。"

第一个喊出来的是刘昉，他帮助杨坚取代了北周，其实也是为了他自己的野心，他经常说自己姓是"卯金刀"，名是"一万日"，就表示"刘氏应王，为万日天子"——杨坚只好弄死了他。

但是按下葫芦浮起瓢，按下卯金刀，浮起了"十八子"——沉默了好久的李家又发声了。《隋书》上说隋炀帝将李敏一门灭族，就是因为听说李敏"一名洪儿，疑洪字当谶"——看来由于时代久远，大家已经分不清是洪字还是弘字了，不管是哪个字，既然李敏名字的读音犯了谶，自然要死。

有个方士安伽陀甚至直接跟隋炀帝说"当有李氏应为天子"，劝隋炀帝杀光天下姓李的。这当然是不现实的，隋炀帝只杀了权势最大的李敏一族。

"李氏将兴"这个谶语却越传越广，还演绎出了新的花样。

"桃李子，莫浪语。黄鹄绕山飞，宛转花园里。"

"江南杨柳树，江北李花荣。杨柳飞绵何处去，李花结果自然成。"

"桃李子，洪水绕杨山。"

这一切都指向了"李氏将王"，但这时候的"李氏将王"比不得新莽时期的"刘氏将兴"，因为那刘氏是对应着当了几百年皇帝的西汉皇室，但这里的李氏可没有说是谁，那也就是说一切姓李的都有机会。

于是李密站了出来，他跟着杨玄感造反失败，逃命到瓦岗，他就拿"李氏将兴"这句谶语作为噱头取得了瓦岗军的信任，以此为旗号，吸引了不少人。然而历史最终证明这个"李"不是他，而是太原的李渊。就在李渊称帝的前一年，甘肃河西地区还出现了一个大凉皇帝李轨，他拒绝投降，李渊把他收拾了。

但是就在李渊以为自己顺风顺水要夺取天下的时候，半路杀出个"程咬金"——"刘氏当王"。

四、弥勒一出刘李空

这个谶语再次被大家记起是因为窦建德死了。

窦建德被秦王李世民俘虏并杀掉，窦建德的故将们就想寻找一个新老板，于是他们就占了一卦，得到的结果是"刘氏主吉"——不知道他们怎么算的，但很明显这个结果是受了"刘氏当王"的影响。于是他们就找到了窦建德过去的将军刘雅，刘雅表示自己已经爱上了老婆孩子热炕头的日子，众人一看既然不是你，那就算了，一刀结果了他。后来他们找到了刘黑闼，与刘黑闼一拍即合。

从这些人专找姓刘的这件事来看，可见"刘氏当王"在当时多么有市场。这时候他们也造出新的谶语，来和李家夺天下。

"白杨树下一池水，决之则流（刘），不决则沥（李）。"

这白杨树下的水，自然就是杨家的隋朝天下，这一池子水，姓刘还是姓李，那要看能不能决堤，决了就是我们姓刘的，不决就是姓李的。

这谐音用的，让你不得不佩服，造谶言的都是语林高手啊。

刘黑闼起兵后半年之内就成燎原之势，也可见此时刘氏信仰之盛，后来他们还是被李世民打败。

刘黑闼逃到突厥借兵，又很快成为唐朝的心腹之患，后来李建成利用魏征的计谋，光布恩德，和刘黑闼争人心，这才彻底打败了他。

但刘黑闼虽死，"刘氏当王"的信仰却未曾熄灭，李唐的皇帝对刘氏的举动特别敏感。

李渊起兵时有两个心腹大将：一个是裴寂，一个是刘文静。两人有一样的功劳，裴寂的官位却远在刘文静之上，恐怕也是李渊有意为之。后来刘文静勾结巫师，尽管李世民都替他求情，李渊依然毫不犹豫把他杀掉了。史书上没有明说，但李渊恐怕就怕在他这个"刘"字上了。

但我觉得刘文静却未必冤。

刘文静早年常与裴寂住在一起，裴寂叹息道："贫贱如此，又赶上乱世，如何自保呢？"刘文静却露出迷之微笑道："世途如此，时事可知。何虑贫贱？"他如此自信，恐怕也是因为他想着那个"刘氏当王"那个谶语，觉得自己是天选之人吧。

李世民当了皇帝后，为刘文静平反，为了安抚刘文静的后人，让他的儿子刘树义袭爵，甚至答应等自己女儿长大后嫁给他。但刘树义放着驸马爷不当，还是要造反，史书上说他对李唐有怨气，其内心恐怕也是受了"刘氏当王"的召唤吧。

李世民为刘文静平反，并不是对"刘"字放松了警惕，而是因为刘文静是个死人，对自己构不成威胁，同时还可以起到收买人心的效果。所以当刘树义谋反的时候，李世民趁机斩草除根。

李世民对"刘"的警惕不亚于其父，而这个"刘"也没让他失望，不断出来搞事情，对谶言不断翻新。

就在他登基那一年，有个叫刘德裕的就拿"白杨树下一池水，决之则流（刘），不决则沥（李）"说事，他还有了新的解释，说这白杨树下的水，归了李就是还没有决开，现在咱们要决开，天下就是姓刘的了——最后事实证明，这一池水不该决堤，还应该沥（李）下去。

贞观三年，有个叫刘恭的人说他脖子上的纹路能组成个"胜"字，这表示自己"当胜天下"，立刻就被逮捕了，作为死刑报到李世民这朱笔勾挑，李世民笑了笑说："若有天命，杀了他也无济于事，若他没有天命，留着又何妨？"就把他给放了。

看起来轻描淡写，实则是李世民看出来这不过是个妄人，无兵无权，不如放了，显得自己宽宏，也显得自信。

不信？看看刘兰的下场。

这个人《资治通鉴》写作刘兰成，他在唐开国之前平梁师都，败突厥，还曾征吐蕃，是个很有军事才干的人，有个叫许绚的方士说"刘将军当为天下主"，结果就被人告了，李世民这次再不说什么废话，直接将刘兰腰斩。丘行恭为了和他划清界限，掏出刘兰的心肝吃了。

前宽而后苛，实在是因为刘兰手里有兵，有能力，能对李家构成威胁。

其实别说谋反，他手下的刘姓大将有一点风吹草动，李世民的耳朵都会立刻竖起来。

例如刘师立，他原本是王世充的人，后跟随李世民，还参加过玄武门之变，这样的人按说够忠心了，但有人在李世民面前打小报告，说刘师立"眼有赤光，体有非常之相，姓氏又应符谶"。李世民当即把刘师立叫过来问："你是要造反吗？"好在刘师立比较谨慎，立刻趴倒在地表忠心，李世民看他态度不错，就放心了。

刘师立是靠着谨小慎微躲过了一劫，但是后来的刘洎就没有这幸运了。

这个人倒没有勾结术士，但为人做事过于高调，敢言敢说，是魏徵一样的人。但他没想过，他跟魏徵不一样，他姓刘，这就是原罪。

本来李世民对他很包容的，李世民找褚遂良要起居注看，褚遂良没给，刘洎说你不用看，就算褚遂良没写，大家也知道你干了啥事。李世民估计登时闹个大红脸，这话不但惹了李世民，也惹了褚遂良。

李世民写书法，大臣纷纷索要，刘洎爬上龙椅就抢，当即有人告他，说这是谋反。李世民不予理会。这就给了刘洎一个错误的信号，他就越发肆无忌惮。

李世民远征高丽的时候，让刘洎和马周一起辅佐太子，刘洎说："您放心去吧，谁有过错，我弄死他。"（"大臣有愆失者，臣谨即行诛。"）李世民就觉得这话有抢班夺权的意思，委婉警告了一下，打仗回来，李世民半道上病倒了，刘洎跑过去探望。出来后褚遂良问情况，他要写起居注，刘洎哭着说："皇帝身上长疮，太严重了。"（"圣体患有痈疽，令人忧惧。"）——但李世民最后病好了，褚遂良说："刘洎说朝廷上有他就行了，他会辅佐太子，诛杀有二心的大臣。"李世民召来刘洎询问，刘洎说他没说，还拉着马周作证。但李世民还是处死了他。

看起来好像是褚遂良诬陷他，但我觉得李世民这也许是担心到他这个"刘"字上了："我给你一点权力，你就喊打喊杀，明显有不臣之心。"

再说这个时候李世民的生命已经剩下了三年，他素知太子性格懦弱，留着一个姓氏应谶的人在他身边，他不放心，所以先为太子消除政治隐患。

李世民这一系列的行为，将所有姓刘的大臣都给震慑了。到了李治当皇帝，再也没有哪个大臣再提谶言。但想必民间还有这种声音，武则天给儿子取名李弘，把儿子包装成太上老君转世，一方面是为了给孩子争取太子之位，另一方面估计也是为了昭告天下，这是老君后人的天下，"刘氏当王"可以歇歇了。

但是到了武则天称帝的时候，这谶言又出了新花样："伐武者刘"——讨伐武周的人是刘。这估计让武则天很纳闷，姓李的不来讨伐我，为啥姓刘的这么较劲？

有人就给武则天瞎解释："这个'刘'是流放的'流'，你把李家皇子皇孙都流放了，他们会反攻倒算的。"结果武则天就派了丘神勣过去把这些被流放的人都杀了。

这虽然是胡说八道，但刘氏也就造了这么一个谶语，误伤了一群被流放的，没有掀起来什么大风浪。

到了玄宗的时候，卯金刀之乱也是接连不断：

开元十三年（公元725年）五月，洛阳妖贼刘定高夜犯通洛门。

开元二十三年（公元735年）冬，东都人刘普会反。

开元二十四年（公元745年）五月，长安醴泉妖人刘志诚作乱。

搞得李隆基看见有关字眼都害怕。

例如，杨国忠本名杨钊，李隆基见到"钊"字拆开是金刀，想起了卯金刀，就让他改名为"国忠"，图个吉利。肃宗的时候，有个刺史叫刘展，当时有谶语说"手执金刀起东方"。有人就以此为借口让除掉刘展，结果逼反刘展，酿成一场动乱。

此后的大唐，风雨飘摇，倒不见什么刘氏出来夺天下了。

一方面因为"刘氏将王"的口号屡屡失败，另一方面也因为这帮造反的找到了更好的偶像——弥勒佛。

就在开元元年（公元713年），有个叫王怀谷的人造反，他虽然姓王，打出的旗号却是"李家欲末，刘家欲兴"，不仅如此，还在前面加了一句"释迦牟尼佛末，更有新佛出"。

这就和北魏那群和尚"新佛出世，除去旧魔"的口号连上了。

当年刘景晖自称月光童子，用的也是佛祖重生的故事。这个故事被隋文帝用了，也被武则天用了，不过武则天用的净光天女，因为武则天是女的嘛，故事套路一样，都是来世重生为帝王。

其实弥勒佛也有类似故事，他可以上生兜率天，也可以下生人间救倒悬，无论月光童子还是净光天女，都是弥勒佛的化身，所以也说武则天是弥勒佛转世（武则天自称慈氏越古金轮圣神皇帝，"慈氏"就是弥勒佛的别称）——这个听起来可比童子天女厉害多了。

这个故事套路你们谋朝篡位可以用，我们老百姓造反自然也可以用。

王怀谷还真不是第一个用的，在隋炀帝大业六年（公元610年）正月的一天，有十几个素冠白衣的人，焚香持花，自称弥勒佛，走到建国门，看门的都行礼，这些人就要夺卫士的兵器，幸亏被齐王杨暕遇见，把他们全部杀了。

这起事件里，白衣服是弥勒信徒的一个特征，此外可能还有一个长发的特点。

因为唐玄宗专门将"白衣长发会"列入了非法组织，显然就是在打击这股弥勒信仰。

官方打击，弥勒信仰沉入民间打游击。

例如白莲教、明教，这两个让统治者头疼的组织里，可都有弥勒佛的身影。

五、八百之名始作俑

一般道教史上都把李弘的传说归因于李家道的提倡，但这只是推测，证据不多。值得一提的是李家道的创始人，这个创始人也是神龙见首不见尾，不断有人冒名顶替。

这个创始人原名是什么没人知道，只有一个外号叫李八百。关于这个外号的来历，说法还不一样，有的说因为日行八百而叫李八百，有的因为活了八百岁而叫李八百。这就更容易让人冒名了。

葛洪在《神仙传》上记载了一个李八百，这个人不知道他真名叫什么，只有一个外号叫李八百。他兼具上面说的两种本事：活了八百岁，还能日行八百里。

他活了夏朝，也活过了商朝，还活过了周朝。

葛洪看来历史学得不太好，夏朝缥缈不好说，但是光周朝就存在了八百多年啊。这个李八百行踪不定，一会儿住在山林里，一会儿住在城市间。

到了秦朝那会儿，听说有个叫唐公房的人喜欢法术，却不遇名师，于是去李八百家里当佣人。李八百假装自己腿上长了个流脓的疮，唐公房亲自为他吸——神仙也不能这么恶心人啊，但是唐公房做到了。李八百假装自己腿上的疮已经好了，又让唐公房给他准备三十斛酒洗澡。唐公房还比较有钱，就为他准备了。

李八百跳到酒水里洗了个澡，然后身上的疮就全好了。他对唐公房说："来你喝了这个酒。"反正古代神仙的套路都是把求仙人的人格贬到没有，唐公房二话不说，全喝了，于是白日飞升。

葛洪介绍完这位，又引用了一本书叫《混元实录》，这个上面介绍了一个叫李脱的人，这个人在周穆王的时候就在蜀地金堂山龙桥峰下炼制丹药，炼成的时候已经八百岁了。

这位是葛洪认定的李八百。

后来这位李脱还穿越来到了晋朝，《晋书》上说有个道士李脱就自称八百岁，人称李八百，以巫术为他人治病，骗得无数粉丝。但是《晋书》直接说他是妖人，被当时的官吏给杀了，可见是个骗子。

不过《墉城集仙录》上说这位李脱有个妹妹叫李真多——这名字也好奇怪。

这位可了不得，《墉城集仙录》上说她被太上老君和元古三师度化，比他哥哥更早飞升呢。四川有个真多山，据说就是以她的名字命名的。

李真多的故事后来越传越神奇，《仙鉴后集》说她没有结婚，肚子突然大了，他哥哥李脱一看，这是家丑啊，我解决了你吧，挥剑要杀。李真多身体凌空而起，渡江产下一卷《童子经》，然后升天而去。后来当地人在这修建了一座道观，备下香火看经书，可以保生产顺利——成了一个管生育的神仙。这么接地气的作用，也正是她香火旺盛、名气盖过哥哥的原因吧。

但是抢这个名号的可不止李脱一个人。

葛洪在《抱朴子》里还介绍过一个叫李阿的人，他也叫李八百。他是三国时候的人，在成都乞讨过日子，乞讨积攒下来点钱就散给穷人。

他之所以能积攒下来钱财，是因为他不光要饭，还会算卦。他算卦不用龟壳不用蓍草，只让别人看自己的脸色，自己脸色好就表示吉，脸色不好就表示凶。有时候哈哈大笑，就表示天降喜事。有个叫古强的人跟随他学习，跑到昆仑山去了。

除了这位，还有一个李宽的也自号李八百。

这位也来自四川，不过他生活在吴地，说着一口四川话，吴地的人把他当成了李阿，纷纷称呼他是李八百，这位山寨的李八百在吴地粉丝无数，幸好他生活在孙权的时候，倘若遇见孙策，孙策非得跟弄死于吉一样弄死他不可。

李宽因此富贵起来，住进了深宅大院，一般人见不到他，但是登堂入室的弟子们说，他也就会点导引之术，后来他随着岁月慢慢变老，身体衰老羸弱，咳嗽吐痰，耳聋目眩，最后还老年痴呆，连自己的儿子都不认识。后来吴地发生了瘟疫，李宽也感染了，病死。

这个神仙有点弱了。

但是这么一个人后来也照样被传得神乎其神。《续仙传》上说有个李珏的人，十五岁开始做小买卖，卖点粮食，别人来买粮食，就把升斗给顾客，一切自取，六十岁的时候开始修行法术，活到了八十岁。

这时候来了个领导叫李珏，这位李珏觉得自己不能和领导同名同姓，就把名字改成了李宽。

这下热闹了，一下子又和历史上的神仙重名了。

那位领导李珏晚上做了个梦，梦见自己来到了神仙的洞府，看见自己的名字在石壁上金光闪闪。不由喜出望外，觉得自己要成仙了，结果被神仙告知，这个不是你。你去寻找吧。

李珏就开始找寻这个人，找到了李宽，拜李宽为师，从此走上修仙的道路。这是李八百穿越到唐末授徒了。

后来宋朝有个叫李洞宾的（我没写错，不是吕洞宾）据说也是李八百，还有一个叫李良的也叫李八百。

这个名字之所以这么火，除了李家道教主的名号，更因为不管日行八百，还是寿八百岁，都听起来十分唬人。

图书在版编目（CIP）数据

三国封神榜 / 锦翼著. -- 上海：上海文艺出版社,2023
ISBN 978-7-5321-8198-8
Ⅰ.①三… Ⅱ.①锦… Ⅲ.①随笔－作品集－中国－当代 Ⅳ.①I267.1
中国国家版本馆CIP数据核字(2023)第128587号

发 行 人：毕　胜
责任编辑：解文佳
装帧设计：钱　祯
封面插画：撒旦君

书　　名：三国封神榜
作　　者：锦　翼
出　　版：上海世纪出版集团　上海文艺出版社
地　　址：上海市闵行区号景路159弄A座2楼 201101
发　　行：上海文艺出版社发行中心
　　　　　上海市闵行区号景路159弄A座2楼206室 201101 www.ewen.co
印　　刷：崇明裕安印刷厂
开　　本：890×1240 1/32
印　　张：12
插　　页：2
字　　数：217,000
印　　次：2023年8月第1版 2023年8月第1次印刷
ＩＳＢＮ：978-7-5321-8198-8/I·6476
定　　价：68.00元
告 读 者：如发现本书有质量问题请与印刷厂质量科联系　T:021-59404766